Pornostern

Christoph Straßer

– Anti-Pop –

PEFC
PEFC/04-31-0658

Förderung nachhaltiger Waldbewirtschaftung.
Nähere Informationen unter www.pefc.org

1. Auflage Februar 2009
Titelillustration: Nadja Riedel, www.d-ligo.de

Lektorat: Metalexis

ISBN: 978-3-86608-104-8

Hat Dir das Buch gefallen? Schreib uns Deine
Meinung unter: gelesen@ubooks.de

Möchtest Du über Neuheiten bei Ubooks informiert bleiben?
Einfach eine Email mit der Postadresse an:
katalog@ubooks.de

Ubooks-Verlag
Dieselstr. 1
86420 Diedorf
www.ubooks.de

Inhaltsverzeichnis

Vorspiel

Hallo, hallo, hallo.

Na, du Ferkel. Da siehst du mal deine Süße für ein paar Stunden nicht, und schon geht's wieder los.

Ganz gemütlich hast du es dir gemacht auf deiner Couch. Und die DVD liegt auch schon bereit. Nur noch ein kleiner Druck aufs Knöpfchen und schon kann der Spaß losgehen.

Aha, du bist ein Profi. Kennst den Streifen schon. Gut, dann überspring ruhig den Teil mit dem Dialog. Hab ich früher auch gemacht. Als ich mir die Filme noch angesehen habe.

Ich hab dann so ähnlich dagesessen wie du jetzt. Erst einmal unten rum frei machen und flugs die Fernbedienung in die linke Hand und in die rechte ... na ja, was du eben auch gerade in deiner Hand hältst.

Und STOP! Ja, da ist sie, deine Lieblingsstelle. Hätte mir früher auch gefallen.

Die Kulisse wird von einer netten kleinen Pianobar gebildet, komplett mit Flügel und einer dunkelgrünen, beleuchteten Theke. Billardtischgrün, wenn es die Farbe gibt.

Die kleine Maus liegt über einem Barhocker mit nichts außer einem Strapsgürtel und den passenden Strümpfen bekleidet. Und da kommt auch schon der Kerl ins Spiel. Er nimmt seinen Schwanz und steckt ihn der Kleinen unvermittelt von hinten rein. Sehr schön.

Und die Kleine schreit und stöhnt. Wie groß ER sei, wie tief ER drinstecke, wie nötig sie IHN habe et cetera.

Das muss sie tun. Nicht etwa, weil sie besonders spitz wäre, obwohl auch das hin und wieder vorkommt. Nein, sie wird dafür bezahlt, während der Nummer ein wenig herumzukrakeelen und dabei möglichst lasziv in die Kamera zu schauen.

Aber da verrate ich dir natürlich kein Geheimnis.

Na dann: Leg los.

Nein, das braucht dir überhaupt nicht unangenehm zu sein, wir sind doch alle erwachsene Menschen. Ja, sehr gut. Nur keine Scheu.

Oh, sehr schön. Sie kriegt noch einen Klaps auf den Popo, während sie da über dem Hocker liegt und gevögelt wird. Ja, solche Details müssen schon sein. Schafft 'ne ehrliche Atmosphäre. Auch wenn die beiden es nur des Geldes wegen miteinander treiben, muss man es ihnen ja nicht sofort ansehen.

Bevor ich's vergesse, eine Kleinigkeit noch. Wie gefällt dir der Hintern des Typen? Ja, ich weiß, der ist nur ein besserer Statist. Als ordentlicher Heterosexueller achtest du nur auf die Frau. Aber trotzdem, ist doch ein netter Arsch, oder?

Nun ja, zumindest ist er dir nicht negativ aufgefallen, was mich auch schon ein bisschen beruhigt.

Der Arsch, den du da siehst, gehört nämlich mir.

Rod und der Sultan

Einige Minuten, bevor der Wecker klingelt, bin ich bereits wach. Das geht mir eigentlich immer so, es sei denn, ich habe wieder eine Nacht komplett durchgemacht.

Auf dem Weg ins Badezimmer überprüfe ich im Kleiderschrank, ob ich noch einen Anzug habe, den ich anziehen kann.

Ich habe.

Ich wasche mir das Gesicht und ziehe den dunkelblauen Anzug an, während der Kaffee durchläuft. Es ist jetzt kurz vor acht Uhr, das heißt, ich habe noch ein wenig Zeit, bis ich im Büro sein muss. Man darf sich da jetzt keine falschen Vorstellungen machen. Das Büro, von dem ich spreche, ist eine kleine Zweizimmerwohnung, in die man einige IKEA-Schreibtische und zwanzig Telefone geräumt hat. Es ist kein Büro, in dem man sich den ganzen Tag aufhält, wichtige Termine wahrnimmt, seiner Sekretärin sagt, sie möge einem Kaffee bringen, oder vor dem Computer sitzt und ... Was machen Leute in einem Büro mit ihrem Computer?

Mir begegnen Computer nur in Form von Kassen oder technisierten Karteikarten. Nutzt irgendwer die Fähigkeiten eines Computers wirklich aus?

Wie auch immer.

Es ist jedenfalls keines dieser Büros, an das man unwillkürlich denkt, wenn man das Wort *Büro* hört. Mit diesen nichtssagenden Bildern von Miró oder Rosina Wachtmeister an den Wänden. Bilder, die einem die elementaren Fragen der Kunstkritik aufdrängen: «Das soll Kunst sein? Hat das ein Kind gemalt?»

In «meinem» Büro sitzen ungefähr zehn bis fünfzehn Frauen und Männer und rauchen, trinken Wasser aus dem Spender und telefonieren. Sie telefonieren in der Hoffnung, mit jemandem zu sprechen, der zu ihnen sagt: «Das ist ein sehr interessantes Angebot, das

Sie mir da unterbreiten. Sie haben völlig Recht, ich bezahle in der Tat zu viel für meine jetzige Versicherung. Oh ja, ich würde mich sehr freuen, Sie zu einem ausführlichen Beratungsgespräch bei mir zu Hause begrüßen zu dürfen.»

Manchmal hat einer von uns das Glück, solche oder ähnliche Sätze zu hören. Dann liegt für einen kurzen Moment der Duft des Erfolges in der Luft. Und der des Neides.

Früher saß Sandra neben Gregor. Beide telefonierten und klapperten das Telefonregister nach Adressen ab. Vorzugsweise kleine Firmen, die es noch nicht lange gab. Solche Ein-Mann-Unternehmen neigen dazu, sich gar nicht oder zumindest kaum um den Versicherungsschutz ihres Ladens zu kümmern. Die Adressen solcher Firmen verkauft einem die Handelskammer.

Relativ leichte Beute.

Man ruft diese Leute an, vereinbart einen Termin, macht ihnen dann klar, dass sie im Falle eines Falles elendig in der Gosse verrekken werden, wenn sie nicht ausreichend versichert sind, lässt sie unterschreiben und verdient so sein Geld.

Sandra saß also neben Gregor. Sie telefonierte bereits den ganzen Tag, hatte aber noch nicht einen einzigen Termin vereinbaren können. Niemand interessierte sich dafür, was Sandra über preiswerten Versicherungsschutz zu erzählen hatte. Leider unterschied sich dieser Tag für Sandra nicht von den vorangegangenen.

Gregor jedoch kritzelte fröhlich eine Zeile nach der anderen in seinen Terminplaner. Name, Adresse, Telefonnummer und Uhrzeit.

Sandra sah sich das einige Stunden an, verließ das Büro, zerkratzte Gregors Auto mit einer Nagelfeile und wollte sich mit einer Überdosis Aspirin umbringen. Da sie aber zwanzig Brausetabletten geschluckt hatte, endete die Sache lediglich in einer mitternächtlichen Schaumparty.

Zwei Tage später saß Jürgen neben Gregor.

Na ja, die Leute kommen und gehen. Jedenfalls dort.

Der Kaffee ist fertig, und ich setze mich mit meiner Tasse vor den Fernseher.

Spaziergänger finden eine Leiche, gewaltbereite Moslems sprengen sich selbst und gewaltbereite Christen ein Asylantenheim in die Luft. Dann Sport, Börse, Wetter.

Derart gut informiert, schalte ich zu MTV, den ersten Musiksender ohne Musik. Gerade läuft irgendeine Doku-Reality-Freunde-und-Feinde-wie-du-und-ich-Scheiße.

Ich schalte den Fernseher ab.

«Tja», sage ich.

Der ersten Tasse Kaffee folgt eine weitere, und schließlich mache ich mich auf den Weg ins Büro.

Das kein Büro ist.

«Guten Morgen», werde ich begrüßt.

Nett.

«Komm mal bitte mit, ich muss mit dir reden», sagt man dann.

Nicht so nett.

Ich folge meinem Chef, der sich natürlich nicht als Chef, sondern mehr als einen freundschaftlichen Ratgeber in Teamleiterfunktion betrachtet, auf den Hof des Büros.

«Hast du dir deine Quoten der letzten Wochen eigentlich mal genauer angesehen?», fragt er und zündet sich eine Zigarette an.

Natürlich habe ich das. Schließlich ist meine Quote mehr als übersichtlich. Im Grunde habe ich keine Quote. Nicht mehr.

«Ja», antworte ich.

«Und?», fragt er.

«Und was?», gebe ich den Ball zurück.

«Du machst seit knapp zwei Monaten keinen Abschluss mehr. Du verdienst kein Geld mehr für das Unternehmen.»

Das Unternehmen heißt Holger und ist sein Chef.

«Schlimm», sage ich.

«Du solltest das schon ernst nehmen. Jeder hier macht mehr Geld in einer Woche als du in einem Monat.»

Ich will irgendetwas sagen, wie «Tut mir leid» oder «Sorry», aber mir fehlt gerade jedes Schuldgefühl.

«Hm», mache ich.

Die Zigarette wird ausgetreten, und ich werde mit einem vielsagenden «Ich wollt's nur erwähnt haben» an meinen Platz geschickt.

Ich setze mich an einen der freien Plätze und blättere durch das Telefonregister. Eine Dönerbude hat auf der Gladbacher Straße neu eröffnet.

Klingt gut.

Ich nehme den Telefonhörer und tippe die Ziffern.

«Döner Sultan, hallo?», meldet man sich.

«Guten Tag», beginne ich.

Dann fällt mir nicht ein, was ich noch sagen könnte.

«Brauchen Sie eine Versicherung?», frage ich.

«Nein», sagt der Telefonhörer.

«Kann man nix machen», sage ich und lege auf.

Ich atme durch und nehme den Hörer wieder in die Hand. Diesmal wähle ich aber keine Nummer, sondern halte mir das Gerät einfach nur ans Ohr und höre dem Ton zu.

Ich sehe aus dem Fenster des Büros auf den Hof hinaus. Eine Reihe schwarzer Mülltonnen steht Spalier und wartet auf weitere Anweisungen. Auf orangefarbenen Aufklebern steht «Otto» und «Keine heiße Asche einfüllen».

An meinem Ohr tutet es noch. Keine heiße Asche einfüllen. Was denn für Asche? Ein Gebot aus der Zeit der Kohleöfen, vermute ich. Aber warum steht es noch auf den Tonnen? Warum ist der Aufkleber aktueller als die Botschaft, die er trägt?

Immer noch das Tuten.

Wie das wohl ist, eine Leiche zu finden? Man geht arglos durch einen Wald, um Luft zu schnappen oder den Köter spazieren zu führen, und stolpert über einen toten Menschen.

Erschreckt man sich? Steht man hinterher unter Schock? Denkt man überhaupt etwas?

Der erste Gedanke wird sicherlich nicht sein: «Hoffentlich war der Kerl versichert.»

Tuuut ...

Auf der Wanduhr ist es jetzt Viertel nach neun.

Es ist noch unglaublich früh, denke ich. Man kann noch so viel tun. Aber was?

Mein Problem ist, war es schon immer, dass ich jedem ziemlich genau sagen konnte, was ich *nicht* tun wollte. Nicht, was ich wollte.

Ich kann hier nicht mehr bleiben. Das Gerede der Leute, von denen ich die Hälfte heute zum ersten Mal sehe, der Zigarettenqualm, diese beschissene weiße Raufasertapete ...

Ich lege den Hörer auf und gehe.

Kurz nach neun. Alles Mögliche kann man heute noch machen. Nicht erreichen, einfach machen.

Ich gehe zum *Döner Sultan* auf die Gladbacher Straße.

«Hallo, mein Freund, was kann ich für dich tun?», werde ich gefragt, als ich den Laden betrete.

Ich steh auf Floskeln.

«Mach mir einen mit Hähnchen», sage ich.

«Is gut, mein Freund.»

Eine Minute später kaue ich meinen Hähnchendöner.

«Hast du schon früh Pause, oder?», fragt der Dönermann durch einen dicken Schnauzbart.

«Warum Pause?», frage ich zurück.

Mit seinem Messer fährt er vor mir eine imaginäre Linie auf und ab. Er meint offenbar meinen Anzug.

«Kommst nicht aus Büro?»

Ich schiebe mir mit der Zunge ein Stück Peperoni von der Lippe.

«Nein», sage ich dann, «ich komm von der Polizei. In letzter Zeit werde ich immer von so einer Briefkastenfirma angerufen, die mir 'ne Versicherung andrehen will. Die Penner hab ich angezeigt.»

«Versicherung?», fragt der Dönermann neugierig.

Ich nicke.

«Alles Verbrecher. Haben auch die Bullen gesagt. Wenn die einen anrufen, soll man am besten einen Termin mit denen vereinbaren und dann mit 'nem Empfangskomitee auf den Typen warten, wenn du weißt, was ich meine.»

Der Typ nickt langsam.

«Ist natürlich kein offizieller Rat der Polizei ...», sage ich.

«Ich habe den Laden hier erst zwei Wochen und schon will man mich betrügen! Wenn mich einer anruft, kann der ruhig kommen. Hab ich genug Kollegen, die sich über so einen freuen.»

Der Dönermann hält drohend das Messer in der Hand.

Ich nicke und stopfe mir den Rest des Brotes in den Mund.

«Wird denen schon recht geschehen», sage ich und verabschiede mich mit einer kurzen Geste.

«Pass auf dich auf, mein Freund», ruft er mir nach.

Ich betrete den Bürgersteig und schaue mich um. Obwohl es noch früh am Morgen ist, herrscht schon reichlich Verkehr auf der Straße. Die Luft ist noch kühl, aber man merkt, dass der Tag heute warm werden wird. Ich ziehe mein Sakko aus und lege es mir über die Schulter.

Mein Handy spielt das Lied vom Tod.

«Hallo?»

«Hey, schön, dass du doch noch was gemacht hast. Hab gerade gesehen, dass du nicht mehr im Büro bist. Dann hat meine kleine Ansprache von vorhin ja doch was gebracht, oder? Hahahaha ...»

«Ja, wird toll», sage ich.

«Na denn, money, money, money.» Und wieder: «Hahahahaha.»

Ich klappe das Handy zu und schalte es ab.

Mir läuft die Zeit davon. So fühlt es sich jedenfalls an. Ich möchte etwas tun. Irgendwo hingehen.

Ich gehe nach Hause.

Mit einer Tasse Kaffee sitze ich vor dem Fernseher.

Talkshows, Werbung und ein Heimatfilm.

Ich schalte den DVD-Player an und beginne zu dem Porno zu onanieren, der noch von gestern in dem Gerät liegt.

Nachdem ich gekommen bin, wische ich mir die Hand an einem Taschentuch ab, schalte das Gerät aus und nippe noch einmal an meinem Kaffee. Immer noch heiß.

Das Telefon klingelt.

Ich nehme ab und melde mich. Es ist Andrea.
«Hi», sagt sie.
Tut sie immer.
«Hallo», sage ich.
«Ich wollte mich nur mal melden. Ist ja schon eine Weile her, dass wir gesprochen haben.»
«Stimmt», sage ich.
«Und, wie geht's dir so?», fragt sie.
«Gut so weit. Und wie geht's dir und Tobi?»
«Mir geht's gut. Und er heißt Tobias, nicht Tobi. Du weißt, dass er das nicht mag.»
«Und jetzt magst du es auch nicht, oder hört er gerade zu?», frage ich.
«Lassen wir das. Was macht die Arbeit?», fragt Andrea beherrscht.
«Läuft toll. Ich bin heute zum neunten Mal Mitarbeiter der Woche geworden.»
«Hey, nicht übel», sagt Andrea.
«Ja, und der Chef lädt mich deshalb heute Abend zum Essen ein.»
«Wow, dann machst du deine Sache ja richtig gut.»
«Wirklich. Und nächste Woche fliegen wir zusammen nach Vegas. Ich glaube, er fragt mich endlich, ob ich ihn heirate.»
«Arschloch», keift sie. «Also, wie läuft's da wirklich?»
«Gut, ich werde morgen entlassen», sage ich.
«Warum ausgerechnet morgen?»
«Ein Tag ist wie der andere. Es ist nur zufällig morgen.»
«Hast wieder deine Depris?», fragt Andrea und klingt schon leicht genervt.
«Ich schwanke zwischen *schon wieder* und *noch immer*», sage ich.
«Na ja, ich wollte mich auch nur mal melden. Wenn du keine Lust zum Reden hast, dann sag's halt. Ruf mich an, wenn du besserer Laune bist.»
«Wie soll ich bessere Laune kriegen? Ich bin doch depressiv, dachte ich.»
«Was auch immer. Bis dann.»

Andrea und ich legen gleichzeitig auf.

Ex-Freundinnen taugen nichts. Zumindest nicht, wenn sie sich nur aus einer Art Pflichtgefühl heraus bei einem melden. Das hab ich schon einige Male erlebt. Wir haben uns vor über einem Jahr getrennt, und ich kann mich nicht daran erinnern, darunter gelitten zu haben. Jedenfalls habe ich nichts empfunden, was ich als *leiden* bezeichnen würde.

Überhaupt fühle ich seit einigen Monaten nur noch Langeweile oder keine Langeweile. Entweder oder. Dazwischen gibt es nichts. Und die Langeweile macht jeden Tag mehr Boden gut.

Dem Rheinländer sagt man ja nach, das Erste, was er morgens denke, sei: Wo gehen wir heute Abend hin?

Also überlege ich, wo ich heute Abend hingehen kann. Der Morgen und der Mittag sind ja wohl doch nicht mehr zu retten. Am besten gehe ich wieder dahin, wo ich gestern auch schon war. Und vorgestern. Und davor.

Das *Peaches* ist im Grunde der letzte Ort, an dem man sein will, wenn man vorhat, sich zu amüsieren oder intelligente Gespräche zu führen.

Will ich beides nicht.

Ich will mich kostengünstig betrinken und dabei Musik hören. Außerdem tut das Gefühl gut, unter Leuten zu sein. Von Zeit zu Zeit.

Ich setze mich an die Theke und warte auf Oscar. Der lacht, als er mich sieht, und kommt direkt auf mich zu, um mir die Hand zu geben.

«Hallöchen, du bist schon wieder hier? Hätte ich nicht gedacht, so dicht, wie du gestern warst.»

«Bin'n zähes Biest», sage ich und halte meine flache Hand etwa dreißig Zentimeter über den Tresen.

Das Zeichen für ein großes Glas Bier.

Oscar lacht und klopft mir auf die Schulter, bevor er sich umdreht und sich seinen Zapfhähnen widmet.

Ich sehe mich im Laden um, aus den Lautsprechern dröhnt gerade *God is a DJ* von Faithless.

Ein absolutes Scheißlied. Ich nicke mit dem Kopf im Takt dazu.

Oscar kommt zurück und stellt das Bier vor mich hin.

Ich nicke und halte ihm kurz das Glas entgegen, bevor ich einen Schluck trinke.

Der Geschmack sagt mir unmissverständlich, dass dies nicht das einzige Pils dieses Abends bleiben soll.

Ich trinke mein Bier und nicke mit dem Kopf noch zu Lambrettas *Bimbo*, *Hymn* von Music Instructor und schließlich *Westerland* von den Ärzten, als Oscar Zeit findet, sich ein wenig mit mir zu unterhalten. «Und was hast du den Tag so getrieben?», fragt er.

«Gar nicht so furchtbar viel. Hab meinen Job kündigen lassen und, und ... tja. Das war das einzige Highlight.»

Oscar nickt und trinkt einen Schluck seines Wassers.

«Was ist denn da los bei dir? Ich hab langsam den Eindruck, du versuchst erst gar nicht, etwas aus deinem Leben zu machen.»

Etwas aus meinem Leben machen ... Ich hab's mir überlegt. Ich steh doch nicht auf Floskeln.

«Was denn zum Beispiel?», frage ich ihn.

«Was weiß ich. Gibt's denn gar nichts, was dich interessiert? Noch kannst dir das ja aussuchen. Bist ja noch'n junger Kerl.»

«Junger Kerl?», frage ich. «Klingt wie junge Stute ...»

Oscar sieht mich irritiert an.

Ich winke ab.

«Vergiss es. In letzter Zeit denke ich nur noch über totalen Schwachsinn nach. Wenn ich überhaupt noch über irgendetwas nachdenke.»

«Das kenn ich. So 'ne Phase hatte ich auch mal.»

«Wie lang ging denn diese Phase bei dir?»

«Keine Ahnung. So 'ne Woche. Oder zwei.»

Oscar wird mir wohl keine Hilfe sein.

«Meine Phase geht schon ein paar Monate», sage ich und leere mein Glas.

«Jasmin, Süße», ruft Oscar plötzlich und sieht über meinen Kopf hinweg zur Türe.

Ich drehe mich um und sehe, wie eine junge Frau auf uns zukommt. Sie sieht südländisch aus, trägt einen Minirock und dazu ein knappes T-Shirt. Süß.

«Hey, das ist Jasmin. Eine Freundin von mir», sagt Oscar und lacht mir zu.

«Hallo, Jasmin», sage ich und strecke ihr meine Hand entgegen.

«Hallo», sagt auch sie und drückt kurz meine Hand.

Ich drehe mich zum Tresen zurück und höre *The Riddle* von Gigi D'agostini, während die beiden sich unterhalten.

Der Laden füllt sich langsam. Zeit, vom Bier zum Wodka zu wechseln. Immerhin ist es schon nach Mitternacht.

Ich ziehe mein Portemonnaie aus der Gesäßtasche und überprüfe den Inhalt: siebzig Euro in Scheinen. Nicht die große weite Welt, aber für meine heutigen Zwecke absolut ausreichend. Außerdem beginnt gleich die Happy Hour. Fröhliche Stunde ...

Als ich wieder so etwas wie einen klaren Verstand habe, befinde ich mich auf der Toilette des *Peaches* und hocke auf einem heruntergeklappten Klodeckel. Der Geschmack in meinem Mund verrät mir, was ich gerade getan habe. Eklig. Meine Uhr zeigt kurz nach drei Uhr früh. Die Happy Hour endet gerade.

Ich befreie mich aus der Kabine und wanke die Stufen hinauf zurück in die Kneipe.

«Da bist du ja wieder, hab schon gedacht, du wärst abgestürzt», ruft Oscar mir zu.

Ich schüttle den Kopf und forme mit dem Zeigefinger Kreise in der Luft. Bestellung.

Oscar nickt und bringt meinen Wodka-Red Bull, noch bevor ich mich richtig auf den Barhocker sacken lassen kann.

«Wirklich alles klar?», fragt er.

Nein, nichts ist klar. Mir geht's beschissen, ich hab mir gerade die Seele rausgekotzt, ich sollte nichts mehr trinken, ich sollte nach

Hause gehen und schlafen. Vielleicht überlebe ich diesen Abend ja. Vielleicht. Gleich werde ich im Bett liegen und Karussell fahren und nicht wissen, ob ich wieder kotzen muss. Und gerade jetzt, in diesem Moment, macht mir der Gedanke beinahe Angst. Ich will das nicht.

«Großartig», sage ich. «Nur der Kreislauf.»

Als ich den Kopf hebe und trinke, sehe ich Jasmin hinter der Theke stehen. Sie sieht mich mit einem Blick an, der sowohl Mitleid als auch Verachtung sein könnte.

Ich entscheide mich fürs Mitleid. Der Kreislauf.

Aus den Lautsprechern dudelt jetzt Britney Spears. Ich glaube, nun wird mir wirklich schlecht.

Ich sehe auf meinen Bierdeckel und überschlage die Summe, die ich Oscar schulde. Nach vier Versuchen und mit einem zusammengekniffenen Auge einige ich mich mit mir auf gut sechzig Euro.

Mein Magen fühlt sich an, als habe man ihn mit Eiswasser gefüllt.

«Ober, zahlen», lalle ich und Oscar kommt zu mir.

«Wäre auch mein Vorschlag gewesen», sagt er.

Ja, Papa ...

Er zieht einen Bleistift unter dem Band seiner Armbanduhr hervor und rechnet die Zahlen auf meinem Deckel zusammen.

«Dreiundsechzigachtzig», sagt er dann.

Heureka! Ich bin ein Kopfrechengenie. Einen kurzen Moment lang bin ich sehr stolz auf mich.

Ich gebe ihm fünfundsechzig und muss mich mit aller Kraft auf der Theke abstützen, um aus diesem blöden Hocker zu kommen.

«Soll ich dir ein Taxi rufen? Wär besser, glaub ich.»

Ich winke ab. Kein Taxi der Welt fährt mich für fünf Euro nach Hause. Außerdem bin ich zu Fuß in zwanzig Minuten da. Die Strecke lauf ich auf Autopilot.

«Deine Entscheidung», sagt Oscar und wendet sich einem anderen Gast zu, der mit seinen Goldketten aussieht wie eine Mischung aus Zuhälter und Ramschkönig.

Als ich die Kneipe verlasse, füllen sich meine Lungen mit frischer Nachtluft. Abgesehen von einem Rauschen in den Ohren, geht es mir körperlich schon wieder besser.

Ich zünde mir eine Zigarette an und mache mich auf den Heimweg.

Mit ein bisschen Glück komme ich um eine nächtliche Karussellfahrt herum, wenn ich erst einmal ein wenig gelaufen bin.

Bringt den Kreislauf wieder in Schwung.

Bis auf einige Taxis sind Gehwege und Straßen menschenleer. Von irgendwoher höre ich drei Männer *Downtown* von Petula Clark grölen. Sind wohl alle besoffen heute.

Nach einer Viertelstunde erreiche ich die Straße, in der ich wohne. Fast geschafft.

Ein paar Häuser lasse ich an mir vorbeiziehen, zwei von ihnen erwischen mich aber an der Schulter. Scheinbar wird morgen der Müll abgeholt, die Straße gleicht einer Allee. Nur ohne Bäume, dafür mit schwarzen Müllcontainern. Als mich eine der Tonnen anrempelt, höre ich ein Geräusch, als sei etwas auf ein Stück Rasen neben ihr gefallen.

Als ich mich herumdrehe und mich hinunterbeuge, sehe ich einen kleinen Kaktus mit Topf neben der Mülltonne liegen.

«Hab ich dir wehgetan?», frage ich ihn.

Ich nehme ihn hoch und halte ihn in das Licht einer Straßenlaterne. Ein kleiner Kaktus in einem gelben Töpfchen. Er sieht ein wenig vertrocknet aus, hat aber noch grüne Stellen. Auf der Unterseite des Topfes steht *R.O.D., Mexico, handmade.*

«R.O.D.?», frage ich ihn.

Keine Antwort.

Was soll's. Ich stecke Rod in meine Hosentasche.

Endlich zu hause fällt die Wohnungstüre hinter mir ins Schloss.

Rod sticht mich, als ich ihn aus der Tasche ziehe. Mit dem Kaktus in der Hand beginne ich, mich auszuziehen, bis ich schließlich nackt in meinem Flur stehe.

«Downtown», singe ich laut, dann wird mir wieder übel.

***

Ich werde von meinem Handy geweckt. Ich kneife die Augen so fest zusammen, dass ich nur noch kleine rote Blitze sehe. Das Sonnenlicht, das mein Schlafzimmer durchflutet, liegt wie Blei in der Luft.

Das Handy klingelt erneut, und ich robbe im Bett zum Nachttisch.

«Hallo?», krächze ich.

Meine Zunge hat seit gestern erheblich an Gewicht zugelegt.

«Hallo ist gut. Guck mal auf die Uhr. Warum bist du nicht hier?»

Mir fällt die Sesamstraße ein. Grobi. Ich bin *hier*. Nein, ich bin *hier*, du bist *da*. Nein, du bist *da*, ich bin *hier*.

«Ich bin ... ich hab ... Wo hier?», sage ich müde.

«Hier. Auf der Arbeit, du Sack. Es ist jetzt bereits Mittag durch. Ich habe gedacht, du hättest vielleicht einen Kundentermin, aber in deinem Organizer ist nichts vermerkt. Also, was soll das?»

«Sack?», frage ich.

«Ich kann das gar nicht glauben. Gestern erzähle ich dir, dass du auf tönernen Füßen stehst, und was machst du? Kommst nicht zur Arbeit. Das geht so nicht.»

«Der Golem stand auch auf tönernen Füßen. Hat's auch weit gebracht», sage ich.

«Quatsch mich nicht mit deinem Herr-der-Ringe-Scheiß voll. Entweder bist du in einer halben Stunde im Büro oder du kannst dein Zeug packen.»

Aufgelegt.

Ich lasse das Telefon aus der Hand und mich wieder in die Kissen fallen.

«Der heißt Gollum, du Spasti ...», sage ich und schlafe wieder ein.

Ich sitze am Wohnzimmertisch und beginne den Tag mit einem kleinen Frühstück.

Rod steht neben meinem Teller und sieht mit mir fern. Ihm habe ich auch ein kleines Frühstück bereitet, bestehend aus Wasser und einem dieser Düngestäbchen, die Andrea hier hat herumliegen lassen für ihre bescheuerten Blumen. Gut, dass das Grünzeug hier raus ist.

Im Fernsehen wiederholen sie, wie Mathieu Carrière als Jesus am Kreuz hängt und dabei ständig «Vater, Vater» brüllt. Vor dem Justizministerium. Der Spinner hat sich mit Klebeband da festmachen lassen, um so für die Rechte der Väter zu kämpfen.

«Wenn der wirklich Jesus spielen will, sollte der sich wenigstens annageln lassen», sage ich zu Rod.

Danach kommen Bilder von einem Naziaufmarsch. In welcher Stadt die sich gerade tummeln, hab ich nicht mitbekommen. Widerliches Pack. Ich schalte um und sehe mir *Droopy* an. Die mit Abstand langweiligste Zeichentrickserie der Welt. Und wenn man Droopy ins Gesicht guckt, erkennt man: Er weiß es.

Vom Büro hat sich niemand mehr gemeldet. Mein Fernbleiben, wie es so schön heißt, wurde wohl als Kommentar gewertet. Ich greife mir die Tageszeitung und blättere durch die Stellenanzeigen.

Nach einer Minute schlage ich die Zeitung wieder zu und spüre, wie mich ein Ekel befällt.

«Freundliches Team sucht Leute mit Spaß am Geldverdienen», «Sie bringen die Schubkarre, wir das Geld», «Für uns ist Geldverdienen kein Fremdwort».

Was haben die alle mit ihrem Geld? Gibt es wirklich Idioten, die sich auf solche Anzeigen melden?

Ui, da kann ich eine ganze Schubkarre voll mit Geld verdienen. Da ruf ich mal an.

Ich kann mir bei dem Gedanken ein Grinsen nicht verkneifen. Vielleicht sollte ich die wirklich mal mit einer Schubkarre besuchen.

Nein, da geh ich lieber zum Amt, bevor ich mich zum Affen mache.

* * *

Zwei Wochen später sitze ich wieder mit Rod vor dem Fernseher. Langsam wird es eng.

Der kleine Dicke vom Arbeitsamt hat mich keines Blickes gewürdigt, als er mir einen ordentlichen Schwung Unterlagen in die Hand gedrückt hat. Die solle ich ausfüllen und dann einen Termin vereinbaren. Dann könne ich bei einem Fallmanager vorstellig werden.

Fallmanager? Vorstellig werden? Dafür hab ich drei Stunden da gewartet? Die Unterlagen hab ich noch im Gang in einen Papierkorb geworfen. Leck mich, fette Schwuchtel.

Dennoch ist es langsam Zeit, sich etwas einfallen zu lassen. Auf meinem Konto sieht's langsam düster aus. Und in spätestens vierzehn Tagen wird mich die Bank gewohnt charmant fragen, wo denn mein Gehalt bliebe.

Rod ist mittlerweile von den Düngestäbchen runter und hat ein feistes Grün entwickelt.

Trotzdem bin ich bei der Angewohnheit geblieben, ihn in der Wohnung mit mir herumzutragen. Sympathischer kleiner Kerl.

In der Zeitung stand heute Morgen, dass ein Vertreter einer kleinen Versicherungsvermittlung brutal zusammengeschlagen worden sei. Die Täter seien aber unerkannt geblieben.

Lang lebe der Sultan!

Die Stellenanzeigen überfliege ich nur. Wenn jemand es sich nicht leisten kann, mehr als drei Zeilen im Stellenteil zu bezahlen, was für einen Job kann der mir schon bieten? Eben.

Da geben die Leute ja schon mehr für Kontaktanzeigen aus. Vögeln tun sie alle, arbeiten nicht. Ich tu jetzt beides nicht mehr.

Ich beschließe, mich heute Abend mal wieder im *Peaches* blicken zu lassen. Ist schon etliche Stunden her, dass ich betrunken war. Und warum nicht das letzte Geld in einer rauschenden Orgie dem Alkohol opfern, als es langsam und schleichend in Brot und Wurst zu investieren.

Im *Peaches* hängen wieder einmal die üblichen Gestalten herum. Saufkumpane wäre noch übertrieben, so wenig Kontakt habe ich zu denen.

Ich setze mich an die Theke und winke Oscar zu mir herüber.
«N'abend. Na, wie geht die Jobsuche voran?», fragt er.
«Läuft langsam, aber läuft», sage ich.
Er nickt und fragt, was ich trinken möchte. Ein großes Pils.
Der Goldkettenträger, der sich langsam zum Stammgast entwikkelt, lächelt mich an und hebt sein Glas in meine Richtung, als Oscar kommt und mir einen Whisky bringt.
«Was soll der Quatsch?», frage ich ihn. «Is das 'ne Schwuchtel?»
«Nein, nicht, was du denkst. Du bist ihm sympathisch, und er würde dir gerne einen ausgeben. Mehr nicht.»
Ich kenne mich mit den verschiedenen Saufritualen überhaupt nicht aus. Natürlich, wäre der Typ eine Frau, würde ich mit dem Glas in der Hand und einem charmanten Lächeln im Gesicht zu ihr rübergehen und mich bedanken. Aber was macht man bei einem Kerl?
«Wenn ich ihm jetzt zuproste, kommt der dann zu mir rüber und versucht, seine Zunge in mein Ohr zu schieben?», frage ich Oscar.
Der schüttelt den Kopf.
«Ich kenn Werner ganz gut. Der ist überhaupt nicht auf Männer aus. Bedank dich doch einfach, und der Fall ist erledigt. Er meint's echt nur nett.»
Ich nehme mein Glas, halte es kurz in Werners Richtung und trinke es in einem Zug leer. Er nickt mir zu und widmet sich nun wieder seinem eigenen Getränk. Schwein gehabt.
«Echt, bist du irgendwie homophob veranlagt oder so was?», fragt Oscar.
«Ich bin mittlerweile ... menschophob veranlagt. Oder humanophob. Wie heißt denn das, wenn ...»
«Du magst Menschen nicht?», unterbricht mich Oscar.
Ich schüttle den Kopf.
«Sollte ich? Alles, was die anfangen, wird zu Scheiße. So'n umgekehrter König Midas. Heute Mittag sind schon wieder so schäbige Glatzen durch irgendeine Stadt gestapft.»
«In Düsseldorf, hab ich gehört», sagt Oscar.

«Und meine Ex fickt jetzt einen, der Tobi heißt. Tobi!»

Oscar nickt.

«Und wenn du dich nicht ausschließlich für Geld interessierst, findest du auch keinen Job.»

Oscar wiegt seinen Kopf hin und her.

«Zeig mir doch mal einen, der nicht völlig oder zumindest teilweise bescheuert ist. Dann nehm ich alles zurück.»

Oscar lacht.

«Na ja, ich denke, ich selbst bin ganz okay. Zumindest halte ich mich nicht für bescheuert», sagt er.

Ich muss nun auch lachen und nippe an meinem Bier.

«Doch, du auch», sage ich dann.

«Aha, und warum bitte? Ich bin selbstständig, hab 'ne tolle Frau und einen noch tolleren kleinen Sohn. Was mach ich denn in deinen Augen falsch?»

Kurz dachte ich, Oscar wäre beleidigt. Das hätte nicht in meiner Absicht gelegen. Trotzdem.

«Guck mal», sage ich, «du hängst hier jeden Tag in deiner Kneipe rum. Du umgibst dich den ganzen Tag mit Zigarettenqualm und lauter Musik. Du wirst Lungenkrebs kriegen oder 'nen Hörsturz. Oder beides. Und das weißt du und änderst doch nix. Ist das vernünftig?»

Oscar sieht mich kurz an, als hätte ich einen Nerv bei ihm getroffen.

«Und außerdem», fahre ich fort, «wenn jemand den ganzen Tag hier in der Kneipe herumgammelt wie du, na ja ... ich will ja nicht unken, aber verbringst du auch genug Zeit mit deiner Familie?»

Der letzte Satz rührt mich gerade selber. Vielleicht der Restalkohol.

«Alter, du ziehst mich gerade voll runter», sagt Oscar und geht.

«Ja», sage ich und trinke einen großen Schluck.

«Hallo», höre ich jemanden neben mir sagen.

Ich fahre hoch. Die Goldkette. Hat sich wohl neben mich geschummelt, als ich mit Oscar diskutiert habe.

«N'abend», sage ich und wende mich wieder meinem Bier zu.

«Sind Sie ein Freund von Oscar? Sie reden viel mit ihm. Mehr als die meisten anderen Gäste.»

Ich nicke, obwohl das mit dem «Freund» nicht ganz zutrifft. Ich kenne ihn seit etwa fünf Jahren, weiß aber im Grunde gar nichts über ihn. Wird ihm da nicht anders gehen.

«Mein Name ist Werner Bolt», sagt Goldkettchen und streckt mir seine Hand entgegen.

«Freut mich», sage ich und gebe ihm die Hand.

Mein Name hat ihn nicht zu jucken.

«Wenn ich jetzt indiskret werde, dann unterbrechen Sie mich bitte. Oscar hat erwähnt, ganz beiläufig natürlich, dass Sie gerade einen Job suchen. Ist das richtig?»

Ich trinke einen weiteren Schluck Bier und zünde mir eine Zigarette an.

«Ich bin gerade dabei, mich beruflich neu zu orientieren, das ist richtig», sage ich.

«Wenn Sie mögen, könnte ich Ihnen da helfen. Ich bin auf der Suche nach Talenten. Und Sie scheinen körperlich gut in Form zu sein und wären sicher der Typ, der für mich in Frage käme.»

Ich wusste es! Der Kerl ist'n Homo!

«Was soll das heißen?», frage ich ihn.

Der Typ lächelt und wedelt mit den Händen vor seiner Brust herum.

«Bitte verstehen Sie mich nicht falsch. Mein Interesse ist beruflicher Natur. Kennen Sie zufällig meine Firma?»

Bolt, Bolt, Bolt ... Da kenn ich nur dieses kleine Pornolabel hier in der Stadt.

«Die ... äh ... Erotikfilmproduktion?», frage ich.

«Exakt.»

«Sie versuchen jetzt aber nicht gerade, mich als Pornodarsteller zu rekrutieren, oder?»

Er lacht.

«Doch. Genau das.»

«Ich hab aber nur 'nen ganz kleinen Pimmel», sage ich und drükke meine Zigarette aus.

Bolt lacht wieder.

«Haben Sie nicht. Wenn ich mir Ihre Statur ansehe, nehme ich an, dass Ihr Schwanz ziemlich ordentlich ist. Kein Koloss, aber guter Durchschnitt.»

Ich sehe mich vorsichtig nach Zuhörern um.

«Ich bin seit zwanzig Jahren in dem Geschäft und habe bereits mit Hunderten Darstellern gearbeitet. Man kriegt irgendwann ein Auge dafür.»

«Ein Auge?», frage ich. «So was wie *an der Nase eines Mannes ...?*»

Werner schüttelt den Kopf.

«Das ist Quatsch. Ich sag's doch, es ist die Statur. Die Art, wie sich jemand bewegt, wie er gebaut ist. So was eben.»

«Hm», mache ich.

«Ich mache Ihnen einen Vorschlag. Haben Sie je Ihre Schwanzlänge gemessen?»

Das darf doch nicht wahr sein! Wenn das jemand hört!

«Wieso?», frage ich.

«Ja oder Nein? Seien Sie bitte ehrlich.»

«Und wenn es so wäre?»

Werner zieht seine Brieftasche aus dem Sakko und holt eine Visitenkarte heraus. «Ich rate Ihre Länge, plus minus einen Zentimeter. Wenn ich Recht habe, nehmen Sie meine Karte an und melden sich bei meinem Assistenten. Ganz unverbindlich. Einfach nur melden. Einver-standen?»

«Na, dann mal los», lache ich.

«Also schön. Sie sind etwas über einen Meter und achtzig groß. Sie treiben scheinbar keinen Sport, sind aber trotzdem recht muskulös, soweit ich das sehen kann. Außerdem bewegen Sie sich recht selbstbewusst durch Menschenmengen. Ihre Hände sind groß, aber nicht zu groß. Zweiundzwanzig Zentimeter?»

Scheiße, es sind einundzwanzig. Andrea hat mich einmal vermessen, als sie beschwipst war.

Ich halte Bolt meine Hand hin, und er legt seine Visitenkarte hinein. Ich stecke sie in die Gesäßtasche meiner Jeans.

Werner lacht und winkt Oscar zu uns herüber.

«Der junge Mann ist heute Abend mein Gast», lacht er und nimmt wieder am anderen Ende der Theke Platz.

Auf dem Heimweg mache ich noch einen Abstecher zur Bank. Ich stecke meine Karte in den kleinen Schlitz und warte, bis der Kasten meinen Kontoauszug ausspuckt. Ohne einen Blick darauf zu werfen, stecke ich den Auszug und die Karte in mein Portemonnaie und gehe nach Hause. Heute brauche ich beinahe eine halbe Stunde, bis ich endlich da bin. Werner hatte mich den ganzen Abend über eingeladen, wofür sich die Hauswände mit vielen, vielen freundschaftlichen Remplern bedanken.

* * *

Heute Morgen ist es besonders schlimm.

Wie üblich sitze ich mit Rod vor dem Fernseher. Mein Kater bringt mich beinahe um. In großen Schlucken trinke ich das Glas mit den Aspirin leer, das ich mir angerührt habe.

Nachdem ich eine Weile ferngesehen habe, ziehe ich mir ein Hemd über und gehe zum Briefkasten. Werbung, Rechnungen und ein Brief von meinem Arbeitgeber. Meinem ehemaligen Arbeitgeber. Ich öffne ihn und ziehe meine Meldung zur Sozialversicherung und meine letzte Abrechnung aus dem Umschlag. Außerdem liegt noch das Kündigungsschreiben bei, in dem steht, dass der Arbeitnehmer an einer Fortsetzung des Beschäftigungsverhältnisses kein Interesse mehr gezeigt habe. Diese Wichser!

Das musste unbedingt sein? Ich seh den Dicken beim Amt schon jubilieren und frohlocken. «Oho, Sie sind selbst schuld, dass sie keinen Job mehr haben? Tja, dann gibt's auch keine Kohle. Tschüss und schönen Tag noch, Sie Idiot.»

Im Grunde hatte ich gar nicht die Absicht, beim Arbeitsamt noch einmal *vorstellig* zu werden. Aber zu wissen, dass ich es nicht einmal könnte, wenn ich müsste, ärgert mich. Das mussten die Penner mir noch unbedingt reindrücken.

Wenn er schon nicht mehr für uns arbeiten will, können wir zumindest dafür sorgen, dass er kein Geld vom Amt kriegt, hahahahaha ...

Schweinerei!

Wieder im Wohnzimmer setze ich mich auf das Sofa und sehe Rod an. Der hat's gut. Braucht nur Wasser, und sogar davon nicht einmal viel.

«Was machen wir denn jetzt?», frage ich ihn, aber er sieht einfach weiter fern.

Arroganter Kerl.

Bestandsaufnahme.

Ich hole mir die Jeans von gestern und ziehe das Portemonnaie mit dem Kontoauszug heraus.

Telefon: abgebucht, Miete: abgebucht, Strom: abgebucht. Macht ein Restguthaben inklusive Dispo von rund dreihundert Euro.

Die Lage ist schlimm, aber nicht verloren. Noch nicht.

Die Handyrechnung buchen sie mir immer erst am Ende des Monats ab. Das heißt, wenn ich innerhalb der nächsten Tage einen Job finde, ist alles wunderbar. Dass ich kein Interesse an Arbeit habe, soll mich zunächst nicht weiter belasten.

«Sie haben studiert, steht im Anmeldebogen», stellt die Kleine von der Zeitarbeitsfirma fest.

Ich nicke.

«Aber Sie haben keinen Abschluss eingetragen.»

Ich nicke wieder.

Sie sieht mich einige Sekunden verwirrt an.

«Warum nicht?», fragt sie schließlich.

«Weil ich keinen habe?», frage ich zurück.

Dumme Nuss. Das Mittel gegen Krebs findet die sicher nicht.

«Also ohne Abschluss», murmelt sie und macht ein kleines Kreuzchen auf ihrer Liste.

Die Kleine sieht aus, als wäre sie erst sechzehn. Jeans, Bluse, Brille und die Haare zum Pferdeschwanz gebunden. Außerdem sieht man, dass sie Nägel kaut. Eklig.

«Und was haben Sie sich so vorgestellt? Beruflich?», fragt sie.

«Ich hatte gehofft, dass könnten Sie mir sagen.»

«Im Moment ist es ja ziemlich schwierig mit Arbeit», sagt sie. «Selbst Unternehmen wie unsere können natürlich nur Stellen vermitteln, wenn es welche gibt. Verstehen Sie das?»

Ja, Frau. Verstehen gut. Ich gut Deutsch. Wollen fleißig sein.

«Absolut», sage ich.

«Das Einzige, was ich Ihnen im Moment anbieten könnte, wäre eher ... körperlich.»

Einundzwanzig Zentimeter, Baby!

«Körperlich?», frage ich.

Sie nickt. «Es gibt noch eine Menge Helferstellen, die zu besetzen wären. Das sind keine anspruchsvollen Tätigkeiten, aber Sie hätten einen Acht-Stunden-Tag und einen regelmäßigen Lohn.»

Nicht anspruchsvoll? Dann mach du das doch, und ich krieg deinen Schreibtisch.

«Aha», sage ich.

«Und ein bisschen Struktur in den Tag zu kriegen, ist doch auch wieder schön, oder?»

Willst du mich verarschen? Ich bin seit zwei Wochen arbeitslos, nicht seit zwanzig Jahren.

«Struktur», wiederhole ich.

«Genau. Also, wenn Sie mögen, können Sie gleich einen Arbeitsvertrag unterschreiben. Ab morgen können Sie dann bereits in einem Unternehmen tätig werden.»

«Arbeitsvertrag? Moment, ich weiß ja nicht einmal, was ich tun müsste.»

Diese Kleinigkeit schien mir erwähnenswert.

«Es wäre eine Helferstelle. Sie ständen am Fließband und müssten Wertstoffe trennen. Ein wenig anstrengend, aber nicht langweilig.»

«Wertstoffe? Sie meinen Müll, oder?»

Das Mädel atmet tief durch. Ganz offensichtlich gehe ich ihr auf die Nerven.

«Wie gesagt, im Moment ist es sehr schwierig mit Arbeit. Und Sie haben weder eine Ausbildung noch ein Studium.»

«Ich habe Abitur und ein abgeschlossenes Grundstudium. Ist das nix wert?»

«Ganz ehrlich? Nein.»

«Mist.»

«Und obwohl sie dreißig sind, haben Sie nur gejobbt. Das ist auch keine Referenz.»

«Übel.»

«So schlimm ist's auch nicht. Immerhin bringen Sie Berufserfahrung mit. Das ist ein Vorteil.»

«Scheiße.»

«Also ... Das wäre im Moment alles, was ich für sie tun könnte.»

«Ficken.»

«Entschuldigung?»

«Ich stände am Fließband und würde Müll trennen?», frage ich noch einmal.

«Genau. Sie würden Pappe von Plastikfolie trennen. Wertstoffe eben.»

Ich sehe aus dem Fenster und stelle mir meine zukünftigen Arbeitstage vor. Schwitzend und stinkend stehe ich an einem ratternden Fließband, auf dem beschmierte, versiffte Papp- und Plastikfetzen an mir vorbeiziehen. Und meine Aufgabe ist es auch noch, das eklige Zeug anzufassen. Und zu jeder vollen Stunde gewährt man den anderen Sklaven und mir das Recht, eine schnelle Zigarette zu rauchen.

Tut mir leid, ich bin zu Höherem geboren. Die Erwartung der nächsten Sekunden wirkt auf mich unglaublich befreiend.

«Tut mir leid, das kannst du vergessen», sage ich und stehe auf.

«Dein Problem. Dann guck, wie du klarkommst», antwortet die Kleine sofort, und mich verwirrt, wie wenig überrascht sie ist.

Wahrscheinlich ist sie Schlimmeres gewohnt.

Vor der Türe zünde ich mir eine Zigarette an und bin extrem guter Laune. Als sei ich gerade dem Tod von der Schippe gesprungen. Oder besser: der Hölle.

An einem Kiosk besorge ich mir einige Tageszeitungen, von denen ich weiß, dass sie einen ausführlichen Stellenteil besitzen, und gehe in ein kleines Café in der Fußgängerzone.

Es ist nicht sehr voll, und ich habe beinahe freie Platzwahl. An einem der Tische sitzt ein langhaariger Typ in meinem Alter und trinkt seine Cola. Scheint den Kellner zu kennen, denn hin und wieder wechseln die beiden ein paar Worte. Abgesehen von ihm, bin ich der einzige Gast.

Ich entscheide mich für einen Platz an einem der größeren Tische und bestelle mir einen Kaffee. Als man ihn mir bringt, beginne ich, die großen Seiten der Zeitungen auf dem Tisch auszubreiten. Die Auswahl macht's. Wär doch gelacht, wenn nichts für mich dabei wäre.

Nachmittags hocke ich wieder auf dem Sofa vor dem Fernseher.

Die beinahe zweistündige Lektüre der Zeitungen hat mich keinen Schritt weiter gebracht. Entweder fehlt mir der Abschluss eines Studiums oder die Jobs befinden sich weit unter meinen Vorstellungen. Soll ich etwa Zeitungen austragen?

Das Telefon klingelt. Ich nehme ab.

«Hallo?», frage ich.

«Hi, ich bin's.»

«Tag, Andrea. Was gibt's?»

«Mal nicht so unfreundlich.»

«Ich bin freundlich.»

«Bist du nicht, du klingst muffig.»

«Streiten wir uns jetzt immer gleich von Anfang an?», frage ich.

«Wenn du auch gleich so pampig bist.»

«Ich bin nicht pampig.»

«Aha, dann bin ich wahrscheinlich nur überempfindlich.»

«Ich hab doch gar nichts gemacht.»

«Natürlich nicht. Du machst ja nie was. Ich bin einfach neurotisch, mach dir keine Sorgen.»

Ratlosigkeit.

«Willst du mich ... Was soll denn das?»

«Ich weiß nicht, was du meinst», sagt Andrea zickig.

Ich lege einfach auf und sehe weiter fern. Das Telefon klingelt immer wieder, aber ich gehe nicht dran.

Was hab ich der Menschheit getan? Warum gibt es für niemanden ein interessanteres Hobby, als mir auf den Keks zu gehen?

Johnny Bravo

Ich schalte den Fernseher ab und trinke den Rest meines Piccolos aus. Heute gab es etwas zu feiern: einen Monat arbeitslos.

Auch Rod habe ich einen Schluck gegönnt. Er is'n Fighter und kann das vertragen.

Wie ich es vorhergesehen hatte, hat die Bank sich gemeldet. Unter anderem. Würde gerne einmal mit mir über mein Konto sprechen. Arschlöcher. Heuchler. Als ob ich nicht genau wüsste, was die wollen. Warum das scheißfreundliche Getue?

Vor mir auf dem Tisch liegt die Visitenkarte von Werner Bolt.

Werner Bolt. Produzent. Und eine Telefonnummer.

Ich nehme den Hörer ab, wähle vier Ziffern und lege wieder auf.

Warum hat der die Karte nicht einfach jemand anderem gegeben?

Von der Möglichkeit, auf eigene Faust einen Job zu finden, haben Rod und ich uns mittlerweile verabschiedet. Aber direkt Pornos? Bin doch keine Hure ...

Schwierig.

Der Piccolo hat mich auf den Geschmack gebracht.

Ich stecke die Visitenkarte in meine Hosentasche, verabschiede mich von Rod und gehe ins *Peaches*.

Nachmittags ist dort so gut wie nichts los. Ich setze mich an die Theke und bestelle mir bei einer Aushilfe ein Bier.

Oscar ist immer erst abends im Laden, und die Kleine kriegt wahrscheinlich vierhundert Euro dafür, dass sie ein bisschen saubermacht und dafür sorgt, dass die zwei bis drei Leutchen, die sich am Tage hier hinein verirren, was zu trinken kriegen.

Sogar die Kaffeemaschine läuft. Hätte nicht gedacht, dass das Ding funktioniert.

Als die Vertretung mir ein Bier bringt, nicke ich ihr zu und trinke einen großen Schluck.

Wie sieht's im Moment bei mir aus?

Kein Job, nur noch ein paar Euro in der Tasche, keinen großartigen Freundeskreis, der mir etwas leihen könnte, meine Eltern ... na ja, die kann ich vergessen. Verjubeln irgendwo im Schwarzwald ihre Rente.

Und auf meinem Wohnzimmertisch stapeln sich die Mahnungen. Das Handy ist bereits dicht.

Rod und ich sind alleine.

«Hallo», höre ich eine Frauenstimme hinter mir.

Ich drehe mich um, als Jasmin sich auch schon neben mich setzt.

«Du bist der Freund von Oscar, oder?», fragt sie.

«Ja, klar. Dein Name war Jasmin, oder?»

Sie nickt und zeigt auf mein Bier.

«Nicht'n bisschen früh dafür?»

Ich lache. Und ich lache ziemlich verlegen, verdammt.

«Ach was. Das ist Alkoholfreies. Ich find's komisch, in 'ner Kneipe Kaffee zu trinken.»

Sie lächelt. Das mit dem Bier scheint sie mir abgekauft zu haben.

«Warum kommst du dann überhaupt in eine Kneipe?»

Ich zucke mit den Schultern.

«Macht der Gewohnheit?»

Sie lächelt wieder, und ihre braunen Augen funkeln ein bisschen dabei.

«Dasselbe könnte ich dich übrigens auch fragen», sage ich.

«Stimmt. Ich trinke hier meinen Kaffee. In einer Kneipe ist's immer ein bisschen kühler als in einem Café. Find ich angenehmer.»

Sie bestellt sich einen Kaffee und sieht mich wieder an.

«Stimmt», sage ich. «Vielleicht zieht mich das auch unbewusst hier rein. Aber warum magst du's kühl? Kommst doch aus'm Süden.»

«Türkin», sagt sie und nimmt ihren Kaffee entgegen.

«Magst du's dann nicht lieber ein bisschen wärmer?», frage ich.

Sie schüttelt den Kopf.

«Ich bin hier geboren und aufgewachsen. 'ne echte deutsche Kartoffel. Hitze macht mir zu schaffen.»

Ich muss lachen.
«Siehst nicht aus wie 'ne Kartoffel.»
Klingt nach Süßholz raspeln. Und genau das soll es auch.
Sie lacht jetzt auch und kneift dabei die Augen zusammen, wie kleine Mädchen das manchmal tun.
«Entschuldige mich», sagt sie dann und geht in Richtung der Toiletten.
Ich sehe ihr nach. Die Jeans, die sie trägt, sieht aus, als habe man sie auf ihren Hintern gemalt. Dazu trägt sie ein weißes T-Shirt, unter dem man ihren BH erkennen kann.
Ich muss mich anders setzen, als ich meine Erektion spüre.
Meine monatelange Enthaltsamkeit hat mich sensibel gemacht.
«Ich nehm auch 'nen Kaffee», rufe ich der Kleinen hinter dem Tresen zu.
«Was ist mit dem Bier?», fragt sie.
«Kipp's weg.»

Mit Jasmin habe ich beinahe den ganzen Nachmittag geredet. Das Sodbrennen bringt mich fast um. Ich habe in meinem ganzen Leben noch nicht so viel Kaffee getrunken. Aber lieber wäre ich an dem Zeug erstickt, als Jasmin auch nur im Entferntesten das Gefühl zu geben, dass ich unser Gespräch gerne beenden würde.
Mir wird immer noch ganz anders, wenn ich daran denke, wie sie in Jeans und T-Shirt ausgesehen hat. Warum ist mir das bei unserem ersten Treffen nicht aufgefallen?
Keine Ahnung.
«Ach, Rod», sage ich, «da entgeht dir was.»
Das einzig Schlechte an dem Nachmittag war, dass ich, ganz Gentleman, Jasmin zum Kaffee eingeladen habe. Und ich muss doch sehr haushalten momentan.
Und zusätzlich bin ich jetzt auch noch spitz wie'n Rettich.
Ich nehme die Visitenkarte von Bolt zwischen die Finger.
«Ach Scheiße», sage ich und wähle die Nummer.

Ich gehe durch eine kleine Toreinfahrt über einen Hinterhof, auf dem Autos parken.

Als ich mitten auf dem Platz stehe und überlege, welche der Türen wohl die richtige ist, kommt mir aus einer auch schon ein blonder Hüne entgegengesprungen.

«Hatten wir telefoniert? Ja? Ich bin der Max.»

Er ist also der *Mäks.*

«Ja, wir hatten gesprochen», sage ich, während er meine Hand zerquetscht.

«Toll. Hat der Werner dir schon erklärt, was du hier genau zu tun hast? Ja?»

«Nicht so ganz. Ich weiß, was er beruflich macht, und nehme an, es hängt damit zusammen.»

Max lacht und grunzt dabei ein wenig.

Er sieht aus wie *Johnny Bravo* aus der Zeichentrickserie.

«Nein, nein. Klar, wir produzieren hier Hardcore-Streifen, sicher. Aber deine Aufgabe ist jetzt nicht, in einem davon mitzuwirken.»

«Nicht?»

Ich bin ernsthaft überrascht.

«Nein, aber du kommst natürlich trotzdem auf deine Kosten.»

Max knufft mich mit dem Ellbogen in die Rippen. Es tut tierisch weh, und wäre er nicht so furchteinflößend groß und kräftig, ich hätte ihn in den Arsch getreten dafür.

«Aber gehen wir erst einmal in mein Büro, ja? Dann reden wir mal in Ruhe.»

Ich folge Max in einen hellen Büroraum. In einer der Ecken steht ein Cola-Automat, daneben ein Tisch mit Kaffee- und Espressomaschine. An einer Wand steht ein gigantisches Ledersofa. Sehr nobel. Max' Schreibtisch besteht aus einer riesigen Glasplatte mit Chromgestell. Dahinter steht ein Bürosessel, in den er sich fallen lässt, während ich auf einem Clubstuhl davor Platz nehme.

Kaum sitze ich, springt Max schon wieder auf.

«Oh Gott! Entschuldige, ich darf doch du sagen?»

Fällt ihm aber früh ein ... Ich nicke.

«Also, kann ich dir irgendetwas anbieten? Kaffee, Espresso, Cola, Wasser. Ich glaube, wir haben hier sogar noch ein bisschen Tee. Magst du Tee?»

«Ich nehm ein Wasser», sage ich.

Allein der Gedanke an Kaffee bereitet mir eine Gänsehaut.

Max bringt mir ein kleines Fläschchen Perrier und ein Glas, dann setzt er sich wieder.

«So, ich fang dann einfach mal an, ja?»

«Gerne», sage ich und schenke mir ein Glas Wasser ein.

«Okay, also. Wie du dir sicher denken kannst, gibt es eine Menge Leute, die gerne in einem unserer Filme mitwirken würden, ja? Teufel, wir kriegen zig Bewerbungen jeden Tag. Natürlich meist von Männern.»

«Nehm ich auch an», sage ich.

«Echt. Und was für Typen. Hier ...», sagt Max und zeigt auf eine der vielen Mappen, die auf seinem Tisch liegen. «Der Kerl schreibt uns jeden Monat. Auf den Fotos liegt der teilweise in seiner eigenen Pisse und grinst in die Kamera, als müssten wir total stolz auf ihn sein.»

«Is ja eklig», sage ich.

«Was soll's», sagt Max. «Jeder, wie er meint. Das eigentliche Problem ist, dass die Jungs, auch die Mädels, denken, Pornos drehen hieße: ficken und dafür Geld kriegen.»

«Ist das denn nicht genau so?», frage ich ihn.

«Ha! Dann kann ich dir mal 'nen Film von uns zeigen und einen, wie'n Typ sich über ein Strichmädel hermacht. Dann siehst du den Unterschied.»

Der hat Videos vom Straßenstrich...?

«Was ich meine ist, dass die Leute vergessen, dass es a) nicht jeder kann, der will, und b) harte Arbeit ist, ja?»

«Ja», sage ich.

«Wie auch immer. Es gibt natürlich Kandidaten, die wir einladen. Zu Gesprächen, kleinen Tests und natürlich Probeaufnahmen.»

«Macht Sinn», sage ich, ohne zu wissen, was ich meine.

«Gut. Also, wenn wir jemanden haben, von dem wir denken, hey, das ist ein Kandidat für Probeaufnahmen, kommst du ins Spiel.»

«Ich?», frage ich.

«Klar, du. Oder jemand wie du. Wie auch immer. Ich mach's mal kurz: Angenommen, wir haben ein Mäuschen für Probeaufnahmen, dann braucht sie natürlich einen Partner, ja? Jemand, mit dem sie zusammen spielen kann, damit wir sehen, wie sie sich im Ernstfall machen würde. Wie bewegt sie sich, ist sie vielleicht zu steif oder zu still, und so weiter. Darum drehen wir einen kleinen Clip mit ihr und sehen dann, was sie vielleicht noch an sich tun muss. Mit unserer Hilfe natürlich, ja? Ist ja noch kein Meister vom Himmel gefallen, hab ich Recht?»

Wieso hat der Filme vom Straßenstrich...?

«Absolut», sage ich.

«Tja, und das wäre dann deine Aufgabe», sagt Max.

«Ich wüsste nicht, wie ich ihr dabei helfen sollte.»

Max lacht und zeigt augenzwinkernd auf mich.

«Nein», sagt er, «du sollst ihr nicht helfen, du sollst sie vögeln.»

* * *

Nach zwei Wochen hatte ich das Ergebnis vom Gesundheitsamt. HIV? Nich' die Spur.

Ich bin nicht überrascht, habe ich doch wie ein Mönch gelebt.

Ich rufe Max an und teile ihm das Ergebnis mit.

«Geil, Alter. Dann kann's ja losgehen, ja?»

«Natürlich, von mir aus», sage ich.

«Dann komm doch gleich einfach mal vorbei und wir reden.»

«Alles klar, in 'ner Stunde bin ich da.»

In der letzten Zeit habe ich hin und wieder mit Max telefoniert. Um in Kontakt zu bleiben, wie er sagt. Ich sprech's nicht gerne aus, aber langsam wird mir der Klotz sympathisch.

Wenn er von der Arbeit redet, geht's immer nur darum, sich wohl zu fühlen, zu tun, was man für richtig hält, mit sich selbst im Reinen zu sein und so weiter.

Wenn's ums Geld geht, spricht er nur am Rande von einer selbstverständlich angemessenen Bezahlung.

Ich habe keine Ahnung, was Max unter *reden* versteht, deswegen nehme ich vorsichtshalber eine Dusche und ziehe mich um, bevor ich mich auf den Weg mache.

Nach einer kurzen Bahnfahrt erreiche ich schon die Firma, und Max kommt mir bereits entgegen.

«Hey, freut mich, dass du da bist», lacht er und drückt meine Schulter.

«Danke», sage ich und folge ihm in sein Büro.

Ich nehme mir ein Wasser und setze mich auf das Sofa, während Max einen der Clubstühle in meine Richtung dreht und sich ebenfalls setzt.

«Okay, die Formalitäten sind ja jetzt erledigt. Jetzt geht's ans Eingemachte.»

Er reicht mir einen Pappordner. Ich schlage ihn auf und darin befindet sich ein Stapel Hochglanzfotos. Auf allen Bildern ist dasselbe Mädchen, nur in verschiedenen Posen. Auf einem der Abzüge steht sie in Strümpfen auf einem Tisch und leckt an ihrem Zeigefinger.

Auf dem nächsten liegt sie auf einem Bett, einen Dildo in ihrer Muschi und zwei Finger in ihrem Hintern. So geht das die nächsten Bilder weiter.

«Nett, oder?», fragt Max.

Ich nicke und gebe ihm den Ordner zurück. Er wirft ihn auf seinen Schreibtisch.

«Das ist Claudia, Fitnesstrainerin, 24 Jahre alt und auf der Suche nach neuen Herausforderungen. Na ja, das Übliche. Wir hatten sie gestern hier und haben ein wenig mit ihr geplaudert. Ein hübsches, nettes Mädel. Wir glauben, dass wir gut mit ihr arbeiten können.»

«Hm», mache ich.

«Gut, wir würden sie gerne für übermorgen hierhin bestellen, um mit ihr erste Aufnahmen zu machen. Genauer gesagt: mit euch.»

Obwohl ich wusste, was man hier von mir erwartet, bin ich doch nun ein wenig überrascht.

«Übermorgen?», frage ich. «Braucht ihr denn von mir nichts weiter? Ich meine, Fotos oder sowas?»

«Nein, wozu? Du bist kein Darsteller. Versteh mich nicht falsch, aber dein Aussehen spielt für uns erst mal keine Rolle.»

«Ha! Umso besser», lache ich.

Max beugt sich nach vorne und drückt wieder meine Schulter. Diesmal hat er einen Nerv erwischt, glaube ich, denn ein heißer Schmerz schießt mein Schulterblatt hinunter.

«Du gefällst mir», sagt Max.

«Aber eines würde mich noch interessieren», sage ich.

Max macht eine einladende Geste.

«Nur zu.»

«Warum nehmt ihr dafür keine Darsteller? Für die Probeaufnahmen meine ich.»

«Ist doch 'ne gute Frage. Das liegt am Geld. Darsteller sind einfach zu teuer, deswegen ... Aahaa ...!»

Max steht auf und wedelt mit einem Zeigefinger. Ich weiß nicht, was mit ihm ist. Vielleicht haben die Turboröhren auf der Sonnenbank sein Gehirn überfordert.

«Du raffinierter Kerl», sagt er. «Du willst wissen, was du dafür kriegst, ja?»

Daran hatte ich gar nicht gedacht. Aber er hält mich für clever, und in dem Glauben lasse ich ihn, indem ich vielsagend lächle.

«Du bist ein Fuchs. Okay, die Aufnahmen werden etwa eine halbe Stunde dauern. Etwa. Hundert Euro gibt's dafür, okay?»

«In Ordnung», sage ich.

Klingt für mich tatsächlich fair.

«Werner sagte mir, dass du im Moment keinen Job hast. Ist das noch richtig?»

Ich nicke und trinke mein Glas leer.

«Gut, also können wir dich auch relativ spontan anrufen, ja? Vorausgesetzt, du stellst dich übermorgen vernünftig an.»

«Ich steh zur Verfügung», sage ich.

Max lacht laut auf.

«Wir werden ja sehen, wie du stehst.»
Obwohl ich innerlich mit den Augen rolle, lache ich mit.
«Schön, dann sehen wir uns dann. Bist du bitte um elf hier, ja? Duschen kannst du im Studio.»
«Einverstanden», sage ich und stehe auf.
«Also, man sieht sich», sagt Max und schnappt sich sein Handy.
«Man ist ja nicht blind», lache ich und deute mit beiden Zeigefingern auf ihn.
Max lacht noch einmal laut auf.
Vollidiot.

Zu Hause überkommt mich ein Gefühl der Zufriedenheit, vermischt mit Nervosität. Das typische Gefühl, wenn man kurz davor steht, seine neue Arbeitsstelle anzutreten.
Tja, mein Bauchgefühl scheint also mit meinem kleinen Nebenerwerb einverstanden zu sein.
Nur mein Kopf grübelt noch.
Ich setze mich auf das Sofa und schalte die Stereoanlage ein. Mir ist nach ein wenig Musik, während ich nachdenke.
Ich treibe es mit so einer kleinen Schnalle und kriege Geld dafür. Was soll ich davon halten? Geh ich jetzt anschaffen? Das ist doch kein richtiger Beruf. Obwohl, Pappe und Plastik voneinander zu trennen auch nicht. Oder? Komm ich dafür in die Hölle?
Mist, jetzt werde ich doch noch nervös.
Ich sehe auf die Uhr. Es ist kurz vor sieben. Zeit, einen trinken zu gehen.
Geduscht und frisch angezogen bin ich ja bereits, also mache ich mich gleich auf den Weg in die Kneipe.
Als ich den Laden betrete, grinst Oscar mich schon durch den halben Raum an. Hat wohl schon davon gehört, dass ich jetzt bei Werner in Lohn und Brot stehe. Sozusagen.
«Na, Hengst. Was macht die Arbeit?», lacht er mich an.
«Lass mal gut sein, Spaßvogel», grummle ich und lasse mich auf einen Hocker sinken.

«Werner sagte mir, dass du jetzt für ihn arbeitest?»

Die Neugier bringt Oscar fast um. So glänzende Äuglein hatte er schon lange nicht mehr.

«Arbeiten? Nein, noch habe ich gar nichts getan. Ich überlege noch, ob ich bei ihm anfange.»

Oscar zieht die Brauen hoch.

«Wie, ich dachte, du wirst jetzt Filmstar?»

«Denkst du, ich drehe jetzt Pornos?»

«Äh ... ja. Werner war zwar wenig konkret, aber ...»

Ich unterbreche ihn.

«Du kannst es ja kaum abwarten, oder? Wenn du es ganz genau wissen willst: Werner bot mir einen Bürojob an.»

«Einen Blowjob?», fragt Oscar skeptisch.

Bin ich hier im Aktion-Sorgenkind-Haus?

«Bürojob», sage ich noch einmal.

«Ach so. Wirklich?»

«Wenn ich's doch sage.»

Oscar verzieht enttäuscht das Gesicht. So langsam frage ich mich ernsthaft, ob er nicht scharf darauf ist, meinen nackten Arsch zu sehen.

«Nun ja. Ist doch auch eine schöne Chance für dich. Seine Firma läuft ja wohl ziemlich gut. Ein Pils?»

«Klar», sage ich.

Von wegen *schöne Chance.* Der hat meinen Namen doch bestimmt schon gegoogelt, der Sack. Mit Werner muss ich auch reden. So'n Plappermäulchen kommt als Chef nicht in Frage.

Als Oscar mein Bier bringt, frage ich ihn, ob Bolt sich hier heute blicken lassen wird. Er zuckt mit den Schultern.

«Weiß nicht. Möglich. Sicher bin ich aber nicht.»

«Woher kennt ihr euch eigentlich?», frage ich.

«Ach, wir kennen uns schon lange. Ist 'ne blöde Geschichte gewesen. Ich war mal mit 'nem Mädel zusammen. Wie gesagt, ist schon lange her. Und irgendwann hab ich durch sie Werner kennengelernt. Und dabei auch erfahren, dass sie für ihn ... na ja, arbeitet.»

«Aua», sage ich.

«Ach ja, halb so wild. War trotzdem nett mit ihr. Lustigerweise bin ich aber mit ihm in Kontakt geblieben, und wir haben uns angefreundet. Das war's schon.»

«Und, ist er'n netter Typ?»

«Ohne Einschränkung. Er hatte damals seine Firma ja schon, als ich gerade dabei war, mir was aufzubauen. Er hat oft 'ne Menge guter Tipps gegeben. Mit Rat und Tat zur Seite gestanden, wie es heißt.»

«Hm», mache ich.

«Tja», sagt Oscar und dreht sich weg, als ihn ein anderer Gast ruft.

Väterlicher Freund und Förderer geht mir durch den Kopf. Aber was nützt's? Ich brauch nur die Kohle, und moralische Bedenken hindern mich eigentlich nicht, sie zu verdienen. Ist ja auch nicht so, als wär ich jetzt auf DVD zu haben. Ich bin ja nur der Tester. Quasi. Wenn ich's nicht vermassle. Die Nervosität kriecht wieder in mich zurück. Was, wenn ich das erst gar nicht hinkriege?

One-Night-Stand!

Genau, so muss ich das angehen. Hatte ich schon. Und hat auch reibungslos funktioniert. Im Rahmen des Möglichen natürlich, ich war nicht immer stocknüchtern. Aber wenn jetzt eine Kleine zu mir käme und wollte, dass ich sie vögle, hätte ich schließlich auch keine Bedenken.

Ich entspanne mich langsam wieder. Alles Kopfsache.

«Kuckuck», höre ich, und jemand tippt mir von hinten auf die Schulter.

Ich drehe mich auf dem Hocker und bin auf Augenhöhe mit Jasmin.

«Hallo, Schönheit», rutscht mir heraus.

«Charmeur. Ist der Platz noch frei?»

«Klar, setz dich», sage ich.

Der Typ, der da eben noch gesessen hat, ist wohl gerade zum Pinkeln. Sollte er zurückkommen und ernsthaft seinen Platz beanspruchen, breche ich ihm die Arme.

«Haben uns ja schon ewig nicht mehr gesehen. Wie geht's dir?», fragt Jasmin.

«Großartig», antworte ich, und in dem Moment, in dem ich es sage, habe ich Recht.

«Freut mich. Ich war schon seit Wochen nicht mehr hier. Zu viel zu tun.»

«Ist mir aufgefallen», sage ich. «Ich hab dich schwer vermisst.»

«Natürlich.»

«Jaha.»

«Lügner. Aber mach ruhig weiter damit», lacht sie.

Ich lächle sogar noch, während ich an meinem Glas nippe.

«Und was hat dich so auf Trab gehalten die letzten Wochen?», frage ich.

«Der Job. Ich arbeite als Einkäuferin für Sartré. Schon von gehört?»

«Noch nie. Klingt nach Mode», sage ich.

«Kein Wunder. Ist nur ein kleines Label mit einer Handvoll Boutiquen. Na ja, und ich bin ihre Einkäuferin. Aber Vertreterin trifft's eigentlich besser. Deswegen hab ich die ganze letzte Woche in 'nem Kaff bei London gehockt und mir einen bescheuerten Schnitt nach dem anderen zeigen lassen. Gähn.»

«War's wenigstens erfolgreich?», frage ich.

«Ach was. Die Klamotten sahen aus, als hätte man die vor fünfzehn Jahren bei Woolworth geklaut.»

Ich muss lachen. Jasmin boxt mich vor die Schulter dafür.

«Hey, das ist ernst. Das war 'ne harte Zeit für mich.»

Oscar kommt zu uns und begrüßt Jasmin mit einem Kuss auf die Wange. Sie bestellt sich einen Wodka-Tonic. Zu edel für diese Spelunke.

«Und was machst du überhaupt so? Beruflich meine ich.»

«Ich ... arbeite in der Qualitätskontrolle. Bei 'ner Filmproduktion.»

«Klingt ja richtig aufregend. Was tust du da genau?»

«Keine Ahnung», sage ich.

«Keine Ahnung?»

«Ich fange übermorgen erst an», lache ich.
Jasmin trinkt ihr Tonic, und ich schaue ihr dabei zu.

***

Am nächsten Morgen wache ich mit guter Laune auf. Das erste Mal seit ... überhaupt das erste Mal, glaube ich. In der Küche mache ich mir einen Kaffee, mit dem ich mich vor den Fernseher setze.

«Ja, kannst es nicht abwarten, oder», sage ich zu Rod und setze ihn auf die Armlehne des Sofas.

Wir stehen auf Talkshows. Menschliches Elend in seiner unterhaltsamsten Form. Für eine Hotelübernachtung machen diese Vollidioten alles. Schlagen sich Blumen um die Ohren, gestehen, drogensüchtig zu sein, bezichtigen ihre Ehemänner des Kindesmissbrauchs und werfen ihren Eltern vor, Säufer zu sein. Und das alles im Fernsehen. Irre.

Mittlerweile ist das unser kleines Ritual. Vor einiger Zeit habe ich morgens mit Rod die Nachrichten angesehen und die Kiste dann wieder ausgemacht. Das ist vorbei.

Seit ich mir mit ihm die Talkshows reinziehe, scheint er noch kräftiger und grüner geworden zu sein. «Vergnügungssüchtiges Schwein», sage ich und tippe vor Rods Töpfchen.

Gegen Nachmittag enden die Talkshows leider. Ich setze Rod auf den Tisch und lege mir eine Pizza in den Backofen.

Morgen ist also der große Tag. Mein erster Arbeitstag.

«Soll ich da wirklich aufkreuzen?», frage ich Rod.

«Ich meine, selbst wenn alles optimal läuft, sind's nur hundert Kröten, die ich kriege. Klar, besser als nichts, aber sollte ich mir nicht besser einen richtigen Job suchen? Ich muss ja auch an die Zukunft denken.»

Rod scheint sich mehr für die Tänzerinnen in dem Videoclip zu interessieren.

«Ja, ich weiß. Ich hab ja versucht, einen Job zu finden. Hat ja nicht hingehauen. Also meinst du, ich sollte lieber den Spatz in der Hand nehmen?»

Vielleicht sollte ich den Fernseher einfach ausschalten.

«Ach ja, ist ja gut. Ich geh hin. Kann ja nicht schaden. Außerdem ist's auch schon wieder ein bisschen her, dass ich ...»

Ich sehe Rod an.

«Sag mal, bist du überhaupt schon erwachsen?»

Claudia, Fitnesstrainerin

Ich wache morgens um sechs Uhr auf. Das ist mir das letzte Mal vor drei Jahren passiert, als ich um zehn Uhr meinen Termin für die Zwischenprüfung an der Uni hatte.

Ist also schon Ewigkeiten her.

Ich wälze mich noch einige Minuten im Bett hin und her, finde aber keine gemütliche Position und gebe es schließlich auf. Todmüde schleppe ich mich zuerst ins Bad und anschließend in die Küche.

Rod hat die Nacht auf dem Wohnzimmertisch verbracht. Hat ihm aber gutgetan. Nachdem ich einen Schluck Kaffee getrunken habe, zünde ich mir eine Zigarette an.

Der Fernseher gibt zu dieser Zeit noch nicht allzu viel her. Verkaufsfernsehen und Zeichentrickserien. Immerhin. Ich sehe mir mit Rod *Bugs Bunny* an, döse aber gelegentlich ein.

Nach dem Kaffee fühlt sich mein Magen urplötzlich an, als platze er gleich. Ich renne zur Toilette, und nach einigen mittelstarken Krämpfen kehre ich auf das Sofa zurück.

«Geh da jetzt nicht rein», sage ich zu Rod.

Ich rauche noch eine Zigarette und schalte um. Home-Shopping.

Stört's dich, wenn wir das Ding ausmachen?», frage ich und drükke den roten Knopf auf der Fernbedienung.

Worauf hab ich mich da bloß eingelassen! Ich soll jetzt um elf Uhr ein Mädel vögeln, das ich noch nie zuvor gesehen habe. Und das Schlimme ist, ich mach's des Geldes wegen.

Noch bevor ich meine zweite Tasse Kaffee eingeschenkt habe, pflügt eine weitere Welle durch mein Gedärm. Schnell lasse ich die Kanne zurück auf die Platte der Maschine fallen und renne ins Bad.

Beinahe wär's zu spät gewesen.

Nicht nur, dass ich mich fühle wie eine Kuh vor dem Schlachten, ich hab jetzt auch noch die Scheißerei. Das kann ja was geben ...

Nach einer Viertelstunde schleppe ich mich zurück auf die Couch. Auf einen weiteren Kaffee verzichte ich besser.

«Ach, Rod», stöhne ich.

Nur nicht in Panik geraten. Es ist jetzt erst kurz nach halb sieben, also noch mehr als genug Zeit, mich wieder aufzurappeln.

Die Hoffnung stirbt zuletzt. Ich greife mir eine der Tageszeitungen, die überall verteilt in meiner Wohnung liegen. Vielleicht habe ich ja eine Anzeige übersehen. Es muss doch einen Job für mich geben in dieser Stadt. Natürlich, kein Problem.

Gleich wird mir die Annonce entgegenspringen, die ich übersehen habe. Ich rufe an, bekomme einen Termin zum Vorstellungsgespräch und hab den Job. So war's bis jetzt immer. Warum nicht auch heute.

Ich gehe die Stellenseiten wieder und wieder durch, immer mit demselben Ergebnis.

Ich kann noch nicht einmal Pizza ausliefern, weil ich keine Kohle hab, ständig die Karre zu betanken.

Unterqualifiziert fürs Scheiß-Pizza-Taxi.

Ich knülle die Zeitungen zusammen und werfe den Ball in eine Zimmerecke.

Kurz vor sieben. In spätestens dreieinhalb Stunden muss ich mich auf den Weg machen.

Muss ich? Ich hab nix unterschrieben. Soll der *Mäks* doch denken, was er will. Was geht mich der an.

Ich geh da nicht hin.

Auf dem Tisch liegt die Mahnung der Telekom über 38 Euro. Die könnte ich heute bezahlen. Problemlos. Ich müsste nur eine halbe Stunde ficken. Scheiße.

Diesen Sommer hätte ich meinen Magister gehabt. Das Hauptstudium wäre jetzt beendet, ungefähr.

Was hab ich mir nur dabei gedacht, die blöde Uni zu schmeißen? Meine Gründe kommen mir auf einmal so albern vor. Das viele Jobben, überforderte Dozenten in überfüllten Seminarräumen ...

Es gibt genug Leute, die es trotzdem packen. Man muss sich nur richtig dahinterklemmen.

Dann hat man eben einige Jahre kein Geld für Parties, Freundinnen oder Urlaub. Aber wenn man's dann gepackt hat, muss man sich zumindest nicht mit Hiwi-Jobs durchhangeln.

Ich sitze auf dem Sofa und fühle mich plötzlich leer und verzweifelt.

Um kurz nach zehn Uhr mache ich mich auf den Weg zur Bahnhaltestelle.

Max erwähnte zwar, dass ich im Studio duschen könne, aber der dämliche Durchfall hat mir keine Wahl gelassen. Zum Glück hat sich das wieder gelegt.

Ich bin völlig betäubt, als ich mich auf eine der Sitzbänke hocke und die Bahn sich in Bewegung setzt. In einer knappen Stunde bin ich eine Hure.

«Na, gut geschlafen?», begrüßt mich Max.

Neben ihm steht ein junger Kerl, blass und ein wenig hager.

«Das ist Fred, er macht die Kamera. Fühlst du dich gut heute?»

«Kann's losgehen?», frage ich und gehe an den beiden vorbei in Richtung Büro.

«Klar, klar», sagt Max. «Aber ins Studio geht's hier lang, ja?»

Ich halte auf die Tür zu, auf die Max gezeigt hat, Fred und ihn im Schlepptau.

Max schließt auf und lässt uns hinein, bevor er die Türe hinter sich wieder abschließt.

«Hab ich einmal doch vergessen, hier abzuschließen. Da stand der Postbote plötzlich mitten in der Aufnahme. War ihm sehr peinlich», sagt er dann und lässt den Schlüsselbund wieder in seine Hosentasche gleiten.

Fred grinst.

«Gut, also es sieht so aus: Wir haben hier das Bett und wir haben die Kleine und dich. Hier geht es erst einmal darum, dass sie zeigt, was sie vor der Kamera draufhat. Niemand erwartet hier heute

Akrobatik oder das Kamasutra. Ganz entspannt, der Druck liegt auf der Maus, ja? Sie ist diejenige, die heute unter Beobachtung steht.»

Ich nicke.

«Aber tut mir einen Gefallen», schaltet sich Fred ein. «Wenn ihr bei der Sache seid, vermeidet bitte ruckartige Bewegungen mit den Armen oder den Beinen. Ich bin teilweise echt nah dran und fang mir leicht ein Veilchen, wenn einer von euch plötzlich vor die Linse tritt oder schlägt. Okay?»

Ich nicke wieder.

«Werd dran denken.»

«Toll», sagt Max. «Dann schlage ich vor, du gehst erst einmal duschen, die Haare lässt du am besten trocken. An der Duschkabine hängt ein Handtuch, das kannst du überwerfen, wenn du fertig bist, ja?»

«Ist gut», sage ich und trotte in das kleine Badezimmer neben dem Studio.

Ich schließe die Türe hinter mir, ziehe mich nackt aus und hocke mich auf die Toilette.

Immerhin, es kommt nichts mehr. Den Durchfall habe ich überwunden, scheint's.

Ich bleibe zehn Minuten unter der Dusche, trockne mich mit einem der kleinen Handtücher ab und wickle mir das große, von dem Max gesprochen hat, um die Hüfte.

Als ich in das Studio zurückkomme, sind Max und Fred noch immer alleine.

«Ah, und? Erfrischt?», fragt Max lachend.

«Wie der junge Morgen», sage ich und setze mich auf die Bettkante.

Ein sehr schönes, großes Doppelbett mit Messingrahmen und einer Kaltschaummatratze. Hat sicher ein Vermögen gekostet.

«Gut, Claudia steht im Stau, wird also noch ein bisschen dauern. Aber sie freut sich schon auf dich.»

Die blöde Schlampe kennt mich doch überhaupt nicht ...

«Schön, geht mir genauso», sage ich.

«Gut, dann werde ich mal sehen, wo sie bleibt. Ich kann dich doch mit Fred alleine lassen, ja? So aufgeheizt bist du doch noch nicht, oder?»

Max lacht wieder auf seine affektierte Art und verlässt das Studio. Fred sieht Max nach. Als Max die Türe hinter sich abgeschlossen hat, wendet Fred sich mir zu.

«Hör mal», sagt er. «Das hier ist heute dein erstes Shooting, hab ich Recht?»

«Wie kommst du darauf?», frage ich.

«Du bist verkrampft wie'n Muschelarsch.»

«Ist auch mein erstes Mal.»

Fred nickt und setzt sich zu mir auf die Bettkante.

«Wenn ich dir helfen kann, ein bisschen locker zu werden, ist das kein Problem.»

Ich sehe ihn fragend an.

«Was meinst du?»

«Hast du was mit Drogen zu tun? Gibt's was, das dich locker macht?»

«Tja, außer Alkohol weiß ich's nicht», sage ich.

Fred schüttelt den Kopf.

«Kannst du vergessen. Was ich dir spontan anbieten könnte, wär Koks, Pep oder'n Teil.»

Ich hab keine Ahnung, was ein Teil ist, weswegen ich mich für das Speed entscheide. Macht spitz wie Koks, schlägt aber nicht so auf die Sensibilität. Ich will die Schnecke ja nicht acht Stunden vögeln, bloß weil ich kein Gefühl in der Kuppe habe.

«Is klar», sagt Fred und drückt mir ein kleines Tütchen in die Hand.

«Im Schränkchen unter dem Waschbecken ist ein Strohhalm und 'ne Rasierklinge.»

«Danke», sage ich und verziehe mich wieder ins Bad.

Daran hatte ich gar nicht gedacht. Mich mit Drogen betäuben. Aber selbst wenn ich die Idee gehabt hätte, ich kenne niemanden, der mir welche hätte besorgen können.

Ich schütte den halben Inhalt des Beutelchens auf den Spülkasten der Toilette. In dem Unterschränkchen liegen, wie Fred gesagt hat, eine Rasierklinge und ein kurzer Strohhalm.

Mit der Klinge hacke ich das Pulver fein und forme zwei gleich große Linien. Dann halte ich mir den Halm an ein Nasenloch und sauge es ein. Erst das linke, dann das rechte.

Das Zeug brennt unglaublich. Mir schießen sofort die Tränen in die Augen. Als ich das letzte Mal etwas mit Pep zu tun hatte, war ich im ersten Semester auf einer Campusparty. Nicht dass ich dem Zeug danach feierlich abgeschworen hätte; es hat sich einfach nie wieder ergeben.

Ich betrachte mich im Spiegel und sehe, wie die Tränen langsam wieder verschwinden und ich wieder halbwegs normal aussehe. Ich ziehe die Nase hoch und merke, wie mir ein warmer, bitterer Brei durch den Rachen in den Hals kriecht.

Ich atme tief durch, packe den Halm und die Rasierklinge wieder in das Schränkchen und wische mit der Handfläche kurz über den Spülkasten. Dann gehe ich zurück ins Studio.

Fred ist noch immer allein. Ich drücke ihm das Tütchen wieder in die Hand.

«Danke.»

«Wenn's nützt», sagt er und steckt das Speed in die Uhrentasche seiner Jeans.

Eine Minute später hören wir, wie die Türe aufgeschlossen wird.

Max betritt mit Claudia das Studio.

Sie trägt ein knappes Top und einen Minirock, unter dem sie nichts trägt. Nicht, dass man es sähe, aber wenn man sie ansieht, ist einem das sofort klar.

Ich springe vom Bett auf und halte mit einer Hand mein Badetuch fest.

«Hey, wie geht's?», frage ich.

«Gut, danke», sagt Claudia.

«Okay», beginnt Max, «du gehst dich jetzt erst einmal kurz duschen, und dann können wir auch schon anfangen, ja?»

«Okay, ich freu mich schon tierisch», sagt Claudia und verschwindet hinter der Badezimmertüre.

Ich sehe ihr grinsend nach.

«Na, was sagst du?», fragt Max Fred.

«Könnte sein, mal sehen. Nachher sind wir schlauer.»

«Und du bist so weit?»

«Von mir aus kann's losgehen», lache ich.

«Okay, dann mal los», sagt Max.

Kurz darauf betritt eine nackte Claudia das Studio.

Max klatscht in die Hände.

«Dann los, bitte.»

Er stellt sich an die Türe und Fred schultert seine Kamera.

«Du weißt Bescheid?», fragt er Claudia, die nur ein kurzes «Natürlich» haucht.

Claudia geht in die Knie, nimmt mein Handtuch weg, wirft es auf das Bett und beginnt, an meinem Schwanz zu saugen. Zu meiner Freude und Überraschung wird er sofort steinhart.

Ich nehme ihren Kopf zwischen meine Hände und vögle nun langsam und gleichmäßig ihren Mund. Fühlt sich großartig an.

Nachdem ich das Geschmatze unter mir ausgiebig genossen habe, ziehe ich Claudia zu mir hoch. Sie sieht mir mit einem Blick in die Augen, der wohl verführerisch oder verrucht wirken soll. Albern.

Sie legt sich bäuchlings auf das Bett und schiebt sich einen Zeigefinger in den Mund. Ich ziehe ihren Hintern näher an mich heran und fühle mit der Hand, ob sie schon feucht genug ist. Nicht außergewöhnlich, aber es sollte reichen.

Ich stecke ihr meinen Schwanz rein und stoße ein paar Mal kräftig zu. Claudia schreit und stöhnt, während sie ihren Kopf wild hin und her wirft.

Claudia, 24, Fitnesstrainerin auf der Suche nach neuen Herausforderungen.

Ich verkneife mir ein Lachen und vögle sie jetzt noch härter und schneller, während ich ihr mit der flachen Hand auf den Arsch haue.

«Jaaa, gib's mir richtig», quietscht sie, und ich schlage weiter, bis ihre Backen beide rötlich glühen.

Jetzt drücke ich sie flach auf das Bett und drehe sie an ihren Beinen auf den Rücken. Eigentlich wollte ich sie in der Missionarsstellung nehmen, aber als ich ihre Brüste sehe, springe ich zu ihr aufs Bett, hocke mich auf ihren Bauch und lege meinen Schwanz zwischen ihre Titten. Claudia presst sie zusammen, sodass sie meinen Schwanz fast vollständig verschwinden lassen.

«Oh ja, du Schwein! Fick meine Titten», stöhnt sie.

Ich springe auf ihr herum und jedes Mal, wenn ich nach vorne komme, streckt sie die Zunge heraus und leckt über meine Eichel.

Es dauert nur eine Minute, bis ich nicht mehr kann.

Ich packe Claudias Haare und ziehe ihren Kopf ein Stück nach oben. Mit der rechten Hand massiere ich meinen Schwanz und spritze ihr laut stöhnend ins Gesicht.

Dann lasse ich ihren Kopf wieder in das Kissen fallen und sehe zu, wie sich die Fitnesstrainerin mein Sperma mit den Fingern in den Mund schiebt und genüsslich schnurrt.

Nassgeschwitzt sehe ich mich um.

Fred hockt neben uns auf dem Bett, die Kamera nah an Claudias Gesicht. Immer mehr meines Spermas leckt sie sich von den Lippen, ohne die Kamera aus den Augen zu lassen.

«Ja, ich bin eine Schlampe», sagt sie in die Linse. «Ich brauch es ständig.»

Ich hocke noch immer auf Claudia und weiß nicht genau, was ich mit mir anfangen soll.

«Okay, das war's dann», sagt Fred und kriecht vom Bett herunter.

Na ja, das lief doch ganz gut, denke ich.

«Das war es», zischt mich Claudia vorwurfsvoll an.

«Oh, ja, 'tschuldigung», sage ich und steige von ihr herunter.

Ich stehe neben dem Bett und gucke verunsichert zu Max rüber, während sich ein Spermafädchen von meiner Eichelspitze abseilt.

«Ja, okay», sagt Max. «Dann mach dich ein wenig frisch, Mädel. Und danach sehen wir uns im Büro, ja?»

«Is gut», sagt Claudia und verschwindet unter die Dusche.

Ich lege mir das Handtuch wieder um die Hüften. Auf einmal ist es mir peinlich, dass Max und Fred mich nackt sehen.

Fred frickelt irgendwas an seiner Kamera herum, während Max sich mit seinem Handy beschäftigt. Ein kleiner Schauer läuft mir den Rücken hinunter, aber kein unangenehmer. Das Pep.

«Leute?», frage ich nach einer Minute.

Max streckt das Kinn nach vorne. Ein Zeichen, dass er bereit ist, mir eine Frage zu beantworten.

«Wie geht's weiter?», frage ich.

«Ach ja», sagt Max, als fiele ihm erst jetzt ein, dass ich existiere.

«Am besten, du wartest einfach, bis die Kleine fertig ist. Dann geh duschen und komm auch ins Büro, ja?»

Ich bin einverstanden und lege mich wieder auf das Bett. Ich sehe jetzt wahrscheinlich aus, wie die preisgünstige Variante eines Playgirl-Models. Wieder schmecke ich das Speed in meinem Rachen und schniefe automatisch.

Also, mir geht's gut.

Claudia kommt vollständig angezogen aus dem Badezimmer. Sie hakt sich bei Max unter, und beide verlassen das Studio.

«Und», frage ich Fred gut gelaunt, «wie hab ich mich geschlagen?»

Der schiebt sich einen Kaugummi in den Mund und nickt.

«Ordentlich. Fürs erste Mal.»

«Fürs erste Mal? War ein bisschen schnell fertig, oder?»

«Nich' mein Problem. Ich bin schon glücklich, wenn mir niemand die Kamera kaputttritt.»

Fred zwinkert mir zu und schließt den Reißverschluss seiner Kameratasche. «Also dann», sagt er und nimmt die Tasche in die Hand, «wir sehen uns.»

Fred verschwindet durch die Türe auf den Hof, und ich bleibe alleine.

Ein tiefes Gefühl der Zufriedenheit durchflutet meinen Körper. So fühlt es sich wahrscheinlich an, wenn man eigenhändig das Spaceshuttle gelandet hat.

«Jawoll», rufe ich und werfe das Handtuch an die Wand.

Als ich nach dem Duschen auf den Hof komme, sehe ich gerade noch Claudia in ihrem Twingo wegfahren.

Fitnesstrainerin, denke ich und zeige mir selbst ein Henkerslächeln.

«Hey, da kommt ja der Zuchtbulle», ruft Max mir freundlich entgegen, als ich sein Büro betrete.

Ich lache auch.

Max wirft mir eine kleine Flasche Cola zu, die ich mit einer Hand auffange, bevor ich mich auf das Sofa fallen lasse.

«Also», sagt er. «Hast ja offenbar deinen Spaß gehabt, oder?»

Ich lächle schief und nicke.

«Großartig. Ist nämlich das Einzigste, was zählt.»

Es heißt *Einzige*, du Trottel.

«Danke», sage ich.

«Also, kannst du dir vorstellen, das hier öfter zu machen? Weil, von uns aus geht das klar.»

Max hält mir seine Hände entgegen, Handflächen nach oben, und macht dabei ein Gesicht, als hänge das Schicksal der Erde allein von meiner Laune ab.

Und ein bisschen fühle ich mich auch gerade so.

«Absolut», sage ich und trinke einen Schluck der eiskalten Cola, obwohl ich jetzt lieber einen Wodka hätte.

Max setzt sich auf die Tischkante und beugt sich in meine Richtung. «Gut, ich sag dir was. Du machst das hier noch ein paar Mal, und wenn wir dann immer noch so gut miteinander klarkommen, bekommst du von uns einen Vertrag, ja? Wie klingt das?»

«Vertrag?», frage ich.

«Ja, ein Vertrag. Eine festgelegte Anzahl von Buchungen. Du erfüllst deinen Teil, wir unseren. Ein Vertrag eben.»

Wieder kriecht mir ein wohliger Schauer die Wirbelsäule hinauf.

«Toll», sage ich.

«Toll», wiederholt Max und zieht seine Brieftasche aus der Sakkotasche.

Er nimmt zwei Einhundert-Euro-Scheine heraus und hält sie mir entgegen. «Für dich», sagt er dann und zeigt wieder sein dämliches Grinsen.

Aber heute mag ich den Typen irgendwie.

«Das ist zu viel», sage ich.

Max springt von der Tischkante auf und quetscht mir im Hochgehen die Schulter.

«Ehrliche Haut, ja? Ist ein Bonus. Werner hat dich irgendwie ins Herz geschlossen.»

«Cool», sage ich, obwohl ich das Wort nicht mag.

«Also dann, wenn du keine Fragen mehr hast, sind wir für heute fertig.»

Ich nehme das Geld, trinke den Rest meiner Cola und gehe zur Türe.

Als ich mich noch einmal zu Max umdrehe, spielt er bereits wieder mit seinem Handy.

Ich gebe dem Taxifahrer ein gutes Trinkgeld und springe die Stufen im Treppenhaus hinauf. Meine Zufriedenheit hat sich zu einer ausgewachsenen Euphorie gemausert.

«Rod, alte Axt», rufe ich dem Kaktus zu, als ich ins Wohnzimmer komme. «Papa hat heut' ordentlich ein Rohr verlegt, und weißte was? Ich hab sogar noch Kohle dafür gekriegt. Geil, oder?»

Rod wirkt, als könne er es kaum erwarten, dass ich den Fernseher einschalte.

«Oh Scheiße. Du hast Recht», sage ich und drücke auf der Fernbedienung herum, bis das Bild erscheint.

Irgendeine pickelige Fünfzehnjährige schreit gerade einen nicht weniger pickeligen Schlaks an, er solle endlich Unterhalt zahlen und nicht immer nur saufen und Pep nehmen.

«Drogen haben noch jeden betrogen», ermahne ich Rod.

Der Pickeltyp sieht aus wie ein kleiner Nazistricher in seinem *Lonesdale*-Sweater und dem Basball-Cap. Zumindest wie ein Möchtegern-Hooligan.

«Pisser!», zische ich und nehme Rod vom Tisch, um ihn neben mich auf die Couchlehne zu setzen.

«Wer so 'nen Typen bumst, darf sich doch über gar nichts mehr beschweren, oder?»

Mein Lachen lässt Rods Töpfchen wackeln.

Das Pep lässt langsam nach, und während die Kleine im Fernsehen ihren Stecher niederbrüllt, nicke ich gelegentlich ein.

Fitnesstrainerin, denke ich und muss lächeln.

Hure sein hab ich mir schlimmer vorgestellt.

Aber echt.

Jasmin

«Bierchen?», fragt mich Oscar, als ich an der Bar Platz nehme.

«Ach was. Bring mir ’nen Whisky, ’nen doppelten auf Eis», sage ich.

Whisky ist nicht gerade eines meiner Lieblingsgetränke, aber ich hab was zu feiern, und so’n Ding sieht vor einem edel aus, wenn man kein Gesicht zieht, als wäre man todkrank. Dann wirkt man nur versoffen.

«Nanu, bist ja richtig gut drauf heute. Hast du Werners Jobangebot angenommen?»

Ich schüttle den Kopf. Oscar muss ja nicht alles wissen.

«Nein, aber ich habe jetzt meine Berufung gefunden in der Qualitätskontrolle.»

«Aha», sagt Oscar, als wüsste er, wovon ich rede.

Tut er nicht. Und soll er auch nicht.

Ich setze gerade an, *Zehn kleine Jägermeister* mitzusingen, als Werner neben mir erscheint.

«Oh, hallo», sage ich fröhlich.

«Und, alles gut bei dir?», fragt er.

Seit wann duzen wir uns?

«Aber sicher.»

Werner deutet auf einen der freien Tische am Fenster.

«Auf ein Wort», sagt er dann, und ich folge ihm.

Wir setzen uns, und er klopft mir auf den Oberarm.

«Und du hast heute bei uns deinen Einstand gefeiert?», fragt er.

«Absolut», sage ich. «Hat Spaß gemacht.»

«Das ist doch die Hauptsache. Max sagte mir bereits, dass du an einer weiteren Zusammenarbeit interessiert bist und ... stimmt doch, oder?», unterbricht er sich.

Ich nicke mit meinem Whisky am Mund.

«Gut. Gibt es vielleicht noch irgendetwas, das du wissen möchtest? Was dir im Eifer des Gefechts nicht gleich eingefallen ist?»

«Nö», sage ich knapp und schiebe direkt hinterher, dass ich bereits mit Max sehr nett gesprochen habe. Um nicht unhöflich zu wirken.

«Großartig», sagt Werner, und sein Goldarmband plingt gegen sein Glas, als er es vom Tisch hebt und mir entgegenhält. Ich stoße mit ihm an und trinke noch einen weiteren Schluck meines Whiskys.

«Eine Kleinigkeit noch vielleicht», sage ich dann.

Werner zieht die Augenbrauen hoch und lächelt einladend.

«Immer heraus damit.»

«Nun ja, ich weiß, dass du mit Oscar befreundet bist und so ...»

«Und?», fragt Werner.

«Na ja, ich bin jetzt nicht verklemmt, aber mir wär natürlich ganz lieb, wenn der Job –», ich male mit den Fingern Anführungszeichen in die Luft, «erst einmal unsere Sache bliebe.»

Werner lacht auf und klopft mir auf den Oberschenkel.

«Ach, Junge. Du bist doch auch mit ihm befreundet und sagst ihm trotzdem nicht, wo ich meinen Schwanz reinstecke, oder?»

Der Gedanke, dass Goldkettchen überhaupt irgendwo seinen Schwanz reinsteckt, lässt mich schaudern.

«Natürlich nicht.»

«Also, du sagst nichts und ich sag auch nichts.»

Erleichtert trinke ich den Rest meines Glases auf ex.

«Na dann», sagt Werner und richtet sich ächzend auf. «Ich geh dann mal wieder rüber. Wirst sowieso erwartet, glaube ich.»

Ich folge Werners Zeigefinger, den er vor seine Brust hält, und sehe Jasmin, die lächelnd zu mir herüberwinkt.

Ein warmes Gefühl füllt meinen Bauch. Vielleicht der Whisky.

Unsere Wege trennen sich an der Ecke des Tresens, und Werner setzt sich auf einen der Barhocker, während ich auf Jasmin zuspringe.

«Hallo, Schönheit», singe ich.

Sie umarmt mich kurz, und ich deute auf die Plätze, an denen Werner und ich gesessen haben. Sie nickt, und ich begleite sie an den Tisch.

«Schön, dich wiederzusehen», sagt Jasmin und stellt ihre Handtasche neben sich.

Sie sieht wieder fantastisch aus. Sie trägt eine Art Cocktailkleid, aber sehr schlicht und sehr, sehr sexy.

«Ich freu mich auch», sage ich unbeholfen.

Ich winke zu Oscar herüber, der auch direkt an unseren Tisch kommt. Jasmin und er begrüßen sich wieder mit einem Bussi. Ich erwische mich, wie ich ein bisschen neidisch werde auf ihn.

«Was darf ich den Turteltäubchen bringen?», fragt er, und mir springt beinahe das Herz aus der Brust.

Auch Jasmin scheint verlegen.

«Spaßvogel», sage ich und bestelle mir einen Whisky, als ich merke, wie unhöflich ich bin.

«Sorry», sage ich zu Jasmin und zeige auf Oscar, «du zuerst.»

«Wodka-Tonic», sagt sie, und Oscar geht, nachdem er mir zugezwinkert hat.

Blöder Hund.

«Und, heute war dein großer Tag, oder? Wie lief's denn?», fragt Jasmin.

Ich zucke zusammen.

«Was?», frage ich.

«Dein neuer Job. Heute war doch dein erster Tag.»

«Ach so. Na ja. Nichts Besonderes. Also, war okay. Ich prüfe halt ... Aufnahmen. Mastertapes. Bevor die in Kopie gehen», sage ich.

Mastertapes. Klingt professionell.

«Und was für Filme sind das?»

Ich werde wieder locker.

«Ach, alles Mögliche. Wir produzieren im Auftrag von Unternehmen Werbe- und Schulungsfilme. Gelegentlich schicken wir auch Sportaufnahmen ins Kopierwerk, wenn sie halbwegs spektakulär sind. Skater, Biker und die BMXler.»

So hat mir ein Kumpel irgendwann einmal seinen Job beschrieben, als er nach Monaten endlich seine Umschulung zum Mediengestalter vom Amt bekommen hatte.

«Hört sich toll an», sagt Jasmin und scheint sich wirklich für mich zu freuen.

«Is toll», sage ich. «Ich gucke Filme und werde dafür bezahlt.»

Jasmin beginnt ein Kichern, das mich sofort anfixt.

«Heute Morgen habe ich ein Video eingereicht, das war ein Zusammenschnitt von den spektakulärsten Skateboard-Unfällen. Denen passieren Sachen ...»

Jasmins große Augen funkeln mich erwartungsvoll an.

«Also, da war einer, der hat versucht, über so'n Treppengeländer zu springen. Und ist dann mit den Klöt... mit dem Schritt da reingerasselt. Tat schon beim Zusehen weh.»

«Mit den Eiern?», fragt Jasmin.

«Äh ... ja. Voll da reingerauscht. Der hat nicht einmal versucht zu bremsen, der Spinner.»

Jasmin lacht laut auf.

«Und ein anderer wollte ernsthaft über ein fahrendes Auto hopsen mit seinem Board. Das hat den natürlich voll gepackt. Der Typ macht also über dem Wagen 'nen Doppelsalto und klatscht dann mit dem Gesicht auf den Asphalt.»

Jasmins Augen tränen und sie hält sich den Bauch vor Lachen.

Ich drehe jetzt richtig auf.

«Und dann kommt sein bekiffter Kumpel angewackelt, stapft auf den zu, stupst den mit dem Fuß an und fragt *Ey, Alder. Alles klar bei dir?* Ernsthaft. Und der Typ liegt da wie tot auf der Straße.»

Oscar kommt und bringt unsere Getränke. Jasmin bekommt vor Lachen kaum noch genug Luft, um sich zu bedanken.

Anthropologen behaupten ja, dass das erste Lachen der Menschheit aus Schadenfreude entstanden sei. Jasmin untermauert diese These.

Ich nippe an meinem Glas und sehe Jasmin noch ein wenig beim Lachen zu. Immer, wenn sie sich gerade ein wenig fängt, erzähle ich ein weiteres Episödchen aus dem vermeintlichen Video, und sie bricht wieder in schallendes Gelächter aus.

Der Traum einer jeden Frau ist ein Mann, der sie zum Lachen bringt. (Dschini in Disney's Aladdin)

* * *

Es ist kurz nach neun Uhr morgens, als mich mein Handy weckt. Eine SMS, in der steht, dass mir die Dienste des Netzes wieder voll zur Verfügung stehen.

Na also.

Gestern habe ich noch einen kleinen Job für Max erledigt. Insgesamt mein vierter. Wieder ein Mäuschen, das glaubt, es könne ein Star werden.

Ich habe mir angewöhnt, vorher immer ein kleines Näschen Kokain zu nehmen, das Fred mir besorgt.

Man muss ja auch gut drauf sein.

Die Schnalle von gestern kam direkt schon in vollem Ornat ins Studio: Lackkorsett, Lackstiefel und armlange Lackhandschuhe.

Sah aus wie 'ne Domina. Für Fetischisten wär die bestimmt ein Traum gewesen, mich hat sie mit ihren Absätzen zweimal am Bein erwischt, und an den Schrammen hab ich sicher noch 'ne Weile Freude.

Blöde Nuss.

Aber außer ihrem Beate-Uhse-Outfit war da leider nicht viel. Stumm wie'n Fisch hat sie alles über sich ergehen lassen, und als ich in ihrem Gesicht gekommen bin, hat sie die Lippen zusammengepresst, als würd' ich sie mit Jauche beschießen.

Reiseverkehrskauffrau.

Max hat die Fotomappe der Kleinen gerade in den Reißwolf geschoben, als ich meine Kohle geholt hab.

Jasmin sehe ich mittlerweile regelmäßig, leider immer nur im *Peaches.* Ich hab's bis jetzt noch nicht hinbekommen, sie um eine richtige Verabredung zu bitten. Natürlich sprechen wir uns auch jetzt ab, wann wir im Laden sind, und ich bin mir auch ziemlich sicher, dass der Eine nur wegen des Anderen erscheint, aber irgendwie traue ich mich nicht, unsere «Beziehung» in der Außenwelt auf die Probe zu stellen.

Na, das wird schon noch werden, hoffe ich.

Ich hole mir aus der Küche einen Kaffee und gebe Rod einen Schluck Wasser, bevor ich den Fernseher einschalte.

Kurz nach neun. Ob sie schon wach ist?

Hallo, Schönheit, tippe ich in mein Handy und zögere kurz, bevor ich die Nachricht sende.

Immerhin ist heute Sonntag.

Eine SMS ist die beste Art, jemandem einen guten Morgen zu wünschen, ohne ihn zu wecken. Mit Ausnahme der Hirnkrebs-Kandidaten, die ihr Handy als Wecker benutzen und es neben dem Kopf liegen haben.

Das Festnetztelefon klingelt, und mir schwappt der Kaffee aus der Tasse, als ich ihn hektisch auf den Tisch stelle.

«Guten Morgen, Schönheit», sage ich.

«Guten Morgen, Mausebär», flötet das Telefon zurück.

Andrea.

Ich sacke enttäuscht in mich zusammen und rutsche, den Hörer zwischen Kopf und Schulter geklemmt, wieder zu meinem Kaffee.

Die kleine Pfütze hat schon Rods Töpfchen erreicht.

«'tschuldige, Dicker», flüstere ich und stelle ihn auf eine Zeitung.

«Du hattest wohl jemand anderen erwartet, hm?», fragt Andrea wieder gewohnt monoton.

«In der Tat», sage ich.

«Tut mir leid, dich zu enttäuschen», sagt Andrea scharf.

Unser Gespräch ödet mich jetzt bereits an.

«Was kann ich für dich tun?», frage ich gähnend.

«Ich wollte nur mal hören, wie's dir so geht. Nachdem du mich letztes Mal so abgewürgt hast.»

«Was macht Tobieee?»

«Jetzt lass das doch endlich.»

«Okay», sage ich und lege auf.

«Fotze.»
Hoppla. Hab ich das gerade wirklich gesagt?
«Ach, Rod», sage ich und mache den Fernseher lauter.
Mein Handy gibt den SMS-Piepton von sich. Es ist Jasmin.
Guten Morgen. Schon so früh auf?
Das Festnetz klingelt schon wieder.
«Hallo», sage ich und rechne mit einer wütenden Andrea, die mich beleidigt anblafft.
«Hey, Morgen, mein Freund. Ich hab dich doch nicht geweckt, ja?»
Bin ein Frühaufsteher in letzter Zeit, tippe ich in das Handy.
«Max, nein, war schon wach. Was gibt's?»
Ich weiß, was du meinst. In letzter Zeit bin ich auch eher in Gedanken. Lässt einen nicht schlafen ;-)
«Tut mir echt leid, aber ist es möglich, dass du heute Abend noch mal kurz reinkommst? So'n Döschen kann nur sonntags, sagt sie.»
Kann ich dich gleich anrufen?
«Wann denn heute?»
Nein, ich find's gerade so charmanter. Und vielleicht traue ich mich sonst nicht ...
«Reicht dicke, wenn du hier so gegen sieben aufschlägst. Ist das okay für dich?»
Traust dich was nicht ...?
«Absolut. Irgendwas Besonderes sonst?»
Weiß nicht, will dich nicht bedrängen.
«Nix von Bedeutung. Kleine Probeaufnahmen von der Susanne. Ist 26 und arbeitet in irgendeinem Büro. Braucht's ständig feste in den Arsch, sagt sie. Himmel hilf! Ist 'ne ganz Hübsche, aber wir versprechen uns nicht viel von ihr. Was für'n Karteikasten, wenn sie'n bisschen natürlich rüberkommt.»
Frag doch einfach, Schönheit ...
«Na denn. Das dürfte ja auch in 'ner halben Stunde erledigt sein, oder?»
Hättest du vielleicht Lust, heute Abend mit mir auszugehen? Nur, wenn du magst ...

«Höchstens 'ne halbe Stund...»

«JAAAHUUU!!!»

«Scheiße, aua!», ruft Max. «Warum brüllst du mir ins Ohr wie'n Affe?»

Ich lege das Handy aus der Hand.

«Tut mir leid, Mann. Ich hab nur gerade echt gute Nachrichten gekriegt.»

«Freut mich, dann ist mein Ohr ja nicht umsonst gestorben. Bis um sieben, ja?»

«Sicher.»

«Okay, bye», sagt Max und legt auf.

Ich schnappe mir wieder mein Handy.

Es wäre mir eine Ehre, meine Schönheit!

***

Jasmin und ich beschließen, uns heute Abend um acht Uhr vor dem *Peaches* zu treffen. Wohlgemerkt, DAVOR.

Sie sagte, sie kenne ein nettes türkisches Restaurant, in dem man noch richtig auf dem Boden hocken, essen und 'ne Wasserpfeife rauchen könne, wenn man mag. Fände Jasmin schöner und ungezwungener.

Recht hat sie.

Den Tag hab ich pfeifend und singend damit verbracht, meine Wohnung auf Vordermann zu bringen. Spülen, staubsaugen, staubwischen und natürlich das Bettzeug wechseln. Später war ich noch an der Tanke und hab 'ne Flasche Champagner, zwei Flaschen Sekt (eine süß, eine trocken) und Kondome gekauft.

Man weiß ja nie.

Völlig egal, wie alt man ist, oder wie oft man das schon hinter sich hat, man freut sich immer wie'n Kind über die erste Verabredung.

Ich bin ein wenig früher im Studio, und Fred nickt mir schon verschwörerisch zu, als er mich sieht, aber ich schüttle nur den Kopf.

Meine Traumfrau kommt heute Abend zu mir, und das Letzte, was ich will, ist, mich ihr als zugedröhnter Spastiker zu präsentieren.

Max und Fred stehen ein wenig herum und plaudern, als ich aus der Dusche komme.

«Was ist, wo isse?», frage ich und werfe mich auf das Bett.

Max macht eine beschwichtigende Handbewegung.

«Kommt schon noch», sagt er.

Sekunden später öffnet sich die Türe und eine junge Frau tritt ein.

«Bin ich hier ...», fängt sie an, und als sie Max sieht: «Ach, hallo, da bin ich.»

Ja, da bist du, du pferdeschwänziges, nägelkauendes Luder.

Wer hätte das gedacht? Die Sau von der Zeitarbeit.

Sie kommt auch gleich auf mich zu, gibt mir, dann Fred die Hand.

«Hallo, ich bin die Susanne.»

Susi Sorglos ... Wart's ab ...

Keine Spur von Schüchternheit, aber sie scheint mich nicht wiederzuerkennen. Warum sollte sie auch. Irgendein Spinner, der – wie war das noch: gucken soll, wie er klarkommt.

Baby, heute werd ich ganz sicher klarkommen.

Ich frage Max nach irgendwelchen Einschränkungen.

Der schüttelt den Kopf.

«Okay, oder?», fragt er Susanne dann.

«Natürlich, ich mach alles», quietscht sie.

Ich krieg jetzt schon ein Rohr und spiele mit dem Gedanken, mir von Fred vielleicht doch ein bisschen Koks geben zu lassen. Nur, damit ich ein wenig abstumpfe.

Jasmin! Nein, ich lasse das mit dem Koks wohl besser.

Zehn Minuten später kommt Susimaus aus der Dusche zurück. Sie posiert erst ein wenig vor der Kamera. Als sie sich dabei bückt, sehe ich, wie sie zwischen den Arschbacken glänzt.

Hat sich ordentlich eingeölt.

Als sie ihr Posing beendet hat, kommt sie zu mir aufs Bett. Ich bin mittlerweile nackt.

Sofort packe ich ihren Schädel und drücke ihr meinen Schwanz tief in den Rachen. Ihr Gurgeln und Würgen bringt mich fast zum Platzen.

Ich sehe Max grinsen. Ich habe grünes Licht.

Ich ziehe ihren Kopf an ihrem Pferdeschwanz hoch und sehe in zwei verheulte Augen. Ein Speichelfaden spannt sich zwischen ihrer Unterlippe und meiner Eichel. Ich ohrfeige sie, drücke sie wieder in meinen Schoß und lasse sie erst frei, als sie beginnt, sich kräftig von meinen Oberschenkeln abzustoßen.

Arme Susi. Luftmangel?

Lachend lege ich sie mir nun auf dem Bett zurecht. Sie liegt nun auf dem Bauch, und ich klemme ihre Füße in dem Messinggestell fest, sodass sie beinahe im Spagat vor mir liegt.

«Ja, fick mich endlich, fick mich», stöhnt sie.

Kein Getue, das ist echt. Mein Schwanz fühlt sich an, als sei er aus Stahl.

Ich drehe ihre Arme auf den Rücken und halte sie mit einer Hand fest, mit der anderen setze ich meinen Schwanz an ihre Rosette.

«Soll ich dich ficken, du Miststück?»

Sie nickt in die Bettdecke, als ginge es um ihr Leben.

«Stoß ihn doch endlich rein», höre ich sie sagen.

«Ich hab gefragt, ob ich dich ficken soll, du kleine Hure!»

«Fick mich, fick meinen Arsch!» Langsam klingt sie hysterisch. Ich spüre Freds Ärmel an meiner Wade. Mittendrin statt nur dabei.

«Dumme Nutte», keife ich und lasse mich mit meinem gesamten Gewicht auf sie fallen.

Ich stecke jetzt bis zum Anschlag in ihrem Hintern, und meine kleine Sachbearbeiterin jault auf wie ein Kojote.

Ich ziehe mein Ding heraus und lasse mich wieder auf sie fallen. Und wieder, und wieder.

Pappe und Plastik, schießt mir durch den Kopf. Niemand wird mich vorerst von dir trennen.

Im Augenwinkel erkenne ich Freds Daumen, der nach oben zeigt. Stellungswechsel nach oben.

Ich nehme Susannes rechtes Bein und halte es mir vor die Brust. Sie liegt jetzt auf der Seite, sodass ich nicht allzu tief in sie eindringen kann, aber es reicht noch.

Dann folgt Freds Daumen nach links, Freds Daumen nach rechts.

Susis Gesicht ist voller roter Flecken, und einige Haarsträhnen, die sich aus dem Pferdeschwanz gelöst haben, kleben an ihrer Stirn.

Meine Hand packt ihre Kehle, und ich stoße so fest zu, wie ich kann.

«Ja, ja!», schreit sie und reibt sich dabei ihren Kitzler.

«Oh Gott, jetzt, jaaa», quietscht sie auf einmal.

Mein Schwanz fühlt sich an, als stecke er in einem Schraubstock. Susi kommt.

Ich spüre, wie mir der Schweiß den Rücken hinunterläuft. Ich keuche. Gleich ist es auch bei mir so weit. Ich stelle mich vor das Bett und ziehe Susi zu mir, den Kopf voran.

Als ich abspritze, ziehe ich mit Daumen und Zeigefinger ihre Augenlider nach oben. Sie soll sehen, was kommt.

Meine Ladung trifft sie an Nase, Stirn und ins rechte Auge, das sie sofort erschrocken zukneift.

Ja, ja, das beißt ...

Ich halte Susanne an ihrem Pferdeschwanz noch ein wenig bei mir, bis ich sie endlich doch loslasse.

«Okay, ich hab alles», sagt Fred.

«Heidewitzka», jubiliert Max.

Ich setze mich schwer atmend auf die Bettkante und sehe Susanne zu, wie sie versucht, sich mein Sperma aus ihrem mittlerweile feuerroten Auge zu reiben.

«Dann geht mal duschen, ihr zwei. Sehen uns gleich, ja?», sagt Max und pfeift durch die Zähne, als er den Raum verlässt.

Fred folgt ihm.

«Ich muss erst mal eine rauchen. Ist das heiß hier drin» sagt er.

Susanne und ich sind nun alleine.

«Scheiße, mein Auge. Musste das sein?»

«Arbeitsunfall. Zahlt die Kasse», lache ich.

«Leck mich.»

Susanne steht auf und geht ins Bad.

So, das hätten wir erledigt.

In einer Stunde werde ich auf Kissen gebettet sein und werde mit meiner Schönen essen, trinken und lachen.

Ich singe mein «Heut' sehe ich Jasmin»-Lied zur Melodie von *Heut' geh ich ins Maxim.*

Und ich fand Sonntage früher mal langweilig ...

Susanne kommt wieder aus der Dusche und geht direkt zur Türe.

«Danke, hat Spaß gemacht», sagt sie. «Weißt du, wann die das rausbringen?»

Ich schüttle den Kopf.

Jasmin, Jasmin, Jasmin ...

«Na ja, Max wird's ja wissen. Bye.»

«Tschüss. Und übrigens: Ich brauche keinen Job mehr.»

Susanne dreht sich ruckartig zu mir um, und ihr Gesicht verrät bitterste Erkenntnis.

«Hey, was soll's. Sind doch jetzt Freunde», lache ich.

Sie flüchtet förmlich aus dem Raum.

Egal.

Jasmin, Jasmin, Jasmin ...

Zu Hause dusche ich noch einmal und stehe schließlich ratlos vor dem Kleiderschrank wie'n kleines Mädchen kurz vorm ersten Schultag. Hm.

Da ich ja jetzt für meine Verhältnisse fürstlich verdiene, sollte ich vielleicht demnächst meine Garderobe erweitern.

Eine Idee, die mir an einem Sonntagabend nichts nützt.

Was trägt man in einem türkischen Restaurant? Jogginganzug aus Ballonseide? Unwahrscheinlich.

Vermutlich das, was man auch in einem deutschen Restaurant trägt. Da aber ein Rest Unsicherheit bleibt, entscheide ich mich für eine dunkelblaue Jeans und ein schwarzes Hemd. Da macht man nichts falsch. Außerdem komme ich in den Klamotten auch noch in die Discos, falls das noch anstehen sollte.

Nur noch ordentlich parfümiert, und es kann losgehen.

Vor dem *Peaches* wartet Jasmin bereits auf mich, als ich aus dem Auto springe.

Ich überreiche ihr die Blume, die ich schnell noch aus einer Hecke gebrochen habe.

«Tut mir leid, ich bin ein bisschen zu spät», sage ich.

«Nein, ich war ein bisschen zu früh dran.»

«Wollen wir?», frage ich und deute auf meinen Wagen.

«Das ist hier gleich um die Ecke», sagt Jasmin. «Wenn du magst, würde ich gerne laufen.»

«Gerne», sage ich, und Jasmin hakt sich bei mir unter.

Ich rieche ihr Parfum, das mich ganz unaufdringlich einhüllt.

«Wie war dein Tag?», frage ich.

«Sehr schön, bis jetzt.»

Ich sehe sie an.

«Bis jetzt?»

Jasmin lässt meinen Arm los.

«Oh, nein. Das soll jetzt nicht heißen, dass er jetzt nicht mehr ... also, ich meine: Ich glaub, er wird noch schöner. Das wollte ich sagen.»

Jasmin so nervös zu sehen, beruhigt mich. Warum sollte es ihr anders gehen als mir?

Wir fangen an zu lachen, und ein uns entgegenkommendes Pärchen lächelt uns zu.

«Ich find's sehr schön, dass du dich getraut hast ...», sage ich und ärgere mich über den kumpelhaften Ton meiner Stimme.

Sie nickt und lächelt mich an.

Als wir das Restaurant erreichen, halte ich ihr die Türe auf, und Jasmin schlüpft hinein.

Das Lokal teilt sich in verschiedene Räume, wie man sofort sehen kann. Direkt hinter dem Eingang befindet sich der wohl größte davon. Hier stehen Tische und Stühle, wie es in so ziemlich jedem Restaurant üblich ist. Im anschließenden Raum stehen niedrige, runde Tische, umgeben von dicken, gemütlich aussehenden Kissen.

In den Ecken der Räume erkennt man Wasserpfeifen. Um eine davon versammeln sich bereits drei ältere Männer, die diese runden Mützen tragen.

«Iyi aksamlar», lacht Jasmin dem älteren Mann im Anzug entgegen, der auf uns zugesprungen kommt.

«Hos geldiniz», lacht er und küsst erst ihre Hand, bevor er meine schüttelt.

«Guten Abend», sage ich und lächle gequält.

Warum kann ich kein Wort Türkisch? Ist ja nicht so, als gäb's hier keine Türken, die einem das beibringen könnten.

Toll, jetzt bin ich nervös UND komme mir dumm vor.

«Ne var ne yok?», sagt Jasmin und es klingt wie eine Frage.

Der Mann lächelt und macht ein Gesicht, das ich nicht deuten kann. Er scheint aber guter Dinge zu sein.

«Bu arkadasim», sagt Jasmin und deutet auf mich.

Ich lächle und sage noch einmal «Guten Abend».

«Memnun oldum», sagt der Mann und führt uns an einen der niedrigen Tische im Nebenraum.

«Ist doch okay, wenn wir hier sitzen, oder?», fragt Jasmin.

«Solange du dich neben mich setzt ...», sage ich und streichle ihr über den Rücken.

Wir setzen uns in die Kissen, und Jasmin sagt «tesekkür ederim».

Das kenn ich! Das heißt *Danke.*

«Teschekühr ädärimm», plappere ich ihr nach.

Der Mann nickt und zwinkert mir freundlich zu.

«Stört dich doch nicht, auf dem Boden zu sitzen, oder?», fragt Jasmin noch einmal und legt ihre Hand auf meinen Arm.

«Nein, im Gegenteil. Ist doch kuschelig, Zu Hause sitz ich nur auf dem Boden.»

«Natürlich», lacht sie und reicht mir eine der Karten.

Sie sind komplett auf Türkisch und ich sehe wohl ein bisschen belämmert aus, als ich durch die Zeilen gehe auf der Suche nach einem Wort, das mir vielleicht bekannt vorkommt.

«Soll ich dir vielleicht ein bisschen helfen?», lächelt Jasmin.

«Quatsch», sage ich, «ich spreche fließend Türkisch. Warte, hier: *bumbar* klingt super. Dazu nehm ich dann *beyin salatasi.* Lecker, lekker. Salat. Da läuft mir das Wasser im Mund zusammen.»

Jasmin bricht in schallendes Lachen aus, und die drei Alten an der Wasserpfeife kichern ebenfalls.

«Was denn?», frage ich.

«Also hättest du gerne einen fleischgefüllten Dickdarm und einen Hirnsalat. Ich sag dann Bescheid.»

«Warte», sage ich und lasse die Karte auf den Tisch fallen. «Du hast Recht. Wie egoistisch von mir. Ihr Frauen seid ja mittlerweile emanzipiert, hab ich gelesen. Du sollst also aussuchen, was wir bestellen.»

«Wie gnädig», lacht Jasmin.

«Obwohl ich Dickdarm so gerne esse», sage ich.

Jasmin rutscht näher zu mir, und wir sehen gemeinsam in ihre Karte.

«Hier», sie zeigt auf ein Wort, «das ist was. Mit Reis gefüllte Weinblätter. Sehr lecker.»

Ich sehe sie an und spüre ihren Atem auf meinen Lippen.

«Und das?», frage ich auf irgendeinen Punkt auf der Karte zeigend.

«*Musakka.* Auberginen mit Hackfleisch und Zwiebeln.»

«Sieht sehr gut aus», sage ich.

«Stimmt.»

Mein Gesicht kommt ihrem näher. Jasmins Blick springt zwischen meinen Augen hin und her.

«Seker», flüstert sie und wir küssen uns.

* * *

Als ich am nächsten Morgen aus der Küche komme, bleibe ich im Türrahmen des Schlafzimmers stehen.

Im Bett liegt Jasmin auf dem Bauch, von der Hüfte abwärts in die Bettdecke gewickelt. Ich bin ganz still und höre sie leise schnarchen. Die Verzückung treibt mir beinahe die Tränen in die Augen.

Das Brodeln der Kaffeemaschine hat aufgehört, und so gehe ich in die Küche zurück, um den Rest des Frühstücks vorzubereiten.

Mit einem Tablett in den Händen gehe ich zurück. Ich stelle es vor mir auf den Boden und streichle Jasmins Rücken, bis sie langsam wach wird. Als sie die Augen öffnet, lächelt sie und ihre linke Hand streichelt über mein Knie.

«Guten Morgen, Schönheit», flüstere ich.

«Guten Morgen», sagt Jasmin und schließt wieder ihre Augen.

Durch die schmalen Schlitze der Rollos fällt nicht sehr viel Licht ins Schlafzimmer, aber genug, dass ich Jasmin lächeln sehe.

Ich behalte meinen Flüsterton bei: «Es ist jetzt kurz vor acht. Kannst du noch zum Frühstück bleiben oder musst du los?»

«Frühstück», gurrt Jasmin und robbt näher an mich heran.

Ich streichle ihr durch das Haar. Ich weiß nicht, ob ich je so tiefschwarze Haare gesehen habe. Über Jasmins Ohren beginnt ein dünner, schwarzer Flaum, der sich auf der Höhe des Ohrläppchens verläuft. Unwillkürlich streichle ich über ihre Wange, und sie öffnet die Augen.

«Guten Morgen», sagt sie noch einmal.

Jasmin richtet sich auf und zieht die Bettdecke nach, sodass sie für einen kurzen Moment barbusig im Bett sitzt.

«Tadaaa!», sage ich und stelle ihr das Tablett mit Brötchen, Brot, Wurst und Käse, Eiern, Marmelade, zwei Tassen Kaffee und zwei gefüllten Champagnerflöten auf den Schoß.

«Wie lieb», schnurrt sie und rückt näher zu mir, wobei fast die Champagnergläser umfallen.

Sie legt ihre Arme um meinen Hals und küsst mich.

«Nur, wenn es sich lohnt», grinse ich.

«Und, hat es sich gelohnt?», fragt sie und knabbert an meiner Unterlippe.

«Absolut.»

«Wie spät war's nochmal?»

«Gleich acht», antworte ich.

«Dann hab ich noch eine Stunde, bevor ich losmuss.»

«Großartig», sage ich und reiche ihr eines der Champagnergläser.

Wir stoßen an, trinken einen Schluck und stellen die Gläser zurück auf das Tablett.

«Das war ein sehr schöner Abend gestern», sagt Jasmin.

«Wiederholen wir das?», fragt sie dann beinahe schüchtern.

«Wiederholen? Das machen wir jetzt immer!»

«Ich dachte schon, ich hätte vielleicht gestern im Restaurant gelogen.»

Ich schaue sie fragend an.

«Ich hab dem Wirt erzählt, dass du mein Freund bist ...»

Ich nehme ihre Hand und küsse sie.

«Von mir aus hast du nicht gelogen ...», sage ich.

Nach dem Frühstück geht sie duschen, und wir sitzen noch ein wenig auf dem Sofa zusammen und trinken Kaffee.

«Du hast ja 'nen Kaktus», sagt Jasmin, als sie Rod auf dem Tisch stehen sieht. «Ich dachte schon, hier gäb's keine Pflanzen.»

«Nein, Rod ist die einzige», sage ich.

«Rod?», fragt Jasmin verwirrt.

«Jau. Er ist Mexikaner.»

Jasmin ist zur Arbeit gefahren. Wir sind gestern Abend mit ihrem Wagen zu mir gefahren.

Ich kann meine Karre später noch vor dem *Peaches* einsammeln. Läuft ja nicht weg.

Rod und ich sehen ein wenig fern, und ich lasse den gestrigen Tag noch einmal Revue passieren. Schon abgefahren.

Zuerst bums ich die kleine Schlampe von der Zeitarbeit, und mit dem Geld verbring ich dann einen der schönsten Abende, die ich seit Jahren hatte.

Jasmin, Jasmin, Jasmin ...

Mir fällt das Gesicht von der Kleinen wieder ein, als ihr aufgefallen ist, wer sie da gerade in den Hintern gevögelt hat.

Ich muss grinsen.

Ich schrecke von der Couch hoch, und mir läuft ein eiskalter Schauer über den Rücken. In meinem Magen bildet sich ein Klotz von der Größe eines Ambosses.

Was hat die kleine Idiotin mich gestern gefragt? Ob ich wüsste, *wann die das rausbringen*?

Sorry, der Markt ...

«Habt ihr den Arsch auf?», schreie ich, und Max sieht genervt aus.

«Wie könnt ihr das machen? Damit bring ich eure Ärsche vor Gericht. Das war nicht abgesprochen.»

«Wenn du dich vielleicht einen Augenblick ...», beginnt Max.

«Nein, ihr Wichser! Wir hatten eine Vereinbarung. Das ... das verstößt gegen mein Recht am eigenen Bild.»

Ich beruhige mich überhaupt nicht mehr.

«Komm mir nicht mit Recht und Gerechtigkeit, ja? Du hast 'nen Vertrag, Partner.»

Ich bin wieder ruhiger. Max betont das Wort *Vertrag* zu deutlich, als dass er irgendeinen Bluff in der Hinterhand hielte.

«Sind wir dann so weit, ja?», fragt er dann und deutet auf die Couch.

Ich nehme Platz.

«Fein. Also, wie du deinem Vertrag», er betont das Wort wieder überdeutlich, «sicher entnommen hast, gibt es eine Klausel, in der eindeutig steht, dass wir, und nur wir, die Rechte an den Aufnahmen haben. Die Rechte an jedweder Form von Bild- und Tonaufnahmen hast du an uns abgetreten. Tut mir leid, aber das ist so.»

«Warum habt ihr mir das nicht gesagt? Warum lügt ihr mir so scheiß-frech ins Gesicht?»

Max zuckt mit den Schultern.

«Haben wir nicht. Als wir die ersten Aufnahmen von dir gemacht haben, hatten wir keineswegs vor, sie zu veröffentlichen.»

«Aber ...?», bohre ich ungeduldig nach.

«Der Markt», wirft Max mir lapidar hin.

«Der Markt? Der verfickte Markt?»

«Richtig. Dieses Privatzeug. Private Pärchen, private Orgien, Sex unter deutschen Dächern et cetera. Das ist im Moment das Ding.

Das ziehen die Leute sich rein. Und dir wird klar sein, dass wir kein Geld zu verschenken haben. Is wie mit den Horrorfilmen: geringe Produktionskosten und hoher Gewinn. Da müssen wir mitziehen.»

«Horrorfilme?», frage ich. «Seh ich aus wie der Scheiß-Godzilla?»

Max steht nun auf.

«Hey, wenn du keinen Bock mehr hast, sag's einfach, ja? Wir sind keine Drückerkolonne. Sag mir einfach, dass du raus willst, und wir haben uns heute zum letzten Mal gesehen.»

Max' Worte klingen in meinem Schädel nach, während ich auf dem Sofa zu schrumpfen scheine.

«Ist das denn sooo furchtbar?», fragt Max und nimmt neben mir Platz.

«Mann. Ich hab jetzt 'ne Freundin. Das geht nicht», jammere ich.

Ich höre, wie Max Luft zwischen die Zähne zieht.

«Ja, das ist schwierig. Und die hat keine Ahnung?»

Ich schüttle den Kopf.

«Ach, wird schon halb so wild sein. Du bist nur bei fünf Titeln dabei, und die Wahrschein...»

«Fünf?», schreie ich. «Fünf verdammte Scheiben? Das ist 'ne Katastrophe!»

Max drückt meine Schulter.

«Junge, das ist gar nichts. Glaub mir. Jeden Monat kommen Hunderte auf den Markt. Fünf Titel sind ein Scheiß.»

«Trotzdem ...», quengele ich schwach.

So langsam bekriecht mich das Gefühl, an der ganzen Situation teilweise mitschuldig zu sein.

«Außerdem kommen die erst ab nächster Woche in die Läden. Noch reichlich Zeit, deine Freundin schonend darauf vorzubereiten.»

Nächste Woche. Nächste Woche bin ich ein toter Mann. Jasmin wird es erfahren. Irgendwie. Um irgendwelche Ecken. So was kommt immer raus. Immer. Sie wird mir die Eier abschneiden, und noch schlimmer: Sie wird mich verlassen.

«Kann man da nichts mehr machen?», frage ich Max, obwohl ich die Antwort bereits kenne.

«Nein, leider. Sind gepresst und eingetütet. Warten nur noch auf die Auslieferung.»

Ich sitze im Auto neben einer Zapfsäule und überlege.

Da muss es doch eine Möglichkeit geben. Irgendwie lässt sich das Unheil, das sich über mir zusammenbraut, verhindern. Irgendwie. Ich weiß es. Ich weiß es.

«Wenn sie nicht tanken, fahren sie doch bitte weiter. Meine Frau und ich ...»

«Geh kacken, verdammtes Arschloch, oder ich schneid dir die Ohren ab!»

Der Typ verzieht sich von meinem Fenster.

Jasmin, Jasmin, Jasmin ...

Das mit uns geht doch erst seit ... seit gestern. Das kann doch nicht schon wieder vorbei sein.

Wann war ich das letzte Mal so verliebt? Das war vor Jahren. Wenn überhaupt. Das kann man mir doch jetzt nicht einfach kaputtmachen.

Scheiße.

Ich fahre nach Hause, ohne getankt zu haben.

Rod stelle ich in die Küche. Ich will nicht, dass er mich so sieht.

* * *

Jasmin und ich treffen uns heute im *Peaches*.

Nur ein kleiner Appetitmacher, bevor wir essen gehen.

Der Termin für die Veröffentlichung meiner Meisterwerke ist verstrichen, und nichts ist passiert. Nichts. Keiner erkennt mich auf der Straße. Niemand belästigt mich mit zweideutigen Bemerkungen. Toll.

Noch mal davongekommen.

«Schönheit», rufe ich durch den Laden, als Jasmin in der Türe erscheint.

Sie kommt gleich auf mich zu und springt mir um den Hals.
«Ich hab dich vermisst», flüstert sie mir ins Ohr, und ich kann ihr Lächeln hören.
«Ich dich auch. Das waren schlimme Stunden ohne dich.»
«Und, was macht die Arbeit heute?», fragt sie.
Nur das Übliche, erkläre ich ihr.
Ich hab schon seit Wochen nichts mehr mit Werner oder Max zu tun. Man soll sein Glück nicht überstrapazieren. Ein neuer Job ist allerdings noch nicht in Aussicht.
«Und wie war's heute bei dir?», frage ich, als wir uns setzen.
«Schlimm. Ich hab mich heute mit so 'ner Absolventin von der Kunstakademie herumschlagen dürfen. Die wollte unbedingt als Designerin bei uns einsteigen. Ich hab der ewig erklären müssen, dass ich ihr nur zufällig in die Arme gelaufen bin und überhaupt keine Leute einstelle, selbst wenn wir welche bräuchten. Und was macht die? Hält mir ihre speckige Mappe unter die Nase, voll mit Kritzeleien. Sollten wohl Entwürfe sein. Ein totaler Mongo, das Weib.»
Tja, so ist das. Der eine Partner übernimmt immer einen Teil des Vokabulars des anderen. Find ich super.
«Du Arme. Biste die denn noch losgeworden?», frage ich.
«Ja, irgendwann. Aber ich musste echt beinahe schreien, bis die sich verzogen hat. Ich würd ihr ja nicht einmal 'ne Chance geben. Und die hat das so *Schangse* ausgesprochen. Mann.»
Jasmin schüttelt sich und legt dann ihren Kopf auf meine Schulter.
«Aber jetzt reicht's mit dem Jobgequatsche. Wir machen uns einen schönen Abend, ja?»
Ich bin froh, dass sie nicht bemerkt hat, dass ich überhaupt nicht über meine Arbeit gesprochen habe.
«Natürlich», sage ich und küsse sie auf die Stirn.

Der Abend mit ihr war wieder so schön wie all die anderen. Im Grunde tu ich den ganzen Tag nichts anderes mehr, als darauf zu warten, dass wir uns treffen.

Rod beginnt langsam, mich strafend zu verachten, da ich nicht mehr ganz so häufig zu Hause bin, wie sonst. Aber er wird nicht ewig schmollen, dafür verstehen wir uns zu gut.

Es ist kurz nach zehn Uhr morgens, als ich nach Hause komme. Jasmins Badewanne ist größer als meine, und als wir endlich bereit waren, ins Bett zu gehen, hatten wir zwei Flaschen Wein getrunken, und unsere Haut war schon schrumpelig.

Ihre Fingerkuppen, ihre Zehen; alles war ganz weich und warm vom Badewasser. Ich hatte das Gefühl, ich müsste in sie hineinkriechen. Mein Wunsch, ihr so nahe wie möglich zu sein, wird jeden Tag stärker. Und ich vermute, dass es ihr ähnlich geht.

Beinahe hätte ich ihr gestern gesagt, dass ich sie liebe.

Ich fand den Gedanken immer albern und abwegig, mit jemandem den Rest seines Lebens verbringen zu wollen. Spießig. Katholisch. Angestaubt.

Jetzt nicht mehr.

«Ich liebe dich, ich liebe dich», sage ich vor mich hin, als das Telefon klingelt.

«Hey, ich bin's. Max. Wie geht's dir?»

«So weit alles klar. Und selbst?», frage ich.

«Gut bis mittelprächtig. Hast du heute vielleicht ein bisschen Zeit? Keine Panik, nur reden.»

«Ich weiß nicht, Max. Ist vielleicht keine gute Idee.»

«Oh Mann. Dir macht man aber auch nix vor. Okay, es geht tatsächlich um die Arbeit. Würdest mir echt 'ne Freude machen, ja? Nur reden. Wenn's nicht dein Ding ist, okay.»

Ich schweige einige Zeit.

Dass ich für Max gearbeitet habe, ist nicht aufgeflogen. Zum Glück. Jasmin steht nicht auf Pornos, schon gar nicht auf diese «Tabulose Hausfrauen»-Scheiße, die Werner produziert. Und ich muss ja auch nicht gleich wieder damit anfangen. Nur reden, sagt Max. Warum nicht, ist'n netter Kerl, und wenn man ehrlich ist, hat er mir ziemlich geholfen.

«Hallo?», fragt Max.

«Ja, bin noch da. So in 'ner Stunde?»

«Oh Mann. Gracias, Alter. Echt ein feiner Zug von dir. Nach dem Ärger, den wir hatten, ja?»

«Alles klar», sage ich und lege auf.

Gracias ... Max' Urlaub ist ihm nicht bekommen. Spinner.

Max kommt mir schon fröhlich entgegengesprungen, als ich den Wagen auf den Hof lenke.

Als ich aussteige, zerquetscht er mir traditionell die Hand und lacht. Sind seine Zähne weißer geworden?

Bleeching-Affe.

«Die Couch kennst ja wohl noch», lacht er und bietet mir einen Platz an.

Er selbst setzt sich wieder auf einen der Clubstühle, den er vorher in meine Richtung dreht.

«Erst einmal danke, danke, danke. Dass du überhaupt gekommen bist und so.»

Ich nicke.

«Kein Problem.»

«Damit das erst mal klar ist, es war nicht meine Idee, dich anzurufen, ja? Wenn jemand sagt, er will nicht mehr und ist nicht mehr dabei, hey, das respektiere ich. Ich bin'n Profi.»

«Aber du hast es doch getan», sage ich kalt.

Max nickt langsam.

«Ja, ich musste. Auftrag vom Chef.»

Er zeigt auf die Decke, als meine er Gott. Aber es ist nur Werner.

«Ein Überseeprojekt», sagt er dann bedeutungsvoll und lässt den Begriff einige Zeit im Raum stehen.

«Eine echte Chance für uns, endlich, endlich, endlich mal mit einem der großen Labels zu arbeiten. Ich rede von Rocco Siffredi, Lexington Steele, Dru Berrymore, René Pornero, Katja Kassin und so weiter und so fort. Das Who-is-who der Venus-Verleihung.»

«Mit denen soll ich arbeiten?», frage ich skeptisch.

Immerhin bin ich in dem Geschäft nur 'ne ganz kleine Wurst.

«Nein ... äh, nein», sagt Max.

«Aber wenn wir unser nächstes Ding ordentlich über die Bühne bringen, haben wir einen Fuß in der Tür.»

«Welches Ding?», frage ich.

Max faltet die Hände.

«Also, die Sache ist die: ein Naziplanet. Astronautinnen von der Erde landen auf einem Planeten, der noch immer von den Nazis regiert wird. Und sie geraten da in Gefangenschaft und werden von den Wärtern und der Polizei natürlich hart behandelt. Sexuell natürlich. Aber kein S/M-Ding. Nicht dass du da jetzt 'ne falsche Vorstellung kriegst. Is nur so, dass die da den ganzen Tag brutal angeherrscht werden und wirklich harten Sex über sich ergehen lassen müssen. Bis eine der Astronautinnen 'nen Draht zu einem der Lagerkommandanten kriegt und gemeinsam mit ihm 'ne Revolution anzettelt. Nazis gestürzt, alle Menschen fröhlich und frei. Super, oder?»

In meinem Kopf entsteht gerade das Bild, wie sich Adolf Hitler über außerirdische Astronautinnen hermacht.

«Das klingt total bescheuert», sage ich.

«Natürlich», sagt Max, «das ist es. Aber es ist 'ne Nummer mit echt großem Budget und wird sicher kontrovers diskutiert werden. Was bedeutet Publicity, was bedeutet kostenlose Werbung, was bedeutet reichlich Geld.»

Money, money, money ...

«Und warum ausgerechnet ich?»

«Nun ja, du bist Deutscher. Und du kannst vögeln, was du hier hinreißend gezeigt hast beim letzten Mal. Im Grunde reicht das schon.»

«Das reicht denen?», frage ich.

«Lustig, oder? Du sprichst in den Ohren der Amis die Sprache des Feindes. Achtung, Zack Zack, Blitzkrieg, Alarm und was die sonst noch denken, was wir den ganzen Tag brüllen. Drei Leute hab ich schon an Bord, alles erfahrene Darsteller. Dich hätte ich gern als die Nummer Vier dabei. Außerdem wird es dein Schaden nicht sein.»

Max drückt mir einen Zettel in die Hand, auf dem eine Zahl steht. Eine ziemlich große Zahl.

«Ich bin beeindruckt», sage ich ehrlich.

«Und das wäre nur der Anfang. Ich will dir nicht zu nahetreten, aber du könntest den Sprung vom Provinztheater an den Broadway schaffen.»

«Wie lange hab ich Bedenkzeit?»

«Keine Hektik. Aber bis morgen Abend muss ich Bescheid wissen.»

«In Ordnung», sage ich.

«Hör mal», sagt Max, als ich gerade gehen will.

Ich drehe mich noch einmal zu ihm um.

«Das mit deiner Freundin tut mir leid, ja? Aber denk auch daran, dass du hier echt 'ne Möglichkeit geboten kriegst. Ich glaube nicht, dass jemand anderer in deiner Lage die Chance kriegt, in so kurzer Zeit so viel Geld zu machen. Das hier wird dir quasi auf dem Silbertablett geliefert. Einfach, weil ich dein Potenzial sehe.»

Ich schiebe den Zettel in meine Hosentasche und verabschiede mich von Max.

An einer roten Ampel halte ich. Dass ich für Max irgendwelche Flittchen gebumst habe, ist schon ein wenig her. Und ich bin damit davongekommen. Bei so einem Ding mitzumachen, würde mich schon reizen, irgendwie. Ich war noch nie in den Staaten. Jetzt könnte ich da gratis hin. Der Hauptgrund ist allerdings das Geld. Jasmin und ich unternehmen viel. Wir gehen essen, trinken, ins Kino ... Das verschlingt für meine Verhältnisse Unsummen. Sie kann's sich leisten, ich nicht. Nicht mehr lange.

Wer will sich schon so einen arbeitslosen Klotz ans Bein hängen. Vor allem, wenn er behauptet, er arbeite.

Jasmin, Jasmin, Jasmin ...

Ich lächle und stelle mir vor, wie sie mich in der Türkei ihren Verwandten vorstellt.

Aber wie komme ich dahin ohne Geld?

Vielleicht das eine Mal noch.

Ich könnte offiziell auf Geschäftsreise sein ...

Ich nehme den Zettel, den Max mir gegeben hat, in die Hand.

Eine große Zahl.
Nein, kommt nicht in Frage!

* * *

Jasmin hat für uns gekocht.

Ich sitze am Esstisch und beobachte durch den Kerzenleuchter, wie sie kleine Teigtaschen auf einem Tablett serviert.

«Das ist die Vorspeise», sagt sie.

«Sieht toll aus», sage ich und greife nach einer der Taschen.

Sie klopft mir mit einem Topflappen auf die Hand.

«Hey», sagt sie. «Vorspeise?»

Ich überlege. Vorspeise ...

«Cerez», frage ich mehr, als dass ich es sage.

Sie kräuselt die Nase und gibt lächelnd den Weg zur Anrichtplatte frei.

«Richtig, langsam kannst du's. Bedien dich.»

Jasmin kocht fantastisch, hält sich aber selbst für eine bescheidene Köchin. Vielleicht bin ich aber auch nur so beeindruckt, weil ich selbst koche wie der erste Mensch, zehn Minuten nachdem er das Feuer entdeckt hat. Wenn sie bei mir ist, bestellen wir meist etwas. Jasmin scheint mir nicht böse zu sein, dass ich nie koche. Da hätten wir beide einfach nichts von.

Nach dem Dessert sitzen wir noch mit einem Glas Rotwein zusammen auf dem Sofa. Jasmin ist in den letzten Minuten stiller geworden, ist mir aufgefallen.

«Was beschäftigt dich?», frage ich und scheine sie tatsächlich aus Gedanken zu holen.

«Ach, nichts. Der dämliche Job», sagt sie.

«Wieder 'ne Mongo-Bewerberin?», lache ich.

Jasmin lacht auch kurz.

«Nein, ich muss demnächst nach Rom. Für 'ne Woche oder zwei.»

«Ach», sage ich. «Wann denn?»

«Ich weiß noch nicht genau. Übernächste Woche wahrscheinlich.»

«Oh», sage ich.

Jasmin stellt ihr Glas auf den Tisch, zieht ihre Socken aus und legt sich auf das Sofa, den Kopf in meinen Schoß.

«Ich will nich», sagt sie schmollend.

«Ich will auch nich.»

«Ich hatte gehofft, dass wir demnächst zusammen mal dahinkommen», sagt Jasmin.

«Läuft ja nicht weg.»

Jasmin dreht sich auf die Seite.

«Trotzdem ... Ich hatte schon daran gedacht, in nächster Zeit mit dir ein bisschen wegzufahren. Einfach ein paar Sachen packen und dann in 'nen Flieger. Solange noch Sommer ist. Egal wohin.»

«Klingt sehr schön.»

«Wenn ich wiederkomme, ja? Wir nehmen uns einfach Urlaub und fahren weg.»

Ich streichle über ihre Hüfte.

«Ja, das machen wir.»

Urlaub? Wovon?

Meine Schönheit.

***

Am nächsten Morgen ist Jasmin auf dem Weg zur Arbeit. Ich bleibe noch ein wenig in ihrer Wohnung und räume auf, spüle und lege ihr anschließend eine Blume auf den Tisch, die ich ihr ursprünglich aufs Kopfkissen legen wollte. Aber ich hatte das Gefühl, dass ich alleine in ihrem Schlafzimmer nichts verloren hätte.

Zu Hause gehe ich duschen und lege mich in Unterhose auf die Couch.

Urlaub ... Wäre schön mit ihr. Aber ich kann mir das unmöglich leisten. Alleine die «normale» Abendgestaltung geht nicht mehr lange.

So wie ich das sehe, habe ich nur zwei Möglichkeiten: den einfachen Weg wählen und Max zuzusagen, oder den schweren, Jasmin die Wahrheit zu sagen.

Ich überlege.

Was passiert, wenn ich Max' Angebot annehme? Ich verdiene Geld und keiner bekommt's mit.

Was passiert, wenn ich Jasmin die Wahrheit sage? Ist möglicherweise das Ende unserer Beziehung.

Ich nehme das Handy und drücke den Wahlknopf.

«Tag, Max. Ich bin's.»

«Oh, Mann, endlich. Wie sieht's aus?»

«Wann geht's los?»

* * *

«Du musst nicht mit mir warten, wirklich nicht», sagt Jasmin.

Ich sehe mich um. Überall im Terminal wuseln Leute herum. Manche sehr routiniert einen kleinen Trolley hinter sich herziehend, andere hektisch und verwirrt auf jede Anzeigentafel achtend, deren Zahlen sich nur minimal verändern.

«Ach was, ich möchte aber», sage ich und folge ihr zu einer Sitzecke.

Ihr Flug geht erst fünfzehn Minuten später, was bedeutet, dass ihr Flieger wahrscheinlich erst eine halbe Stunde später abhebt.

«Das ist lieb von dir», sagt Jasmin und lehnt sich an mich.

«Ich ...na ja, ich hab dich, ich bin ... ich bin lieb», stammle ich.

Einen Moment lang glaube ich ein erwartungsvolles Glitzern in ihren Augen gesehen zu haben. Ich würde es ihr jetzt zu gern sagen.

Wir sitzen schweigend da und halten uns im Arm, bis irgendwann ihre Flugnummer aufgerufen wird. Ich zucke zusammen.

«Das bin ich», sagt Jasmin und sieht mir tief in die Augen.

«Ja», sage ich.

«Also dann.»

Wir stehen auf, und ich gebe ihr das kleine Köfferchen, das ihr Handgepäck ist.

«Na dann ... guten Flug», sage ich.

«Ja?», fragt sie.

«Tja, also ... ich weiß nicht», sage ich knapp und drehe den Kopf weg, damit sie meine glasigen Augen nicht sieht.

«Bitte», sagt Jasmin.

Ich ziehe sie eng an mich heran. Sie lässt ihren Koffer auf den Boden fallen.

«Du fehlst mir jetzt schon», sage ich. «Ich will nicht, dass du weggehst.»

«Ich bin bald zurück», sagt Jasmin und schlingt ihre Arme eng um mich.

«Pass gut auf dich auf, meine Schönheit», sage ich.

«Ich werd dich vermissen», sagt Jasmin und drückt ihr Gesicht fest an meinen Hals.

So bleiben wir einige Zeit stehen, uns eng aneinander drückend.

Dann wird ihr Flug erneut aufgerufen.

Wenn sie zurück ist, fahren wir weg. Nur wir beide. Ich muss hier raus. Raus aus dem ganzen Mist. Weg. Mit ihr.

«Ich bin bald wieder da», sagt Jasmin und löst sich langsam von mir.

«Ja», sage ich.

«Sehr bald.»

«Bitte», sage ich und versuche, den Kloß in meinem Hals herunterzuschlucken.

Jasmin dreht sich um und verschwindet vor meinen Augen in einer Menschentraube.

Ich muss mich für einen Moment wieder auf die Bank setzen.

Als ich wieder aufstehe und zum Wagen gehen will, sehe ich auf einer Tafel, dass sich ihr Flugzeug bereits in der Luft befindet.

* * *

Die letzten zwei Tage habe ich nur trübselig auf der Couch gehockt und mit Rod ferngesehen.

In neun Stunden geht mein Flug. Vor dem Fernseher steht meine Reisetasche, über die hinweg Rod und ich einem ganzkörpergepiercten Idioten zusehen, der der Meinung ist, dass der Sozialstaat es nicht besser verdiene, als von ihm und seinesgleichen ausgenommen zu werden.

Scheiße, denke ich. Wenn ich kein Geld verdiene, ende ich auch so.

Ein sabbelnder Trottel, der bis zum Schluss glaubt, ein Opfer unserer Leistungsgesellschaft zu sein. Dem Hohn und Spott derer ausgesetzt, die es geschafft haben, als Investmentbanker oder Laternenbauer ihren Platz in der Welt zu finden.

Scheiß-Fernsehen. Schwarz und Weiß, Pro oder Contra, entscheide dich. Buhrufe oder Applaus. Das sind die Alternativen.

Dagegen wirken Pornos irgendwie reiner. Sie scheißen dir nicht ins Gehirn, sie manipulieren dich nicht, sie drängen dir ihre Meinung nicht auf. Und sie haben keine Pausen, in denen sie dich auffordern, irgendeinen Müll zu kaufen, den du nicht brauchst und dir auch nicht leisten kannst.

Gibt das den Pornofilmen nicht beinahe etwas Unschuldiges?

Fernsehextrakt. Ein Sirup. Klebrig, aber süß, lecker und vor allem: rein.

Ich lasse Rod alleine fernsehen und schlafe ein.

Jasmin, Jasmin, Jasmin ... Warum bist du nicht einfach hier geblieben?

Flug zum Naziplaneten

Wir landen um kurz vor Mitternacht Ortszeit in Newark. Ein Dreckskaff, das man um den hiesigen Flughafen gebaut hat, wie's scheint.

«You're the german guys, ain't that right?»

Wann wurde eigentlich *aren't* durch *ain't* abgelöst?

Der kleine Mexikaner, der uns vor dem Gebäude abfängt, sieht aus wie Cheech Marin aus *Cheech & Chong* und bewegt sich auch so. Vielleicht ist er's ja. Nicht jede Hollywood-Karriere endet im Wohlstand.

Ist aber auch gut möglich, dass ich einfach nur total zugekokst bin.

The German Guys, das sind Ray Steel (Mike), Dan Hardn (Stephan), Juan Dix (Massimo) und Rod Reptile (Ich).

Im Flugzeug gab's als Erstes eine Lagebesprechung, und wir haben zusammen mit Max und Werner an unseren Künstlernamen gebastelt. Für die Credits, wie Max sagte.

Mit dem Koks in der Nase, das auf der Flugzeugtoilette unter den anderen Jungs und mir die Runde gemacht hat, wäre ich auch mit *Spasto, der Zauberer* einverstanden gewesen.

Wie das so ist. Hauptsache lustig. Nur auf dem Vornamen Rod habe ich bestanden. Ist wahrscheinlich der Trennungsschmerz. Mein Kleiner steht da nun ganz alleine. Niemand da, der mit ihm fernsieht.

Gut gelaunt fallen Cheech und Max sich in die Arme, während Werner ihm höflich die Hand gibt. Ganz Geschäftsmann.

«You're late. Fuckin' lot of traffic up there, eh?», fragt Cheech in die Runde. Wir Koksnasen nicken nur.

«Yes, the plane arrived not so fast as we think it would», stammelt unser neuer Manager.

Scheiße, so einer nennt sich Max. *Mäks!*
Ist wohl doch eher ein Maximilian. Vollidiot.
Auf nach New York. Oder zumindest einem Vorort.
Obwohl wir mit dem Van durch finsterste Nacht fahren, tragen Mike alias Ray Steel und ich noch unsere Sonnenbrillen. Scheint aber niemanden zu stören.
«I'll take your guys' asses to the house and Dino will call you t'morrow, eh? And by the way –», wir sehen durch den Rückspiegel, wie Cheech sich den Zeigefinger demonstrativ unter die Nase reibt, «if you need something, hit me.»
Er reicht uns einen Schwung Visitenkarten nach hinten, die wir unter uns aufteilen. Nur gut, dass Max und Werner schlafen ...
Aber: Erst eine Minute auf dem Kontinent und schon 'nen Dealer an der Hand. God bless America!
Trotzdem würde ich jetzt lieber erst einmal eine Runde schlafen. Vierzehn Stunden in der Luft mit einer Zwischenlandung stecken mir noch in den Knochen.
Das Grausame am Koks ist, dass man sich frisch und fröhlich fühlt, *während* man die körperliche Erschöpfung spürt. Sehr gemeine Mischung.
«That's it», sagt Cheech und hält vor einer Art Bungalow, der in einer Reihe uniformer Bungalows steht.
Center Parks light.
Wir steigen aus und schultern unsere Reisetaschen.
«Remember: Dino will hit you tomorrow and if there's something I can do for you chumps, call me.»
Wir nicken und Cheech wirft Max aus dem Fenster den Haustürschlüssel zu.
«See ya», lacht er dann und fährt los.
Wir sehen den Rücklichtern des Vans nach.
«Na denn. Trautes Heim», sagt Max, und er und Werner gehen voran zur Verandatüre, wir Anderen folgen ihnen.
Sah die Fassade des Hauses noch einigermaßen einladend aus, enttäuscht sein Innenleben.

Ein düsterer großer Raum, in dem notdürftig einige Feldbetten aufgestellt wurden. Dafür musste wohl ein Teil des Mobiliars weichen, wie die gelblichen Umrisse an den Wänden verraten.

«Scheiß-Puff», stellt Juan fest, wir stimmen zu.

«Reißt euch mal ein bisschen zusammen», sagt Werner und setzt sich auf eines der Betten.

«Eine Menge Leute kommen in die USA, um ihre Karriere zu beginnen. Und? Haben die so was?»

Juan und Dan schauen ein wenig betreten zu Boden, nur Ray und ich sehen uns skeptisch an.

Dann zucken wir fast gleichzeitig mit den Schultern und erobern uns nebeneinander liegende Betten.

Ray ist'n netter Typ und so ziemlich der Einzige hier, der was im Schädel hat. Ist über diese John-Thompson-Filme zum Porno gekommen. Die Dinger, auf den hinten unter einer Telefonnummer «Zuschauen oder mitmachen?» steht.

Tja, da hat er dann angerufen und war so begeistert, dass er da 'nen Vollzeitjob draus gemacht hat. Eigentlich ist er fast fertiger Mediziner, muss man sich mal vorstellen. Deswegen fand er auch den Namen Ray toll. Von wegen X-Ray und so.

Im Moment interessiert mich eigentlich mein Bett am meisten, und ich lege mich sofort hinein.

Max geht zum Kühlschrank und prüft, ob er vielleicht aufgefüllt worden ist.

«Blöde Amis», flucht er und zieht einen Zettel vom Pizzataxi heraus, auf dem die *Pizza Sauerkraut* rot unterstrichen wurde.

«Sen koul uns doch äin Pizza», tuschelt Ray mir zu.

Ich verkneife mir ein Lachen.

Werner erhebt sich wieder von seinem Bett und stellt sich in die Mitte des Zimmers.

«Okay, dann hört mir mal bitte zu», setzt er an.

«Morgen früh wird uns der Produzent des Films, Dino MacLeod, anrufen und uns sagen, wie's weitergeht. Deswegen bin ich dafür, dass jetzt alle mal sehen, dass wir uns noch einmal ein bisschen frisch machen und so schnell wie möglich schlafen gehen. Wir haben 'ne Menge zu tun.»

«Dino MacLeod vom Clan der MacLeods», flüstere ich Ray zu.

Er schaut grimmig zurück: «Es kann nur einen geben!»

Who wants to live forever when love must die ...

In einer der *Highlander*-Szenen antwortet Christopher Lambert seiner Frau mit den Worten «Aye, meine Blume.»

Bei dem Gedanken daran schießen mir die Tränen in die Augen. Jasmin ...

Gut, dass ich meine Sonnenbrille noch trage.

Was hab ich mir dabei nur gedacht ...

***

Am nächsten Morgen werde ich von Werners lautem Telefon geweckt. «Okay, Dino. Of course. We'll be there. Sharp. Yes, I'm looking forward to this. Bye.»

«Was is, Werner, geht's los?», gähne ich.

Er schüttelt den Kopf. «Wir werden in zwei Stunden eingesammelt, kannst dich noch mal umdrehen.»

«Aye», sage ich und habe automatisch wieder einen Kloß im Hals.

Als ich das nächste Mal wach werde, sind die Anderen schon auf. Ray kommt gerade aus der Dusche, und Juan und Dan feuern sich gegenseitig bei ihren Liegestützen an.

Meine Fresse. So viel Energie am frühen Morgen.

Ich pelle mich aus meiner Bettwäsche und schleiche ebenfalls ins Badezimmer.

Als ich zurückkomme, sind Dan und Juan mit ihrem Sportprogramm fertig und knobeln aus, wer nach mir unter die Dusche darf.

Ray winkt mich zu sich rüber und hält mir ein kleines Löffelchen Koks hin. «Für die Laune. Sind doch heute die Herrenrasse mit eigenem Planeten.»

Ich sehe mich um, Werner und Max sind nicht in Sichtweite, wahrscheinlich draußen bei irgendeiner hochgeheimen Besprechung.

Ich schniefe den ersten Löffel, dann den zweiten.

Augenblicklich bessert sich meine Laune, und es kommt bei mir regelrechte Klassenfahrtsstimmung auf. Ich fühle mich wie ein Sechzehnjähriger, der in der Jugendherberge morgens um sieben sein erstes Bier öffnet.

Ich ziehe die Nase rauf und bleibe auf Rays Bettkante hocken.

Ein paar Minuten, nachdem die Sportfreaks aus der Dusche zurück sind, erscheinen auch Werner und Max wieder im Haus.

Max stellt sich bedeutungsvoll in die Mitte des Raumes.

«Also, Leute, so sieht's aus: Wir werden gleich wieder vom Fahrer abgeholt und ans Set gebracht. Heute sind ausschließlich unsere Szenen dran, was heißt, dass heute unser einziger Arbeitstag ist.»

Bei dem Wort *Arbeitstag* lässt Dan seine Zunge zwischen Zeige- und Mittelfinger wackeln, worauf Juan losprustet.

Debile Fickmaschinen.

«Es reicht», sagt Werner gelangweilt.

Max fährt fort.

«Wenn wir da sind, werden wir von einer Art Aufnahmeleiter ausführlich gebrieft werden. Teilweise werden einige von euch auch Text haben. Ich bitte also um volle Konzentration, ja? Wir wollen doch einen guten Eindruck machen.»

«Also», beginnt nun Werner, «nehmt mit, was ihr unbedingt braucht. Viel muss es nicht sein, die Jungs hier sind ordentlich ausgestattet.»

Ausgestattet lässt Juan einen imaginären Schwanz blasen. Dan lacht laut auf.

Als der Fahrer an der Türe klingelt, sind wir vier rasiert, gewaschen und einsatzbereit. Es ist wieder Cheech, der uns in seinem Van durch die Gegend rollt wie Schlachtvieh.

Diesmal sehe ich etwas mehr von der Stadt. Etwas. Autos, die Straße und Passanten.

«Sieht auch nicht groß anders aus als bei uns», sage ich zu Ray.

«Nur größer. Sonst ist das doch alles überall dieselbe Scheiße», sagt er und tippt auf seinem Handy herum.

«Deine Freundin?», frage ich.

«Freundin? Meine Frau», sagt er.

«Und die macht das mit?»

«Klar. Solange ich nicht fremdgehe, schon.»

«Hä?», frage ich.

«Fremdgehen im ... emotionalen Sinne. Das Eine ist Liebe, das Andere der Job.»

«Mein lieber Mann. Is 'ne interessante Einstellung», sage ich erstaunt.

«Ist ja auch 'ne tolle Frau. Übrigens hab ich sie schon ein paar Mal dabei erwischt, wie sie sich auf einen meiner Filme einen runterholt. Irre, oder?»

«Absolut.» Nach einer halben Stunde erreichen wir den Drehort.

Wir klettern aus dem Wagen und sehen vor uns eine riesige Villa, die ohne ein eigenes Grundstück einfach am Straßenrand steht. Ungewöhnlich.

«Sieht mir nicht nach einem Ort aus, an dem Nazis ihr Unwesen treiben», sage ich zu Ray.

«Wir sind Upper-class-Nazis. Das passt schon.»

Werner und Max voran betreten wir die Vorhalle des Gebäudes.

Das Haus ist von innen genauso riesig, wie es von außen aussieht. Rechts und links führen zwei geschwungene Marmortreppen nach oben, die sich dort treffen und eine Art Zwischenetage bilden. Von dort aus geht es noch weiter hoch.

«Ah, da ssint meine deuschen Junks», kommt uns ein älterer Mann entgegen.

«Dino», freut sich Werner, und er und der Alte fallen sich in die Arme.

Dino sieht aus wie die preiswerte Kopie von Hugh Hefner, nur trägt er noch eine überdimensionale Sonnenbrille. In jeder Fußgängerzone wäre der Typ das Letzte, an einem üppigen, klebrigen Ort wie diesem wirkt er tatsächlich wie der Chef.

«Und ihr sseid gut geflougen und geschlafen?», fragt er dann und greift Juan in den Schritt.

Juan lacht albern und nickt.

«Let's fuck!», kichert er dann.

«Gut Attitude. I like this guy», lacht Dino und klopft Juan kumpelhaft auf die Schulter.

Dann erklärt uns Dino, dass wir in einem Nebenraum warten sollen. Werner und Max nimmt er mit sich.

Wir gehen in den besagten Raum, von wo aus uns schon eine der Darstellerinnen entgegenkommt.

Abgesehen von einer riesigen Tätowierung an der Schulter, ist sie nackt. In der Hand hält sie eine Flasche Mineralwasser.

«Oh, you're the germans?», piepst sie. «I'm Cathrin. You like the U. S.?»

Wir nicken wieder nur, bis auf Dan.

«We love it», grinst er sie an.

Augenzwinkernd beginnt sie, mit der freien Hand an einer ihrer Brustwarzen zu spielen.

«Oh, you'll get more than enough of this», flötet sie und trippelt auf einen Tisch zu, an dem eine ältere Frau anfängt, sie abzupudern.

«Riesending hier», sagt Ray. Ich nicke.

«So was in der Größenordnung schon einmal gemacht?», fragt er.

Ich schüttle den Kopf.

«Gott sei Dank. Ich auch nicht.» Wir verteilen uns schließlich auf die herumstehenden Stühle und warten.

Werner und Max kommen zurück.

«Okay, so weit, so gut», beginnt Werner. «Ihr habt jetzt eine halbe Stunde Zeit, euch zu duschen und umzuziehen. Wie ihr euch denken könnt, gibt es vier Rollen in dem Streifen, die mit Deutschen besetzt sind. Jeder von euch muss nicht nur vögeln, wie Max euch bestimmt gesagt hat, sondern ihr habt auch Comedy.»

«Comedy?», frage ich.

«Text», antwortet Max knapp.

«Und die größeren Rollen geb ich Juan und Dan, weil sie hier die Erfahreneren sind.»

Dan und Juan klatschen sich ab.

«Rod Reptile ... und Ray Steel, ja, sehr gut. Da ihr noch nicht die Erfahrungen mit größeren Produktionen habt, kriegt ihr nur je eine oder zwei Szenen, okay? Oder habt ihr damit Probleme?»

Ray und ich schütteln synchron den Kopf.

«Großartig, dann macht euch fertig, die Kostüme kommen dann gleich», sagt Werner und beendet seinen Vortrag, indem er in die Hände klatscht.

Als wir aus der Dusche kommen, erwarten uns bereits unsere Kostüme: Ledermäntel, auf deren Ärmel Hakenkreuzbinden genäht wurden.

Wir streifen sie gerade über, als Max in Begleitung eines Mannes erscheint, der aussieht, als komme er gerade vom Surfen.

Braungebrannt, Achselshirt und Shorts, dazu trägt er dünne Turnschuhe.

«Das ist Trent, der Regisseur.»

«Sieg Heil», lacht Trent und hebt den Arm zum Hitlergruß.

Oh Mann ...

«You're looking fucking great.»

Trent bittet uns, ihm zu folgen, und führt uns in einen großen Raum, dessen Fenster abgeklebt sind und dessen Wände mit schwarzen Laken abgehängt wurden. Wenn die Leuchten nicht wären, wär's hier drin stockfinster.

«Who is our Hans?», fragt Trent.

Max deutet auf mich.

«Okay. Mandy?»

Die tätowierte Maus von vorhin kommt angewackelt und stellt sich neben den Regisseur.

«Okay. Mandy, you're playing with yourself, okay? Then you –», Trent sieht mich an, «come along und fragst: Hallo, hallo, hallo. Was maaken Sie da, Fraulein.»

Zu Mandy: «And you answer you don't understand him. Something like that, okay?»

Mandy alias Cathrin nickt.

«Okay, Hans. Then you'll make a few steps and you look down on her that master-race style. You don't like her, you know. But you wanna fuck her ass. And you say: I got something you'll surely understand. In german, of course. And then you put your cock and fickst sie in die Arsch. Without warning, okay?»

Ich nicke wieder und zwinkere Mandy zu. Nur nicht nervös wirken.

«And don't be too soft. You can put nearly anything up there.»

Als Trent das sagt, leckt er sich einen Zeigefinger nass und steckt in ihn Cathrins Hintern. Die beginnt zu schnurren und streckt ihm den Arsch entgegen.

Unglaublich ...

«Okay. We go!», ruft Trent und klatscht in die Hände.

«Is there anything else I have to say or to do?», frage ich.

Ich sehe, wie Max große Augen macht. Vollidiot.

«No, no, no», sagt Trent und flattert mit den Händen.

«Try to be a little rude and talk to her that Nazi-way, you know? It's one of our middle-scenes. Be relaxed.»

Max versteckt sich hinter einer Säule, und Mandy hockt sich breitbeinig auf den Boden.

Trent zieht mich zu sich hinter die Kamera.

«All ready?», fragt Trent und von allen Seiten strecken ihm die Leute erhobene Daumen entgegen.

«And ... go!», ruft er.

Alles ist still. Mandy sitzt auf dem Boden und reibt sich mit den Fingern zwischen den Beinen. Im Sekundentakt wird ihr Stöhnen lauter, und immer mehr ihrer Finger verschwinden in ihr.

Trent kriecht mit seiner Kamera beinahe hinterher.

«And go, go, go», flüstert der Regisseur dann, winkt mich mit seinem freien Arm zu sich und schiebt mich ins Bild.

Mein Auftritt kommt etwas überraschend für mich. Ich hab noch nicht einmal einen hoch.

Ich gehe einige Schritte um Mandy herum und sehe sie so verächtlich wie möglich an. Dann bleibe ich vor ihr stehen.

«Hallo, hallo ...»

«Stop!», ruft Trent.

Er steht auf, und die Kamera pendelt an seinem Arm. Er verzieht unzufrieden das Gesicht und legt einen Arm um mich.

«You must not. You must not be that fucking polite, okay. You're a Nazi. Talk to her that way. You don't like her, she's your, your ... enemy. Okay? She's a fucking cunt! She's a bitch! Let her know that. She has to fear you. She has to know you can break her fucking neck if she doesn't do what you want. Smack her, spank her. She wants it. Can handle this?»

«Denke schon», sage ich.

Trent dürfte mich kaum verstanden haben, wirkt aber zufrieden.

Alle gehen wieder in Ausgangsposition. Mandy spielt wieder an sich herum, und ich komme mittendrin dazu.

Ich versuche, so herrisch zu klingen wie möglich.

«Was glaubst du Scheiß-Hure, was du da machst?», schreie ich.

Für meine Verhältnisse klinge ich beinahe hysterisch. Mein Kokain-Frühstück ...

Mandy spielt die Erschrockene. Trent hält ihr die Kamera ins Gesicht.

«I ... I ... I just ...», sagt sie.

«Interessiert mich einen Scheißdreck, was du sagen willst, Fotze!»

Ist natürlich paradox, klingt aber gut.

Jetzt kommt der große Augenblick.

«Du Schlampe wirst mir einen blasen, kapiert?»

Ich versuche, die Wörter möglichst hart auszusprechen. Ich denke dabei an die Nazi-Kommandeure aus *Gesprengte Ketten* und *Indiana Jones.*

Mandy hält mir ihre Handflächen entgegen. Sie versteht kein Wort.

«Dumme Nutte! Komm her!»

Ich öffne meinen Mantel und halte ihr meinen schlappen Schwanz entgegen.

«Blas!», brülle ich.

Mandy kommt ein Stück zu mir hoch und nimmt ihn in den Mund.

Aus dem Augenwinkel erkenne ich Werner, der mit Daumen und Zeigefinger einen Kreis formt.

Mandy lutscht und saugt an meinem Schwanz, der jetzt auch hart wird.

Gott sei Dank ...

Trent umkreist uns mit der Kamera.

Als er ein wenig auf Abstand geht, packe ich Mandy mit einer Hand an ihren Haaren und fange an, ruckartig ihren Mund zu fikken.

«So macht man das im Deutschen Reich, du Astronautenhure!»

Im Moment bin ich tatsächlich geil, darum merke ich nicht, was ich für eine Scheiße quatsche. Außerdem macht mich meine Erektion gerade sehr stolz.

«Ja. Vaterland. Zack zack!», schreie ich.

Jetzt sehe ich auch Max zufrieden grinsen.

Ich packe Mandys Handgelenke und ziehe sie hinter mir her, während mein Schwanz aus dem Mantel ragt wie eine kleine Antenne.

Nach einem Meter lasse ich Mandy auf den Boden fallen und stelle ihr meinen Fuß ins Genick.

«Willst du jetzt eine gute Schlampe sein?»

Mandy spielt die Eingeschüchterte und stammelt irgendwas.

Ich stelle sie auf alle Viere und stecke ihr wie gewünscht meinen Schwanz ohne Vorwarnung in den Hintern.

«Oh jaaa, mein Fjuhrer», stöhnt Mandy.

Mein Ding rutscht völlig problemlos in sie hinein. Die Gleitcremezäpfchen, die Juan vorhin erwähnt hatte.

«Dein Arsch ist so eng wie der einer Stute», grunze ich.

Ich sehe, wie Dan und Ray sich ein Lachen verkneifen und sich wegdrehen.

Einen Moment lang lässt meine Erektion nach. Ich konzentriere mich besser nur auf Mandy.

Ich vögle sie minutenlang in allen denkbaren Positionen, wobei ich versuche, möglichst harte und deutsch klingende Worte zu stöhnen.

Arschficken, Schlampe, Fotze. So was eben.

Irgendwann stupst mich Trent an und flüstert mir «come» zu. Oder «cum».

Ich hocke mich neben Mandys Kopf und schlage mit der flachen Hand auf ihre Brüste, während ich wichse.

Sekunden später stöhne ich laut «Deutschland» und spritze auf ihre ausgestreckte Zunge.

Trent bleibt mit der Kamera nahe bei ihrem Gesicht. Mandy gurgelt mein Sperma noch zweimal hoch. Dann schluckt sie es herunter und schließt die Augen.

«Aaaand cut!», ruft Trent.

Max und Werner applaudieren. Trent knufft mich vor die Schulter.

«I was fucking scared, man. Great job.»

Mandy hält mir ihre Hand entgegen, und ich helfe ihr auf.

Sie küsst mich kurz auf die Wange und sagt irgendwas, das ich nicht verstehe. Dann dreht sie sich um, und irgendwer reicht ihr die Wasserflasche und eine Rolle Küchentücher.

Ich sehe ihr zu, wie sie sich mit den Papiertüchern mein Sperma vom Hals und aus dem Gesicht wischt, bevor sie zu den Toiletten trippelt.

«Das war fantastisch», sagt Max und zwinkert Werner zu.

«Hatte ich doch Recht, oder?»

Werner nickt.

«Nicht übel, hast ja da ein richtiges Talent entdeckt.»

«Na ja», sage ich.

«Nix, na ja. Die meisten kriegen an so einem Set nicht einmal einen hoch ohne Scheiß-Viagra. Dass du's drauf hast, hab ich ja geahnt, aber das hier heute ...»

Werner schnalzt mit der Zunge und nimmt mir den Mantel ab, in dem ich höllisch schwitze.

«Für dich war's das, geh duschen», lacht Max.

Ich bin überrascht.
«Das war's? Für den Moment oder für heute?», frage ich.
«Der Film ist für dich beendet», sagt Werner. «Wie gesagt, 'ne kleine Rolle.»
«Dein Arsch ist eng wie 'ne Stute», lacht Juan und schüttelt sich.

Ich habe meinen Scheck direkt bei der Bank eingelöst und hokke jetzt wieder auf meinem Feldbett. Ray war kurz nach mir dran, wollte aber den Rest des Drehs noch sehen. Vielleicht Kontakte knüpfen, wie er sagte. Vierzehn Dollar hat mich das Taxi gekostet, den Rest des Geldes habe ich in meine Tasche gestopft.
Einige Zeit werde ich davon leben können, und falls ich einen Job finde, ist dies das Geld für meinen Urlaub mit Jasmin.
Ich überlege, mir die Stadt ein wenig anzusehen. Zeit hab ich ja noch. Die Freiheitsstatue, das Empire State Building, das World Trade ... ach nee, is ja kaputt.
New York reizt mich irgendwie doch nicht mehr. Ich will wieder nach Hause. Ich will in meine Wohnung, zu Rod, zum Fernseher und vor allem: zu Jasmin. Wenn sie zurück ist, kann ich zum Glück einfach so tun, als wär nichts gewesen.

***

Einundzwanzig Stunden und vierzehn Minuten später schließe ich die Wohnungstüre hinter mir.
Ich lasse meine Reisetasche in der Diele und mich auf die Couch fallen.
Auf dem Tisch steht Rod.
«Tag, mein Freund», sage ich und setze ihn zu mir auf den Schoß. Die Erde fühlt sich ein wenig trocken an, aber nicht zu trocken. Ihm geht's also gut.
Nach nur fünf Minuten vor dem Fernseher ist die Sache in New York schon weit weg für mich.
Rod und ich sitzen vor den *Real Ghostbusters*, und alles ist in der Tat, als wäre nichts gewesen.

Ich nehme mein Handy vom Tisch und schließe es an das Ladekabel an. Sofort als ich es einschalte, beginnt es auch schon wild zu piepsen.

Fünf SMS und drei verpasste Anrufe.

Hallo, mein Süßer. Alles in Ordnung bei dir?
Bist sicher beschäftigt, versuchs nachher nochmal.
Kuss Jasmin

Bin gerade in der Schneiderei. Öde ...
Aber sehr übersichtlich. Hoffe, dir geht's gut.
Bis später Jasmin

Bin endlich wieder im Hotel. Habe versucht, dich zu erreichen. War aber nichts Wichtiges. Versuche es später noch einmal.
Jasmin

Hallo, ich bin's schon wieder ;-) Entweder ist mit dem ital. Netz was nicht in Ordnung oder mit meinem Telefon. Kommen meine SMS nicht an?
Meld dich, du fehlst mir ...
Jasmin

Hey!!! Ich bin Mittwoch schon wieder da!
Freu freu freu freu! Alles hier nicht so berauschend, wie wir dachten. Meld dich mal.
Jasmin

Ich tippe schnell die SMS, die ich mir zurechtgelegt habe.

Hallo Schönheit! Mein Handy war Schrott und ich musste mir erst Ersatz besorgen. Deine Nummer war darin gespeichert ...

Tut mir leid.
Mittwoch??? Juhuuu!
Vermiss dich auch und freu mich auf dich!

Nicht sehr originell, aber das Plausibelste, was mir eingefallen ist. Mein schlechtes Gewissen bringt mich fast um.

Ich liebe dich!

Ich lösche die letzte Zeile wieder und schicke die Nachricht ab.

Nicht so. Nicht aus Gewissensbissen. Und schon gar nicht per SMS.

Antwort bekomme ich keine, scheinbar ist sie beschäftigt.

Das Telefon klingelt. Ich bin zwar todmüde, aber in der Hoffnung, es könne Jasmin sein, gehe ich ran.

«Hey, ich bin's.» Max, mein multilinguales Managergenie.

«Was is denn?», frage ich und hoffe, dass er an meinem Tonfall erkennt, dass mir der Sinn gerade nicht nach einem Telefonat steht.

«Tut mir echt leid, dich zu stören. Wo du doch wahrscheinlich auch gerade erst zur Tür rein bist und so. Aber rat doch mal, was mich hier zu Hause erwartet hat?»

Leider kein Axtmörder, leider kein Blitz, leider nicht die Pest, leider kein ...

«Was denn?», frage ich.

«Ein Fax!»

«Aha ...», sage ich.

«Ein Fax von Dino. Er will dich unter Vertrag nehmen!»

Wie bitte?!?

«Soll das heißen, ich soll in den Staaten für ihn drehen?»

«Nein, so weit geht's dann doch nicht. Aber er ist grundsätzlich an deiner Arbeit interessiert. Weißt du, was das bedeutet?»

«Nein, überhaupt nicht. Ist mir aber auch ...»

«Das ist fast ein Ritterschlag, Mann.»

«Max, bitte. Ich bin ziemlich müde.»

«Okay, ganz kurz. Was hältst du davon, ein bisschen aufgebaut zu werden und dann richtig durchzustarten?»

«Aufgebaut?»

Max räuspert sich.

«Ja, dass müsste schon sein. Immerhin hast du außer ein paar Couch- und Bettfickereien noch nicht viel gezeigt. Aber Dino erkennt dein Potenzial, so wie Werner und ich es auch tun. Wir könnten dich bei ein paar besseren Produktionen unterbringen. Du kannst ein richtiger Star werden.»

Der arme Irre ist ganz aus dem Häuschen.

«Max», sage ich.

«Äh, ja?»

«Kein Interesse, ich bin müde.»

«Alles klar. Schlaf dich aus und meld dich, ja?»

Ich lege auf und falle seitlich auf das Sofa.

Ich muss dringend schlafen.

Ehehuren

Ich fahre mit dem Wagen über 80 km/h. Erlaubt sind nur dreißig wegen dieser verdammten Baustelle. Hoffentlich erwischt mich jetzt kein Bulle. Ich bin nicht sicher, was ich tun würde.

Hochgeschwindigkeitsverfolgung.

Natürlich würde ich den Flughafen auch in normalem Tempo noch rechtzeitig erreichen, vor allem, weil ich so tue, als lande Jasmin tatsächlich zu der von der Fluggesellschaft angegebenen Zeit, aber ich schaffe es einfach nicht, langsam oder gar vorsichtig zu fahren.

Ich will zu meiner Frau, und ich will JETZT!

Eine halbe Stunde nach ihrer offiziellen Ankunft kommt sie aus der Milchglastüre in die Halle.

«Schönheit!», rufe ich über eine Menschenmenge hinweg.

Jasmin rennt auf mich zu, ihr Trolley schlingert hinter ihr her.

Als wir uns beinahe erreicht haben, lässt sie den Koffer, ohne ein Wort zu sagen, auf den Boden fallen und umschlingt mich regelrecht.

Wir küssen, nein, wir knutschen wie zwei Teenager, die sich einen Tag nicht haben sehen können. Minutenlang stehen wir einfach da und knutschen und streicheln uns und halten einander fest.

Irgendwann sieht sie mir in die Augen, wobei sie den Hals weit nach hinten beugen muss, weil ich sie nicht loslasse.

«Ich hab dich, ich ... wir kennen uns doch erst ...», sagt sie, und ihre Lippen glänzen feucht wie ihre Augen.

Mir geht es genauso.

Mein Herz schlägt bis zum Hals und ich erinnere mich nicht, schon einmal so glücklich gewesen zu sein.

Glücklich-Jasmin, Glücklich-Jasmin ... Ich spüre, wie mein Gehirn Engramme knetet.

«Seker», sage ich und küsse sie wieder.
Zucker.

Ihr Gepäck habe ich im Kofferraum verstaut und bin mit Jasmin direkt in ein Restaurant gefahren. Ich hatte einfach darauf spekuliert, dass sie dafür nicht zu müde sein würde.

War sie auch nicht.

Wir sind zu einem Lokal gefahren, das ich von früher her kannte. Als ich noch in Restaurants ging. Meine ursprüngliche Idee war, sie in ein typisch deutsches Restaurant zu entführen. Als Dankeschön für ihre Führung durch die türkische Küche. Aber in dem ersten wimmelte es von Skinheads und in dem zweiten fragte mich eine fette Wachtel im Dirndl, ob ich «on Disch resawiad hoabn moag».

Am Arsch die Räuber, Muschi Stoiber!

Dann doch lieber Italien.

Vor dem *Valentino* habe ich zum Glück schnell einen Parkplatz gefunden. Etwas abgelegen, aber nicht zu weit weg. Wir waren schon ein wenig spät dran, und wenn ich mich richtig entsinne, war das Restaurant ein wenig kleinlich mit seinen Reservierungen.

Nicht pünktlich = Tisch weg.

Ich führe Jasmin in das Lokal und wir bekommen unseren Tisch.

Der Kellner kommt und bringt uns die Karten.

Jasmin legt ihren Kopf kokett auf ihre Schulter.

«Ist schön hier, danke für die Einladung.»

Sie sieht sich noch einmal im Restaurant um, ein Lächeln im Gesicht. Es scheint ihr hier wirklich zu gefallen.

«Immer wieder gerne», sage ich und lege meinen Arm auf den Tisch.

Sofort nimmt sie meine Hand.

«Und wie ist es dir so ergangen ohne mich?», fragt sie lächelnd.

«Ach, das Übliche. Viel geweint, viel getrunken, mich einsam im Bett hin und her gewälzt und im Kalender die Minuten abgestrichen, bis du endlich wieder da bist.»

Ziemlich nah an der Wahrheit.

«Du Armer. Mir ging's allerdings auch nicht besser.»

Jasmin wird ernster.

«Ist schon ziemlich lange her, dass ich jemanden so vermisst habe, weißt du? Und, na ja, ist halt komisch für mich.»

Jetzt nehme ich ihre Hand in meine.

«Ich ... für mich ist das auch neu. Irgendwie. Und ich ... ich wusste nicht, also hab ich versucht ...»

«Ich liebe dich», sagt Jasmin.

Mein Körper brennt. Ich stehe vollständig in Flammen. Eine intensive, trockene Hitze, die einen nicht verbrennt.

Ich springe von meinem Stuhl auf und knie mich neben Jasmins Platz.

«Ich dich auch. Ich wollt's dir schon früher sagen. Ich liebe dich auch. Ich hab dich so unglaublich vermisst. Ich liebe dich. Und deswegen wollte ich ...»

Jasmin beugt sich zu mir herunter und küsst mich.

Ich höre einige Leute applaudieren. Für die muss das wie ein Heiratsantrag aussehen.

Auch ich bin kurz davor, es dafür zu halten

«Ich hab keinen Hunger», sagt Jasmin, als wir uns wieder voneinander lösen.

«Ich auch nicht», sage ich und nehme ihre Hand.

«Tut mir leid», rufe ich dem Kellner zu, als wir zur Türe gehen. «Wir müssen weg.»

«Einen Moment!», ruft er, läuft uns nach und überreicht Jasmin an der Türe eine Flasche Rotwein.

«Mit den besten Wünschen. Mögen sich all ihre Träume erfüllen.»

Wir danken und verschwinden so schnell es geht zum Wagen. Ich wühle in meiner Hosentasche.

«Der Schlüssel steckt fest, warte ...», sage ich.

«Lass dir Zeit», sagt Jasmin und knöpft sich die Bluse auf.

Mein Rücken macht sich als erstes Körperteil brutal bemerkbar, als ich wieder wach werde.

Ich liege zusammengerollt auf dem Rücksitz und umschließe Jasmin, die in Embryohaltung in dem Halbkreis liegt, den ich mit der Rückbank bilde.

Mein Nacken fühlt sich ebenfalls höllisch an, aber ich hebe den Kopf, um aus dem Fenster zu sehen.

Niemand da. Nur der langsam heller werdende Himmel.

«Hey», sage ich leise und streichle Jasmin über das Gesicht.

Sie öffnet die Augen und versucht, sich zu strecken.

«Oh Gott! Mein Kreuz», stöhnt sie.

Ich muss lachen, wofür sie mich leicht vor die Brust boxt.

«Das ist nicht lustig, ich bin gelähmt.»

«Das sah mir vorhin aber alles noch sehr gelenkig aus», lache ich.

«Ich bin zu alt für so was», lacht sie jetzt auch.

Notdürftig ziehen wir uns wieder an.

Ich krieche zwischen den Vordersitzen aus dem Auto heraus, um mich zu strecken.

Die Luft riecht sauber, und vereinzelt hört man bereits Vogelgezwitscher. Jasmin klettert hinter mir her und zieht sich an mir aus dem Wageninneren.

Sie legt ihren Kopf zwischen meine Schulterblätter, und ihre Hände treffen sich auf meinem Bauch.

Ich sehe nach oben, und obwohl es langsam hell wird, kann man noch einige der Sternbilder erkennen. Den großen Wagen. Oder Bären.

«Ich liebe dich. Ich meine das ernst», höre ich Jasmin hinter mir sagen.

«Ich meine das genauso ernst», sage ich.

«Bedrückt dich irgendwas?»

«Nein, alles in Ordnung. Besser als in Ordnung.»

«Was immer und wann immer, du kannst mit mir reden», sagt Jasmin und küsst mich auf den Rücken.

Ich nicke und weiß, dass das nicht stimmt.

* * *

Die nächsten Wochen fliegen an mir und Jasmin vorbei.

Wir sind mittlerweile absolut unzertrennlich. Sobald sie von der Arbeit zurück ist, steht sie schon bei mir vor der Türe. Oft warte ich aber auch schon vor ihrem Büro, wenn sie herauskommt.

Natürlich hatte ich auch schon vor Jasmin Beziehungen. Aber aus irgendeinem Grund hatte ich dabei niemals das Gefühl der Leichtigkeit, des Einfachen, des Verspielten.

Erst bei ihr. Nur bei ihr.

Hatte ich mich früher mit den jeweiligen Frauen, zuletzt Andrea, immer zum Theater, zum Kino oder zum Essen verabredet, sind es mit Jasmin die Abende im Park, das Bootfahren auf dem See, das Spazieren am Flussufer und das einfach miteinander Reden, was mir das Gefühl gibt, endlich jemanden gefunden zu haben, der mich weiterentwickelt, der mich glücklich macht und der mir und meiner Existenz den Hauch eines Sinns verleiht.

Ich werde kitschig und ich genieße es.

Wer noch nie mit einer Blume in der Hand die Vorfreude darauf gespürt hat, dass die Liebste erscheint und sie beinahe mit Tränen in den Augen annimmt, der ... der ... kann mich mal.

Ihr wisst nicht, was ihr verpasst.

Nur noch gelegentlich habe ich das Gefühl, unaufrichtig zu sein.

Es ist ein Stechen in der Magengrube oder ein Ziehen in der Schläfe, das mir sagt, dass ich Jasmin nicht alles erzählt habe.

Aber warum auch. Die Vergangenheit ist tot. Tot und beerdigt. Tut-Ench-Amun hat sich nach dem Pinkeln nie die Hände gewaschen. Wen juckt's?

Zwar ruft mich Max noch gelegentlich an und fragt, wie es denn jobtechnisch bei mir aussehe, aber ich wimmle ihn mit der geübten Routine ab wie die Zeugen Jehovas, die Schwuchteln von Premiere oder die SKL-Schlampen, die mich gelegentlich anrufen.

Ich will nicht ins Paradies, ich will kein Bezahlfernsehen, ich will keine behinderten Vier-Viertel-Lose, ich will keine Pornos drehen. So einfach ist das.

Ich hole gerade Kerzen aus dem Wandschrank und stecke sie in den Leuchter auf dem Tisch.

Ich habe Jasmin heute zu mir zum Essen eingeladen, was mich ziemlich nervös macht. Ich hab mir in der Bücherei ein türkisches Kochbuch besorgt und habe mir ein schönes, aber schwierig zu kochendes Gericht herausgesucht.

Aber ich bin Optimist, wird schon schiefgehen.

Da ich den Trip jetzt halbwegs finanzieren kann, haben Jasmin und ich uns vorgenommen, mal über unseren Türkei-Urlaub zu sprechen. Ihre Eltern, die jetzt wieder dort leben, und ihre restliche Verwandtschaft sind angeblich schon ganz wild darauf, mich kennenzulernen.

Zehn vor acht. Gleich kommt Jasmin.

Ich lege schon einmal eine passende CD ein und hole den Wein aus dem Schrank.

Ich muss Jasmin langsam zumindest einen Teil der Wahrheit sagen.

Ich habe meinen Job verloren und werde wohl in der nächsten Zeit auf die Unterstützung vom Amt angewiesen sein.

Das ist gut. Ein Neuanfang. Ein Schlussstrich. In alles, was von da an sein wird, wird sie involviert sein. Nichts mehr, was ich verheimlichen müsste. Nichts mehr, was mir vielleicht peinlich sein müsste. Wir werden etwas für mich finden. Scheiße, ich trenne Plastik von Pappe, wenn es Jasmin nichts ausmacht. Solange ich nur da bin. Für sie und bei ihr.

Egal, woher ich komme, wichtig ist nur, wohin ich abends gehe.

Nach Hause. Zu ihr.

Es klingelt und ich gehe fröhlich zu Türe.

Jasmin steht im Hausflur und schaut mich mit glasigen Augen an.

«Hallo, Schönheit», sage ich und will sie in den Arm nehmen.

Sie weicht mir aus und geht an mir vorbei ins Wohnzimmer.

Die Kerzen machen ein gemütliches Licht, aber Jasmin schaltet die Deckenbeleuchtung ein und steht nun schnaubend vor mir. In der Hand hält sie etwas.

«Was ist das?», fragt sie und ich höre, wie sehr sie sich beherrschen muss, um nicht zu schreien.

Ich nehme ihr den Gegenstand aus der Hand und sehe ihn mir an, eine DVD-Hülle.

Ehehuren – Wenn der Postmann zweimal fickt!

Auf einem der Bilder erkennt man eindeutig mich mit der Kleinen von der Zeitarbeit.

In meinem Schädel rast es.

Daspassiertjetztnichtdaspassiertjetztnichtdaspassiertjetztnicht …

Mir bricht der Schweiß aus, meine Knie zittern, mir wird kotzübel, Tränen schießen mir in die Augen, stechende Kopfschmerzen.

«Jasmin …»

«Das hat sich heute einer von unseren Azubis auf dem Rechner angesehen!»

«Ich … das …»

«Du verdammte Drecksau! Warum? Warum?»

«Ich wollte dir, ich, das ist schon …»

Jasmin bricht in Tränen aus und lässt sich auf das Sofa fallen.

«Und ich musste dem auch noch zehn Euro geben, damit der mir das Ding gibt …», weint sie.

«Ich wollte …», sage ich.

«Zufrieden? Du hast wieder zehn Euro verdient!»

Ich fuchtle hilflos mit meinen Händen herum.

«Es tut mir leid, ich wollte es dir sagen. Wirklich.»

«Erzähl mir doch keine Scheiße. Wann denn, hä? Wann?»

«Ich …»

«Oh Gott, und ich hatte Sex mit dir. Was für Schlampenkrankheiten hab ich mir denn jetzt gefangen?»

«So ist es nicht. Du solltest …»

«Widerlich. Erst im Arsch von dieser Nutte und dann … Ich muss kotzen.»

«Jasmin, bitte. Ich kann …»

«War ich denn ein guter Fick? Du kannst es doch beurteilen. Wie war ich?»

Ich bin völlig überfordert, mir fehlen die Worte. Ich versuche, mich neben Jasmin auf die Couch zu setzen, doch sie springt auf und hält die Hände abwehrend vor sich.

«Bitte, lass uns reden. Du hast gesagt ...», beginne ich.

«Ich weiß, was ich gesagt habe, aber das gilt nicht für einen verlogenen Stricher!»

Ich drücke mir die Handballen, so fest ich kann, auf die Schläfen. Muss meine Gedanken fassen.

Jasmin, nein.

«Darf ich es dir erklären? Bitte.»

«Nein. Nicht jetzt. Lass mich einfach in Ruhe. Zumindest vorerst.»

Jasmin flüchtet aus meiner Wohnung.

Als ich vor der Haustüre bin, sehe ich nur noch ihren Wagen wegfahren.

Ich sinke zusammen und weine. Weine, wie ein Teenager, der gerade von seiner großen Liebe verlassen wurde. Für immer. Ein endgültiger Schmerz, der nie wieder vorbeigeht.

Bouillabaisse

Seit einer Woche hat sich Jasmin nicht gemeldet. Die SMS, die ich ihr geschrieben habe, hat sie nicht beantwortet. Sie anzurufen, traue ich mich nicht. Sie würde nur auflegen, wenn sie hört, dass ich es bin.

Jasmin, Jasmin, Jasmin ...

Bitte, ich kann es dir erklären. Lass mich mit dir sprechen.

Ich liebe dich.

Ich warte und warte, aber sie meldet sich nicht.

Mein Leben ist nun noch hohler und sinnloser geworden als vor der Zeit mit ihr.

Die Tage verbringe ich damit, auf dem Sofa zu sitzen und auf ihren Anruf zu warten. Mein Handy nehme ich mit zur Toilette.

Nur noch Rod und ich. Nur Rod und ich. Nur dieser verdammte Scheiß-Kaktus von der Mülltonne und ich. Rod Reptile.

Ich nehme Rod und will ihn gegen den Fernseher schmeißen. Will sehen, wie sein Topf in tausend Splitter zerspringt. Will sehen, wie er stirbt und zerbricht.

Ohne mich wird er vertrocknen. Er wird mich anbetteln um Wasser und Zuneigung.

Ich lasse den Arm sinken und drücke mir das kleine gelbe Töpfchen vor die Brust. Ich weine und weine und weine.

Ich kann nicht aufhören, irgendetwas ist kaputtgegangen in mir.

Jasmin. Komm doch einfach zurück und rede mit mir. Nur das eine Mal noch.

Eine weitere Woche vergeht. Jasmin hat sich noch immer nicht gemeldet. Ich sitze mit Rod vor dem Fernseher. Ich weiß nicht mehr, wann ich das letzte Mal etwas gegessen habe. Mich interessiert nur, ob ich genügend Bier im Haus habe.

Dann und wann schleiche ich in den Supermarkt und hole mir etwas zu trinken für die Zeit, in der ich nicht schlafe.

Ich gebe das Geld aus, das ich verdient habe. Das ich mir zusammengefickt habe. Alles.

Ich öffne eine weitere Flasche und greife zum Handy.

Jasmin, ich liebe dich. Bitte rede mit mir, ich will
es dir erklären. Was danach ist, entscheidest du.

Ich schlafe ein. Als ich wieder aufwache, schmerzt mein Ohr, weil ich auf dem Handy gelegen habe. Ich sehe auf das Display: keine Nachrichten, keine Anrufe.

Ich will das Telefon wieder aus der Hand legen, als ich noch vor dem Klingeln die Vibration in meiner Handfläche spüre. Schnell lege ich es an mein pochendes Ohr.

«Hallo? Jasmin?»

«Nein, äh ... Nein, bedaure. Ich bin's. Wollte nur mal hören, ob du noch atmest.»

Max, dieser dumme Arsch. Lässt der eigentlich nie locker?

«Tja, weil, das ist so: Du wolltest dich melden, und das ist ja immerhin schon 'ne Zeitlang her. Und da dachte ich, Max, dachte ich, lass uns doch mal hören, wie es meinem Freund so geht.»

Max nennt mich Freund. Ist es schon so weit, dass ich solche Kreaturen zum Freund habe?

Ich räuspere mich.

«Mir geht's gut, Max. Danke.»

«Großartig. Das hört man gern. Und, hast du dir mein, ich meine, unser Angebot mal überlegt?»

«Angebot?», frage ich.

«Hast du doch nicht vergessen, oder? Du kannst es weit bringen, aber ...», jetzt nimmt Max' Stimme den Tonfall eines Hippie-Streetworkers an, «du musst uns dir helfen lassen.»

«Helfen lassen kann ich mir doch immer noch. Ich bin raus aus der ganzen Sache. Ernsthaft.»

«Oh Mann. Das kannst du nicht machen. Man rennt mir hier die Türe ein. Wer ist der Kerl, wer hat ihn unter Vertrag und so weiter. Tu mir das nicht an.»

Ich lege mich wieder hin und halte mir gelangweilt das Handy ans Ohr.

«Aha», sage ich, ohne Interesse zu heucheln.

«Pass auf, ein Vorschlag, ja?», sagt Max.

«Gut», sage ich und greife nach einer Zigarettenschachtel. Leer.

«Okay, morgen kommst du einfach mal bei mir vorbei, und ich sage dir, wie's weitergeht. Äh ... weitergehen könnte, ja? Wenn du willst. In Ordnung?»

Ich schweige einen Moment, um Max zappeln zu lassen.

«Okay, ich komm rein. Aber viel Zeit habe ich nicht», sage ich dann.

«Mann! Geil! Kein Thema! Wir trinken 'nen Kaffee und reden. Der Rest liegt komplett bei dir. Ernsthaft.»

Max ist jetzt total aufgekratzt, der arme Irre.

«Schön, dann bis morgen», sage ich und drücke ihn aus der Leitung.

Ich setze mich wieder, und Rod sieht mich vorwurfsvoll an.

«Ich weiß, Kleiner», sage ich und schalte den Fernseher ein.

***

Als ich in Max' Büro komme, wartet der bereits auf mich.

Hab heute Morgen eine ganze Weile für meine Wiederherstellung gebraucht. Der Alkoholdunst kommt mir wahrscheinlich noch immer aus jeder Pore, aber zumindest habe ich geduscht und mir seit Langem mal wieder frische Sachen angezogen.

Jasmin hat sich langsam von einem stechenden Schmerz zu einem dumpfen Pochen in der Magengegend gewandelt.

Glücklich ist, wer vergisst.

«Hallo», sage ich und halte direkt auf das Sofa zu, als Max sofort aufspringt und mich umarmt wie den verlorenen Sohn.

«Oh Mann. Tut das gut, dich zu sehen. Ist ja schon ewig her.»

Ewig? Einen Monat? Oder zwei?
«Ja», sage ich und versuche, seinem eisernen Griff zu entkommen.
«Setz dich. Käffchen?»
Max lacht seine unverwechselbare Spastiker-Lache.
«Immer», sage ich und breite meine Arme auf der Lehne hinter mir aus.
Max stellt eine Tasse Kaffee vor mich und nimmt neben mir Platz.
«Toll dich zu sehen. Wirklich», lacht er.
Verdammt, irgendwie freu ich mich auch. Einsamkeit macht wohl wenig wählerisch. Wohl wenig wählerisch ... Eine Alliteration. Wie: Milch macht müde Männer munter. Oder: Drei drollige ...
«Hallo?», unterbricht Max meine Gedanken.
«Was?», frage ich irritiert.
«Wie's dir geht, hab ich gefragt.»
«Oh, gut. Toll. Noch besser wär nicht zu ertragen.»
«Das freut mich aber. Ich will auch gar nicht lange drumherumreden. In einem Satz: Rod Reptile kommt gut an. Und ich meine: richtig gut, ja?»
Ich muss einen Moment überlegen. Rod wer?
«Ach ja. Rod Reptile, sicher. Und dir steigen deswegen die Leute aufs Dach?», frage ich.
Max wedelt demonstrativ mit der Hand.
«Oh Mann. Ich glaube, wenn du nicht gekommen wärst, hätten die mir Zementschuhe verpasst.»
Max lacht, dass mir beinahe die Ohren abfallen.
«Na, so was», sage ich.
«Kennst doch diese Mafia-Methode, mit der ...»
«Ich weiß, was Zementschuhe sind», unterbreche ich ihn.
«Na ja. Die wollen dich treffen und dir einen Vertrag anbieten.»
Max lehnt sich zurück und sieht mich grinsend an.
«Das war's schon. Mehr hab ich dir nicht zu sagen. Jetzt entscheidest du.»
Ich nippe an meinem Kaffee und starre in die Tasse.

«Ist das alles?», frage ich dann, ohne aufzusehen.

«Natürlich», sagt Max und grinst weiter.

«Für wen würde ich denn arbeiten?»

Oh Jesus, ich habe es *arbeiten* genannt!

Max beugt sich vor und legt mir die Hand auf die Schulter.

«Für einen sympathischen, aufstrebenden Jungunternehmer. Für mich.»

«Hm?», mache ich.

Max lässt sich wieder in die Couch fallen.

«Na ja, zumindest so ungefähr. Guido ist der eigentliche Chef und Inhaber. Aber in meinen neuen Aufgabenbereich fallen auch die Darsteller.»

«Aha. Und dieser Guido würde mich dann ... aufbauen?», frage ich.

«Genau. All inclusive. Du kriegst 'nen Vertrag bei seiner Firma, wenn er dich mag. Dann bauen wir dich zum Star auf. Quasi ein bezahltes Studium mit anschließender Arbeitsplatzgarantie. Wo gibt's das noch?»

Max lacht wieder und hüpft dabei auf der Couch herum, dass ich mir beinahe den Kaffee über die Hose schütte.

Ich ertappe mich dabei, wie ich mir meine Karriere im Kopf ausmale.

«Hast du 'ne Zigarette?», frage ich Max.

Er kramt in seinem Sakko und hält mir anschließend eine Schachtel *Camel* entgegen. Igitt.

Ich nehme mir eine, und Max gibt mir Feuer.

«Danke», sage ich.

«Aber immer, mein Freund. Und? Wie steht's? Interesse? Wär nur ein Abendessen mit Guido und mir.»

«Ich überleg's mir.»

«Oh Mann. Tu mir das nicht schon wieder an.»

Max springt vom Sofa auf, dreht sich einmal um seine Achse und setzt sich wieder.

«Das bedeutet dann aber nicht, dass ich wieder sechs Wochen nix von dir höre, oder? Echt, Mann. Ich will hier nicht den unzufriedenen Kunden spielen, aber du bist nicht der einzige Mensch auf der Welt mit 'nem netten Schwanz und ein bisschen Schauspieltalent.»

Max beruhigt sich wieder.

«Also, ich sag das echt ungern. Du bist'n echt netter Typ, und ich liebe es, mit dir zu arbeiten, aber wenn ich bis morgen keine Antwort habe, will ich dich nicht mehr sehen, ja? Was glaubst du, wie oft Scorsese Robert de Niro gefragt hat, ob er nicht bitte, bitte, bitte in seinem *Taxi Driver* mitspielen mag?»

Keine Ahnung. Zweimal?

«Ist ja gut. Ich sage dir morgen früh Bescheid. Ist das okay für dich?»

«Toll. Ich seh schon, wir kommen wieder zusammen. Das dynamische Duo. Wir werden 'ne riesige Zeit haben.»

«Was ist eigentlich mit Werner?», frage ich.

«Ach so. Nun ja. Ich hab gekündigt, sozusagen.»

Ich stelle meine Tasse ab und sehe Max verwundert in die Augen.

«Wie bitte?»

«Nun, um ehrlich zu sein, hat mir die Sache in den USA gut gefallen, so mit euch, meine ich. Deswegen möchte ich in Zukunft auch mehr in dieser Richtung machen. Das ist hier leider nur bedingt möglich. Werner ist'n toller Mensch, keine Frage, aber ihm fehlt ein bisschen der Ehrgeiz.»

«Also war es nicht Werners Idee, mich anzurufen?», frage ich.

«Oh nein. Als er drei Tage nichts von dir gehört hat, meinte er, du könntest ihn mal. So ist das halt. Ficker gibt's wie Sand am Meer. Manchmal glaube ich, jeder Mann auf dieser Welt will Hardcore drehen, so viele Bewerbungen, wie hier immer eintrudeln.»

«Aber warum ausgerechnet ich?», frage ich.

«Charisma, Ausstrahlung, Esprit. Keine Ahnung, nenn es, wie du willst. Aber vor der Linse macht das 'ne Menge her, glaub mir. Nur ein großer Schwanz oder das Aussehen machen noch keinen guten Darsteller. Deswegen sollten Models auch nicht schauspielern, übrigens. Hast du diesen Film mit Cindy Crawford gesehen? Schrott,

Scheiße, total überflüssig. Aber es lag nicht an ihrem Aussehen, verstehst du?»

Ich habe keine Ahnung, was Max sich gerade zusammenbrabbelt, aber da er so schön in Fahrt ist, nicke ich.

«Eben. Deswegen gibt es hier die Schauspieler und da die Models. Aber manchmal gibt es den seltenen Fall, dass man beides in einem findet. Jemanden, der gut aussieht UND vor der Kamera nicht wie'n Statist wirkt, ja?»

Ich nicke wieder.

«So jemanden wie ...»

Mich.

«Milla Jovovich.»

«Hä?», frage ich.

«Ja. Und du könntest so ein seltener Fall sein. Ein Darsteller mit, mit ... Bühnenpräsenz, wenn du so möchtest, ja?»

«Hm, ich weiß nicht, ob ich der nächste Villa Jonkovic werden will», sage ich.

«Das ist 'ne Frau.»

«Oh.»

Max lächelt mich zufrieden an. Er hat dieses Mentor-Lächeln im Gesicht, das ich noch von einem meiner früheren Dozenten an der Uni kenne.

Ich hasse es, wenn Leute an mich glauben. Ich kann ihnen dann nichts mehr abschlagen.

Ich muss hier raus.

«Okay», sage ich und stehe vom Sofa auf, «ich sage dir dann morgen früh Bescheid.»

«Ich bitte darum. Würde mich freuen.»

Max begleitet mich zur Türe seines Noch-Büros.

«Bis dann, mein Freund», lacht er, als ich auf den Hof trete.

Max schließt die Türe und ich gehe durch den Torbogen auf die Straße, obwohl mein Auto noch im Hof steht. An einem Automaten besorge ich mir eine Schachtel Zigaretten und setze mich damit auf den Bordstein.

Pornostar. Oder zumindest ein angehender. Unmöglich. Ich hab jetzt schon viel zu viel mit dem Mist zu tun gehabt. Hat mich auch genug gekostet, der Quatsch: Jasmin, ... Eigentlich nur Jasmin. Nein, tatsächlich nur Jasmin.

Ich zünde mir eine Zigarette an.

Jasmin ist weg. Ich hab mir alles kaputtgemacht. Dabei hätte ich es ihr vielleicht einfach nur sagen müssen. Dann wäre es vielleicht okay gewesen. Vielleicht. Natürlich hätte ich nicht damit weitergemacht. Aber ich hätte es ihr sagen müssen.

Nicht damit weitergemacht. Und dann? Zum Arbeitsamt? Irgendwo als Aushilfe rumrennen? Bei McDonald's vielleicht?

Wovon sollten wir denn alles bezahlen? Ich würde ja gerne mit ihr in den Urlaub. Und dann? Soll sie alles bezahlen?

Scheiße.

Die ganze Situation ist festgefahren. Mein ganzes Leben ist festgefahren.

Wo bin ich denn falsch abgebogen? Wo war der Punkt, an dem ich noch etwas hätte retten können?

War der Fehler, das Studium zu schmeißen? Es überhaupt zu beginnen?

Hätte ich einfach meinen Job bei der Versicherung ernst nehmen und mich nicht den ganzen Tag für was verdammt noch mal Besseres halten sollen?

Jetzt bin ich dreißig Jahre alt und sitze auf der Bordsteinkante, ohne Freunde, ohne Freundin, ohne Job. Andere in meinem Alter haben längst Familie.

Pappe und Plastik trennen ...

Müßig.

Jasmin ist weg und kommt nicht wieder, also was soll's.

Ich werde nicht jünger und ich brauche Arbeit und Geld.

Und im Moment ist es nur Max, der mir, ohne zu zögern, eine Zukunft zutraut.

Leckt mich alle. ICH muss mit meinem Leben klarkommen, nicht ihr.

Wenn ich aus meiner Wohnung fliege und die Karre verkaufen muss, kommt auch niemand und lobt meine Redlichkeit.

Ist schließlich auch nur ein Job.

Die zweite Zigarette kratzt im Hals, und ich werfe sie weg, bevor ich aufstehe und zurück auf den Hof gehe.

«Wann ist das Essen morgen?», frage ich Max, während ich noch in der Tür stehe.

«Acht Uhr. Im *Bouillabaisse.*»

«Ich bin pünktlich.»

«Cool, Alter. Wir sind dann da.»

«Okay», sage ich und will wieder gehen.

«Gute Entscheidung», ruft Max mir nach.

***

Das *Bouillabaisse* ist eines dieser typischen unteren mittleren Oberklasserestaurants, in die Leute im Grunde nur zum Angeben gehen. Die Küche ist nicht so doll, dafür sind die Preise relativ hoch. Und auch wenn dich dein Kellner 'ne gefühlte Ewigkeit warten lässt, ist er dabei doch immer höflich und artikuliert sich äußerst vornehm. Kurz: ein Laden, in den ich meine Sekretärin schleppen würde, wenn ich sie nageln wollte. Oder noch kürzer: Max dürfte sich hier wie zu Hause fühlen.

Als ich das *Bouillabaisse* betrete, sehe ich schon Max mit einem anderen Mann an einem der vorderen Tische sitzen. Ich winke ihnen zu, und der Kellner oder Pförtner (keine Ahnung, wie man die Empfangsleute in Restaurants nennt) lässt von mir ab und begnügt sich damit, seinen Arm als Wegweiser von sich abzuspreizen.

«Schön, dass du da bist», freut sich Max und erhebt sich von seinem Platz, um mich zu umarmen.

«Ach, der legendäre Mister Reptile», lacht der andere Kerl, während er mir die Hand gibt.

Das Pummelchen mit der Halbglatze stellt sich mir als Guido vor.

Wir setzen uns alle, und ich bestelle einen trockenen Rotwein. Den Wein, der eigentlich in jedem Restaurant schmeckt.

«Also, Max hat dir bestimmt schon verraten, worum es bei unserem kleinen Treffen heute geht, oder?», fragt Guido.

Ich schüttle den Kopf und verneine.

Guido knufft Max vor die Schulter.

«Du machst aber auch nur, was du musst, oder?»

Max lacht und trinkt einen Schluck Weißwein.

Guido faltet die Hände auf dem Tisch.

«Also gut. Ich hab mir die Aufnahmen von dir angesehen, auch die aus den Staaten. Ich selbst hab ein Label hier und würde euch beide gerne unter Vertrag nehmen. Beziehungsweise dich, Mike hat schon eingewilligt.»

«Wer is denn Mike?», frage ich.

Max zieht einen Zettel aus der Hosentasche.

«Äh ... Ray Steel. Erinnerst du dich?»

Ach ja, Ray.

«Und der ist dabei?»

Guido nickt.

«Ja. Ich biete dir demnach an, was ich ihm auch angeboten habe: Du arbeitest für mich, exklusiv für mich. Dafür hast du 'ne gleich bleibend hohe Zahl von Produktionen, also ein festes Einkommen. Außerdem arbeitest du nur noch mit professionellen Darstellerinnen. Keine Uschis und Muschis aus Bielefeld mehr.»

Guido lehnt sich in seinem Stuhl zurück und sieht mich fragend an.

«Außerdem könntest du regelmäßig mit Ray arbeiten. Ihr habt euch doch ganz gut verstanden, ja?», ergänzt Max.

«Was für Produktionen sind das?», frage ich Guido.

Der wedelt mit den Händen vor seinem Gesicht herum.

«Keine Panik, nichts Abgefahrenes. Das normale Ding, allerdings auf höherem Niveau, als du es bis jetzt kennst. Nichts gegen Werner. Wir haben zwar auch speziellere Sachen im Portfolio, aber das spulen für uns hauptsächlich Amateure ab. Die sind sich für nix zu schade und stehen darauf, andere via DVD an ihrem Glück teilhaben zu lassen. Außerdem hast du natürlich ein Mitspracherecht.»

Max legt seine Hand auf meine und schaut mich überzogen liebevoll an.

«Du musst nichts tun, was du nicht willst, Schatz.»

Ich ziehe meine Hand weg, und wir drei lachen laut los.

«Okay, wann geht's los?», frage ich und trinke einen großen Schluck aus meinem Weinglas.

«Von mir aus sofort», sagt Guido. «Aber willst du nicht erst'n bisschen Bedenkzeit? Du möchtest das doch sicherlich erst mit jemandem besprechen. Immerhin ist das 'ne ziemliche Steigerung im Vergleich zu dem, was du bis jetzt gemacht hast.»

Ich leere mein Glas und schüttle den Kopf.

«Ich muss gar nichts mit niemandem besprechen. Für mich klingt das gut, also machen wir's so.»

Guido schaut zu Max, der schief zurücklächelt.

«Also bitte», sagt Guido. «Dann sehen wir uns morgen in meinem Büro und machen alles klar.»

«Toll», sage ich und sehe mich nach dem Kellner um.

Ich brauche unbedingt noch etwas zu trinken.

Bitte schnallen Sie sich an und stellen das Rauchen ein.

Rod Reptile und Ray Steel

Morgens sitze ich mit Rod vor dem Fernseher, und wir sehen uns im Frühstücksfernsehen einen Spinner an, der krächzend *Country Roads* singt und sich dabei auf der Ukulele begleitet.

Als ich gerade umschalten will, klingelt es an der Türe.

Max erscheint wie verabredet, um mich zu Guido zu fahren.

Ich schalte die Frühstücksukulele ab, gebe Rod einen kleinen Stubser zum Abschied und verlasse die Wohnung.

«Moin, moin», sage ich fröhlich, als ich in Max' BMW steige.

«Na, alles klar bei meinem Star? Hey, das hat sich gereimt.»

Ja, ja, und was sich reimt ist gut. Gib Gas, Pumuckl.

«Absolut, und was passiert heute Schönes?», frage ich und sehe aus dem Beifahrerfenster.

«Ach, genau genommen gar nichts. Guido zeigt dir ein bisschen seine Firma, du unterschreibst den Vertrag und das war's auch schon.»

«Und du bist nur mein Chauffeur?»

Max lächelt mich kurz an und sieht wieder auf die Straße.

«Ach, komm schon. Ich hab Ray und dich vermittelt. Da kannst du mir doch eine kleine Provision nicht verwehren, ja?»

«Wie auch immer», sage ich.

Mir ist in der Tat völlig egal, was Max bekommt. Während meiner wilden Zeit als Versicherungsvertreter hab ich mich den ganzen Tag mit Provisionen herumschlagen müssen. Max hat uns in New York nicht beschissen, warum sollte er jetzt damit anfangen.

«Mach dir keinen Kopf um Geld. Du hast deinen Job, ich meinen. Und wir beide werden davon ausgezeichnet leben können», sagt Max. Nach einigen Minuten erreichen wir Guidos Büro.

Ein Haus im Jugendstil mit einem großen Messingschild neben dem Tor, das zu einem Vorgarten führt.

DiViDiA Filmproduktion G. Franzen.

Da schau her.

Nachdem Max in eine kleine Kamera gegrinst hat, springt das Tor mit einem leisen Summen auf und gibt den Weg zum Haus frei.

Auf halber Strecke kommt Guido uns bereits entgegen.

«Da seid ihr ja, sehr schön.»

Er schüttelt erst Max, dann mir die Hand.

«Dein Kollege ist bereits da», sagt Guido und drückt mir dabei die Schulter.

Max und ich folgen ihm in das Gebäude, das er scheinbar auch bewohnt.

Privat Büro Studio

steht an den Klingeln.

In der hellen, ungewöhnlich breiten Diele hängen verschiedene Filmposter in Rahmen. Scheinbar die hier produzierten Filme, die bereits Preise bekommen haben.

Ich sehe mir das Plakat von *Sklave aus Leidenschaft* näher an und sehe, dass am unteren Rand Filmlänge, Altersfreigabe und der DVD-Ländercode stehen. Keine Filmposter, nur großkopierte Videohüllen. Aber in beeindruckender Anzahl.

Im Büro sitzt bereits Ray auf dem Sofa und trinkt ein Glas Wasser.

«Ey», ruft er, als er Max und mich hereinkommen sieht.

«Na, alles klar bei dir?», frage ich.

Ray gibt Max kurz die Hand, um mir dann um den Hals zu fallen wie einem Totgeglaubten.

«Aber immer. Geil, dass du jetzt auch hier bist. Wir werden ’ne Menge Spaß haben.»

«Absolut», sage ich und lasse mich mit ihm auf die Couch fallen.

Max lehnt sich an die Wand neben Guidos Schreibtisch.

«Okay», beginnt Guido, «wir machen das hier ganz kurz. Du arbeitest jetzt für mich, du auch und du sowieso.»

Während er das sagt, wandert sein Zeigefinger von Ray über mich zu Max. Das Gehabe eines Kleinstadtpaten, aber nicht unsympathisch.

Guido zieht einen Stapel Papiere aus einer seiner Schreibtischschubladen und legt ihn so auf den Tisch, dass ein Gegenüber den Inhalt lesen kann. Dabei lächelt er und sieht mich an. Ich stehe auf und schaue mir die Unterlagen an: ein Vertrag.

Ich überfliege ihn kurz. Liest sich wie die allgemeinen Geschäftsbedingungen eines Möbelhauses.

Ich nehme mir den Kugelschreiber, den Guido neben das Papier gelegt hat, und unterschreibe.

Jetzt bin ich verpflichtet, nur für Guido zu vögeln, keine Krankheiten anzuschleppen, nicht zu saufen oder Drogen zu nehmen, für Produktionen zur Verfügung zu stehen und so weiter und so fort.

«Perfekt», freut sich Guido und erhebt sich aus seinem Sessel. «Willkommen an Bord.»

Wir begießen die Unterschriften von Ray und mir mit ein paar Gläsern Sekt, und Guido lädt uns angeheitert zum Essen für den heutigen Abend ein.

***

Als ich am nächsten Morgen aufwache, fühlt sich mein Schädel an, als hätten gestern sechs Elefanten darauf die Holzschuhpolka getanzt.

Scheiß Tequila.

Wenn Guido, Max oder sonst wer mich wieder zum Kampftrinken fordern sollte, bleibe ich bei Wodka. Heimvorteil.

Ich schleppe mich wankend ins Badezimmer. Auf dem Weg dorthin stoße ich verschiedene Gegenstände um und gerate ins Stolpern.

Vielleicht sollte ich mich wieder hinlegen.

Ich beschränke meinen Besuch im Bad auf einen Blick in den Spiegel, der so entmutigend ausfällt, dass ich beschließe, alles andere später am Tag zu erledigen.

Ich lege mich auf die Couch, um mit Rod fernzusehen.

Auf dem Tisch liegen einige Unterlagen verstreut. Den oberen Blätterhaufen erkenne ich noch als meinen neuen Vertrag. Der gestrige Abend hat ihn genauso verknittert wie mich.

Was darunter liegt, weiß ich nicht, und so beginne ich, mit einer Hand danach zu greifen, wobei ich beinahe Rod vom Tisch schubse.

«Sorry, Rocker», sage ich und ziehe vorsichtig den Stapel zu mir auf die Couch.

Irgendwer im Fernsehen nennt jemand anderen einen Schwachkopf, was mich schmunzeln lässt. So schöne alte Schimpfwörter hört man heute gar nicht mehr.

Schwachkopf, Holzkopf, Maulheld, Aufschneider ...

Das waren noch Zeiten. Da wurde man angezeigt, weil man jemanden als Hasenfuß oder Lumpen bezeichnet hat. Heute wird alles unter *Wichser, Spasti* oder *Hurensohn* überhaupt nicht mehr wahrgenommen. Auch nicht von Kindern. Erst recht nicht von Kindern.

Genug philosophiert.

Die Papiere unter dem Vertrag bestehen aus Anfahrtsbeschreibungen, Zusatzvereinbarungen, der Adresse des Gesundheitsamtes und Ähnlichem. Zwar kann ich mich nicht mehr daran erinnern, das Zeug in Empfang genommen zu haben, aber es wird wohl so gewesen sein.

Als mein Telefon klingelt, zucke ich kurz zusammen.

«Hallo?», krächze ich.

«Hi. Wolltest du dich eigentlich überhaupt noch mal bei mir melden?» Andrea? Hätte nicht gedacht, dass sie sich so schnell wieder meldet.

«Hallöchen auch», sage ich freundlich.

«Hallöchen auch ... Du hörst dich an, als hättest du wieder die ganze Nacht gesoffen.»

«Was soll das denn heißen: wieder?»

«Welchen Teil von *wieder* verstehst du nicht?»

Gerade überkommt mich bleierne Müdigkeit.

«Was kann ich für dich tun?», frage ich.

«Ach, eigentlich nichts. Ich wollte nur mal hören, wie es so läuft.»

Den Ton kenne ich. Dieser Ich-weiß-was-was-keiner-weiß-Ton.

«Verstehe», sage ich und muss husten.

«Na ja, man munkelt, es gebe jetzt wieder jemanden in deinem Leben.»

Ich sehe kurz zu Rod, dann zum Fernseher.

«Was munkelt man denn genau?», frage ich.

«Nun, man hat dich wohl händchenhaltend in der Stadt gesehen. Mit einer Frau. Da dachte ich, da frag ich mal genauer nach. Würd's dir ja gönnen.»

«Wer ist denn *man*?»

«Ach, was soll's. Ich hab dich letztens in der City gesehen. Mit 'ner ganz kleinen Süßen. Habt ja schwer verliebt ausgesehen. Wo hast du die denn her? War ja 'ne ganz Putzige.»

«Ach die», sage ich. «Das war nur ... eine Affäre. Nichts Ernstes. Nur für zwischendurch.»

Mir dreht sich der Magen um. Könnte noch der Tequila sein.

«Das sah aber nicht so aus.»

«War aber so.»

«Machte aber gar nicht den Eindruck. Ihr konntet ja die Hände kaum voneinander lassen. Wie zwei Teenies.»

«War aber trotzdem nichts Ernstes.»

«Wie heißt sie denn?»

«Hab ich vergessen.»

«Natürlich. Vergessen. Du hast ja auch so unheimlich viele Frauen.»

«Woher willst du das denn wissen?»

«Ich weiß das. Da bist du nicht der Typ zu.»

«Menschen ändern sich.»

«Nicht alle. Und nicht in allem.»

«Rufst du an, um mich zu nerven?», frage ich.

«Nö, warum?»

«Weil du's gerade tust.»

«Wie heißt sie denn nun?»

«Was weiß ich ... Claudia.»

«Ist nicht wahr. Wie lange seid ihr denn schon zusammen?»

Ich hasse Frauen. Wer sich über Pitbulls auf Spielplätzen aufregt, sollte sich mal mit neugierigen Weibern herumschlagen. DIE sind brutal und hartnäckig, nicht die Köter.

«Wir sind nicht mehr zusammen», sage ich.

«Aha, ihr wart es also. Was ist denn passiert?»

Ich huste wieder und atme tief durch.

«Andrea, tut mir echt leid, aber ich muss los. Die Frau, die du mit mir gesehen hast, war nur'n kleines Flittchen, das mich scharf fand, mehr nicht. Grüß Tobi von mir.»

«Der heißt Tobias, verdammt noch mal.»

Ich lege den Hörer auf und mich wieder hin.

Scheiße ... Fehlt nur noch ein krähender Hahn...

Ein wenig Fernsehunterhaltung à la *Du bist schuld, dass meine minderjährige Tochter lesbisch ist* wird mir jetzt guttun.

Später geht es meinem Magen besser, nur mein Nacken fühlt sich an, als breche mir gleich der Kopf ab. Deswegen heißen die Dinger wahrscheinlich Sofalehne und nicht Kopfkissen.

Ich habe geträumt, ich hätte in Max' Büro auf der Couch mit Jasmin geschlafen. Zuerst war es schön. Sehr schön. Wie an dem Abend, als sie bei mir war. Dann hat Max angefangen, irgendwelche Stellungen und Positionen zu brüllen. Jasmin hat getan, was er sagte. Ich wollte nur noch raus aus dem Büro. Sie war voll bei der Sache, wie ein Profi eben. Als Jasmin «Spritz mich voll» gestöhnt hat, bin ich aus dem Raum gerannt.

Was für ein Scheiß-Traum.

Ich nicke noch ein-, zweimal ein, bevor ich endgültig aufstehe und duschen gehe. Draußen dämmert es schon wieder.

Nicht der erste, völlig nutzlos verschwendete Tag.

***

Tags darauf sitze ich auf dem Sofa und halte mein Handy in der Hand. Ich überlege, Jasmin noch mal eine SMS zu schicken. Nach dem Traum und meinem ekelhaften Verrat bei Andrea ist Jasmin wieder voll in mein Bewusstsein zurückgekehrt.

Es wäre natürlich nur eine Nachricht, die ganz zufällig auf ihrem Telefon landete. Eine, die ihr sagt, dass ich noch an sie denke und ihre Nummer noch in meinem Speicher habe. Und dass ich ihr keinerlei Kontakt aufzwingen möchte, obwohl ich mir nichts sehnlicher wünsche.

Ich sende die Nachricht nicht. So was machen nur Teenager. Und nicht einmal die besonders intelligenten. Erwachsen und vernünftig sein verlangt manchmal eine Menge Selbstbeherrschung.

Apropos vernünftig: In ein paar Minuten kommt das Taxi, das mich zu Guidos Studio bringt.

Ich will nicht, dass jemand meinen Wagen davorstehen sieht.

Rod Reptile hat heute seinen Auftritt und erscheint sogar im Vorspann. Den Credits.

Zum zweiten Mal bereits nach meiner erotischen Exkursion ins Dritte Reich.

Der Taxifahrer quatscht ununterbrochen von seinem Kunstgeschichtsstudium, das er irgendwann einmal zu Ende bringen will. Später, nicht jetzt. Das Geld. Wird ja alles teurer.

Ich bin wohl kaum der Richtige, der ihm sagen sollte, dass er es gerade dann angehen sollte.

Vor Guidos Haus erwarten mich bereits Max und Ray.

Wir umarmen uns, als wären wir alte Freunde. Oder überhaupt Freunde.

Guido unterhält sich im Flur gerade mit dem Regisseur, als wir dazukommen.

Er stellt uns den Regisseur vor. Ein Kaugummi kauender Gnom mit italienischem Dialekt. Seinen Namen hab ich gleich wieder vergessen. Ray und ich folgen ihm in eines der Studios, in dem schon drei Mädels und der Star der Produktion zusammenhocken und schmierige Witze über Titten machen. Die Mädchen scheinen sie lustig zu finden.

Der tätowierte Hüne spielt sich während ihrer Unterhaltung pausenlos am Schwanz.

Aber wir drehen ja auch nicht *Ghandi II.*

Ray und ich lassen uns kurz erklären, worum es bei der Sache heute gehen wird:

Zwei Vertreter kommen ins Haus, in dem drei junge Frauen eine Art Tupper-Party veranstalten. Sofort fallen die gierigen Weiber über die Vertreter her. Später kommt dann der Ehemann einer der Frauen hinzu und mischt nach kurzer Entrüstung mit. Das war's.

Typisches Autorenkino.

Im Nebenraum des Studios gibt es nur eine Dusche. Ich lasse Ray den Vortritt, während ich mir den Text für meine erste Szene sagen lasse. Ein Drehbuch gibt es nicht, weswegen ich den größten Teil improvisieren darf, solange die Message ankommt, wie der Regisseur sagt.

Nachdem auch ich geduscht und umgezogen bin, sind alle so weit im Bilde, dass es losgehen kann.

Ray und ich betreten in unseren grauen Anzügen und mit Aktentaschen das vermeintliche Wohnzimmer, in dem die drei Mädchen zusammensitzen und lachen.

«Guten Tag, die Damen. Ich hoffe, wir stören Sie nicht», sagt Ray süffisant.

«Aber Herr Schmidt, es wäre doch eine Schande, diese reizenden Damen nicht zu stören», sage ich.

Eine der Frauen kichert und spielt an ihren Brüsten.

«Wenn Sie uns stören möchten, dann tun sie das doch einfach», haucht sie dann.

«Das lassen wir uns nicht zweimal sagen», lacht Ray, wirft seine Aktentasche auf das Sofa und lässt seinen Schwanz aus dem Hosenschlitz ragen.

Eines der Mädchen läuft ihm auf den Knien entgegen und fängt an, ihn zu blasen.

Ich trete ein Stück zur Seite, um der Kamera Platz zu machen.

Dann schlendere ich zu den beiden anderen, die mich schon mit gierigen Blicken erwarten.

Ich stelle mich zwischen sie und fange an, die eine zu knutschen, während die andere bereits meinen Schwanz im Mund hat.

Nach einigen Minuten gibt der Regisseur uns ein Zeichen, dass wir auf das Sofa wechseln sollen. Ich lasse mich mit nacktem Hintern auf die Couch fallen, und die Kleine, mit der ich geknutscht habe, springt auf meinen Schoß und lässt meinen Schwanz schnell in sich verschwinden. Die andere stellt sich breitbeinig über mich, sodass ich sie telegen lecken kann. Aus den Augenwinkeln beobachte ich Ray, der sein Mädel gerade ebenfalls genüsslich vögelt.

Der Anblick macht mich ziemlich spitz, und auch wenn Rays Aktentasche unter mir mich mit einer Ecke gerade vergewaltigt, fühle ich mich in der Situation ausgesprochen wohl.

Positionen später erscheint auch der Ehemann auf der Bildfläche. Nach einem kurzen Wortwechsel packt er seinen Schwanz aus und versammelt die Frauen um sich. Sein Teil degradiert Ray und mich augenblicklich zu Statisten. Zuarbeiter.

Dass er die Mädels kennt, sieht man sofort. Alle vier agieren miteinander, als lebten sie privat in einer Kommune zusammen. Der Typ delegiert die Frauen mit dem Zucken einer Augenbraue, während Ray und mir der Job bleibt, zwei von ihnen von hinten zu bespringen.

Was soll's, gehört die Show halt King Kong.

«Das habt ihr Nutten jetzt davon, mit Vertretern zu ficken», grunzt er schließlich und spritzt den dreien eine ordentliche Ladung in die Gesichter. Der lebt wohl nur von Eiern und Tofu!

«Ich bin der Einzigste, den ihr ficken dürft, ihr Schlampen!»

Einzig, einziger, am einzigsten ...

Bevor Ray und ich zum Schuss kommen können, schreit der kleine Gnom *Schnitt*.

Die Mädels verziehen sich in das kleine Badezimmer, nachdem sie Godzilla, Ray und mir je ein Küsschen auf die Wange gegeben haben. Ray hat einer von ihnen noch 'nen Klaps auf den Hintern verpasst, als sie an ihm vorbeisprang.

Nach einem Schluck aus einer Wasserflasche folgt der Tätowierte den Mädchen, und der Regisseur gibt uns Anweisung, hier auf ihn zu warten.

«Raucht eine oder macht sonst was.»

Wobei das *oder macht sonst was* wohl eher auf seinen Sprachproblemen als auf Unhöflichkeit beruht.

Ray und ich lassen uns auf das Sofa fallen, nachdem ich seine verdammte Aktentasche heruntergeschoben habe.

«Na bitte. War doch ein netter Anfang bei unserem neuen Brötchengeber», sagt Ray.

Ich nicke.

«Ja, mal sehen, wie das noch weitergeht hier.»

«Ach was. Läuft doch super. Dafür, dass wir noch nicht mal was gezogen haben.»

Stimmt. Heute habe ich mein Debüt als drogenfreier Darsteller. Bei der Zeitarbeitsmaus wusste ich ja noch nicht, dass ich einer bin ...

«Wie sieht's denn nachher aus mit dir? Gehen wir aber schon noch feiern, oder?», fragt Ray.

«Klar, ich hab nichts vor», sage ich.

«Cool. Ich kenn da 'nen netten Laden. Da gibt's dann auch endlich was fürs Näschen», sagt Ray, und ich beobachte, wie er sich dabei die Hoden knetet.

«Scheiße, ich glaub, da ist was», sagt er nach kurzer Prüfung.

«Am Sack?», frage ich und rücke ein Stück von ihm weg.

«Ja, so Knötchen.»

«Was denn für Knötchen?»

«Keine Ahnung. So Knubbel eben. Hab ich gerade erst gefühlt.»

«Wo denn?», frage ich.

«Zwischen den Eiern.»

«Ach du Scheiße.»

«Kacke. Fühl mal. Ich glaub, da ist echt was an den Klöten.»

Ray streckt sitzend seinen Rücken durch und hält mir sein Gemächt entgegen.

«Nein, echt nicht. Ich fass dir nicht an den Schwanz», sage ich verwirrt.

«Bitte. Ich glaub, das ist Krebs. Fass mal an, ich brauch 'ne zweite Meinung.»

«Nein, ich fass da nicht hin. Wenn du eine zweite Meinung willst, geh zum Arzt.»

«Du sollst mir keinen runterholen, Kerl. Nur mal drücken. Ob da was ist.»

«Vergiss es.»

«Nur ganz kurz.»

«Nein.»

«Bitte.»

«Nein.»

«Bitte, bitte. Ich brauch jetzt Zärtlichkeit.»

Jetzt sehe ich Ray verdutzt ins Gesicht, worauf er schallend lacht.

«Arschloch», sage ich und springe auf, um einen Schluck Wasser zu trinken.

«Super. Echt. *Ich fass dir doch nicht an den Schwanz.* Hammer. Komm, war doch nur'n Scherz», lacht Ray.

Er hält sich noch immer den Bauch vor Lachen, als der Regisseur zurückkommt.

«Alles lustig hier? Gut. Kommen zu mir mit. Weiter Frauen bumsen», sagt er, und wir folgen ihm.

Im Badezimmer spielt der Große bereits wieder an seinem steifen Schwanz. Auf dem Boden des winzigen Raumes bilden die drei Mädels ein wildes Gewimmel, während sie sich gegenseitig abschlecken, befingern und küssen. Eine Mini-Orgie.

Nachdem wir eingewiesen wurden, nimmt der Regisseur in der Duschwanne Platz und ruft «Action».

Ray und ich stürmen in das kleine Bad.

«Hier versteckt ihr Schlampen euch also», rufe ich, während Ray sich direkt ins Getümmel auf den Boden wirft. Während sich zwei Mädels gegenseitig abwechselnd meinen Schwanz in den Mund schieben, sehe ich mir die Highlight-Szene des Filmes, zumindest dieser Episode, an.

Ray liegt auf den Fliesen und wird ordentlich geritten. Dann stößt der Riese dazu, schiebt seinen Prügel in den Hintern der Frau und klemmt sie zwischen sich und Ray ein.

Sie stöhnt und schreit noch lauter als zuvor.

Nach kurzer Zeit lässt der Typ von ihr ab und stellt sich neben mich. Ray zappelt noch ein wenig weiter, bevor er schließlich mit der Dritten im Schlepptau zu uns kommt. Die Mädels knien nun vor uns und reißen grotesk ihre Münder auf, während wir wichsen.

Einer nach dem anderen spritzen wir den Mädels in die Gesichter, wobei es sich der Große nicht nehmen lässt, ihnen auch noch abwechselnd den Schwanz in die Münder zu schieben.

Der Regisseur krabbelt nun aus der Dusche, um möglichst viel von dieser Improvisation zu filmen.

Das Tier hat wieder alles gegeben und hat die Mädchen beinahe mehr bekleckert als Ray und ich zusammen. An seinem Gesicht sehe ich, dass auch Ray keine Ahnung hat, wo der Typ das Zeug hernimmt.

Vielleicht züchtet er nebenher Austern. Weiß man's.

Die Mädchen schlecken sich nun genüsslich das Sperma von den Lippen und knutschen wild.

«Hier kommt dann Ausblenden», sagt der Italiener, worauf der Tätowierte sich wortlos umdreht und das Badezimmer verlässt.

Das heißt wohl, dass wir fertig sind.

Die Mädchen erheben sich vom Boden, und wir stehen nun zu sechst in dem kleinen Raum, was den Regisseur nicht daran hindert, sich eine Zigarette anzuzünden.

Ray und ich stolpern aus dem Bad zurück in das «Wohnzimmer», um auf der Couch etwas zu trinken.

Als wir gerade sitzen, kommt Guido ins Studio.

«Da sind ja meine Stars. Und, geht's gut?»

«Absolut», sage ich.

«So weit, ja», antwortet Ray.

«Fantastisch. Dann geht's hier morgen Mittag für euch weiter. Kommt einfach gegen zwei. Wusstet ihr, dass der Mensch gegen vierzehn Uhr die höchste Schmerzgrenze hat? Also erwarte ich Höchstleistung.»

Guido lacht und verlässt den Raum, steckt aber noch einmal seinen Kopf herein.

«Und du denkst bitte an das Gesundheitsamt. Ich will deinen Pass so schnell wie möglich fertig machen.»

Mein Gesundheitspass. Ein DIN-A4-Blatt mit meinem Foto, meinem «Namen» und der Aussage des Amtes, dass ich keine Geschlechts- oder sonstige Krankheiten habe.

Ursprünglich so'n Amiding, das sich langsam aber auch hier einbürgert. Den Amerikanern sind die HIV-Ansteckungen außer Kontrolle geraten, deswegen haben sie jetzt dieses Dokument eingeführt. Jedenfalls die großen Labels ...

Besser als nichts.

Ich sage Guido, dass ich noch heute Nachmittag beim Amt sein werde. Er bedankt sich und lässt seinen Kopf hinter der Türe verschwinden.

«Ich geh mal duschen, wenn Spielberg da raus ist, heißt das», sagt Ray und verlässt das Zimmer.

Die Mädchen huschen nackt an mir vorbei, gefolgt vom Regisseur.

Als Ray Minuten später zurückkommt, verziehe ich mich ebenfalls ins Bad.

Nachdem ich beinahe auf Sperma ausgerutscht bin, erreiche ich die Duschkabine und lasse heißes Wasser über mich laufen.

Vielleicht bin ich nur schlecht drauf, aber in Max' altem Studio hat's mehr Spaß gemacht. Ich fühl mich, als hätte ich zwei Versicherungen verkauft.

Enter the Matrix

Ray und ich werden uns heute Nachmittag treffen, damit er mir den Laden zeigen kann, von dem er so schwärmt. Außerdem haben wir noch unser neues Dasein als Arbeitskollegen zu feiern.

Als ich vom Taxi in mein Auto steige, rieche ich kurz Parfum. Ich schalte das Radio ein und begleite phonetisch eine dieser deutschen Bands, die neuerdings auf allen Sendern ihre Poesiealben heruntersingen dürfen.

Für manche dieser Texte, die momentan als besonders lyrisch angesehen werden, hätte damals sogar Howard Carpendale eins aufs Maul gekriegt.

Aber solange man damit Geld machen kann, geht das wohl klar. Auch nur Huren, die Plattenfirmen.

Das Gesundheitsamt nimmt mir Blut ab für den aktuellen HIV-Test. Alles Andere mache dann mein Hausarzt, wie man mir sagt. Wieder auf dem Parkplatz lasse ich mir am Handy einen Termin für morgen geben. Der Arzt wurde mir von der Maus empfohlen, die mir das Blut abgezapft hat.

«Obwohl ich eigentlich keinen Arzt empfehlen darf», hat sie gekichert. Na ja, aber sie hatte schöne Titten unter ihrem Pulli.

Nach kurzer Fahrt bin ich wieder zu Hause.

Ich sitze wieder vor dem Fernseher und sehe mir eine Reportage über Krokodile an.

Der Unterschied zwischen Süßwasserkrokodilen und Salzwasserkrokodilen ist der, dass die Süßwasserkrokodile kleiner sind, spitzere Nasen haben und als aggressiver gelten.

Könnte aber auch andersrum gewesen sein.

Scheiß-Krokodile. So verbringen also Filmstars ihre Freizeit.

Ich gehe noch einmal duschen und ziehe mir einen Anzug an, bevor ich mich wieder zu Rod geselle.

Ein Anzug gibt einem das Gefühl, noch etwas Wichtiges vorzuhaben, während man einfach so dasitzt.

Zwei Stunden und einige Tiere später schlinge ich den letzten Rest meiner Ravioli herunter und mache mich auf den Weg in die Stadt.

Am Rathaus finde ich tatsächlich gleich einen Parkplatz.

Ray will vor dem *Matrix* auf mich warten. Die Bar sei im Moment die schärfste, die es in der Stadt gebe.

Über der Türe hängt auch tatsächlich ein neongrüner Schriftzug, der dem des Kinoplakates nachempfunden ist. Jetzt muss der Laden schon was leisten, um diese Peinlichkeit zu kaschieren.

«Hey, da bist du ja. Alles gut überstanden?»

Ray klopft mir auf die Schulter.

Er geht voran und hält mir die Türe auf.

«Wird dir gefallen, hier hab ich schon ein paar Abende verbracht, da darf man keinem von erzählen», sagt Ray, und ich gehe lachend an ihm vorbei.

Anders als ich erwartet hätte, ist das *Matrix* eine ziemlich geräumige Bar. Oder Lounge, wie Ray es nennt.

Sieht für mich aus, als sei das hier mal ein Puff gewesen: kleine abgedunkelte Sitzecken, die überall verteilt eingerichtet sind. Quasi-Separees. Nur die laute Musik passt nicht ganz in das Bordell-Ambiente. Sie stört aber auch nicht. Keine Spur von dem Pseudophilosophen-Filmchen mit Keanu Reeves.

Vielleicht haben sie hier einfach den Namen des Vorgängers übernommen, wer weiß.

Wir lassen uns in eine der Sitzecken fallen, von der aus man gut die kleine Tanzfläche beobachten kann, die sich in einem der Winkel befindet.

«Endlich», sagt Ray und zündet sich eine Zigarette an. «Hier war ich schon seit Wochen nicht mehr.»

«Stammladen?», frage ich und nicke der Bedienung zu, die von der Theke aus zu mir herüberlächelt.

«Jein. Bin nicht so oft hier, wie ich wollte.»

«Guten Abend, was darf ich Ihnen bringen?»

Die Kellnerin lächelt zu uns hinunter. Sie hat unglaublich lange Beine, die sie mit einem Mini-Rock noch betont. Darunter zeichnen sich die Ränder von halterlosen Strümpfen ab.

Ray bestellt sich einen Grasshopper. Gerade will ich mir ein Bier bestellen, was ich aber schlagartig für unpassend halte. Um die Kleine nicht unnötig warten zu lassen, bestelle ich einen Manhattan, trotz des Whiskys. Ein Manhattan scheint mir im Moment das passendste Getränk für diese Umgebung zu sein. Außerdem ist mir spontan nichts anderes eingefallen.

«Whisky? Ich kann das Zeug ja nicht trinken», lacht Ray.

«Geht schon. Der Mann von Welt weiß eben, was gut ist», lache ich zurück.

«Okay, du Mann von Welt. Was sagst du denn zu der Keule von heute? Auch nicht normal, was der da vor sich herschiebt, oder?»

Ich muss lachen. Das Wort *Keule* passt in dem Zusammenhang wirklich.

«War das ein Untier», sagt Ray. «Da hab ich schon gesehen, wie Leute mit kleineren Gegenständen erschlagen wurden. Außerdem hat der doch Viagra geschmissen, kann mir doch keiner sagen, dass der so'n Naturtalent ist.»

Unsere Cocktails kommen.

«Halt ich auch für möglich. Nach dem ersten Abspritzen ist das Teil gar nicht schlaff geworden. Ist doch nicht normal», sage ich und nippe an meinem Drink, der genauso widerlich schmeckt, wie ich dachte.

«Ist nicht ungewöhnlich. So Platzhirsche wie der arbeiten auch zu ganz anderen Konditionen als wir. Denen tut das finanziell richtig weh, wenn's mal nicht läuft.»

«Echt? Ich dachte, das Zeug wäre nur für Opas.»

Ray schüttelt den Kopf.

«Nö, das ziehen sich die Profis schon länger rein.»

«Schon probiert?», frage ich.

Ray winkt ab.

«Nein, das heb ich mir für meinen ersten dienstlichen Patzer auf. Man muss sich ja noch steigern können. Stell dir vor, ich krieg auf Viagra keinen hoch. Kann man wohl nur ahnen, was das mit meinem Ego machen würde.»

«Da darf man gar nicht dran denken», lache ich und lehne mich zurück. Langsam fühle ich mich wieder wohler.

«Apropos ungesund ...», sagt Ray und zieht ein kleines Etui aus der Hosentasche, «wir pudern uns mal das Näschen, oder, Süße?»

«Absolut», sage ich.

Ray klappt das Metallkästchen auf und holt ein kleines Briefchen heraus. Aus dem Deckel zieht er einen kurzen Metallhalm und eine goldfarbene Rasierklinge. Mit der Klinge formt er auf dem kleinen Spiegel, als der sich der Deckel des Etuis entpuppt, zwei große Linien aus dem Kokain.

MacGyver auf Koks.

«Die Dame zuerst», sagt er dann und schiebt das Gedeck in meine Richtung.

Ich sehe mich ein wenig misstrauisch um.

«Hau rein, Mann. Hier ist das überhaupt kein Ding», sagt Ray.

«Na denn, habe die Ehre», sage ich und ziehe mir das Zeug in die Nase, wobei ich pingelig darauf achte, keines meiner Nasenlöcher zu benachteiligen. Dann zieht Ray das Set zu sich zurück.

«Wir teilen uns den Halm, einverstanden? Jetzt, wo du beinahe meinen Sack geknetet hättest.»

«Ich hätte deinen ... ach, leck mich», sage ich.

Ray muss schon wieder lachen. Dabei treibt der Windstoß seine Line ein wenig auseinander.

«Sei vorsichtig mit dem, was du sagst. Vielleicht mach ich das ja morgen schon. Rein beruflich natürlich.»

Ray legt kichernd seinen Kopf in den Nacken.

«Ach Quatsch», sage ich.

«Man soll niemals nie sagen. Mich hat vor ein paar Jahren mal so 'ne Bekloppte mit ihrem Umschnalldildo durchgevögelt. Da hatte mein Arsch noch drei Tage Freude dran ...»

Ich stelle mein leeres Glas auf den Tisch zurück.

«Vor ein paar Jahren? Ich denke, du machst das noch nicht so lange.»

«Tu ich ja auch nicht. Aber ich war schon oft bekokst und besoffen.»

«Du kranke Sau», pruste ich los und winke nach der Bedienung.

«Was denn? Die wollte das unbedingt und hat mich überredet.»

«Perverser.»

«Mann, ich war betrunken.»

«Hattest du wenigstens ein Hochzeitskleid an?», frage ich und halte mir den Bauch vor Lachen.

«Arschloch.»

«Aber sonst hat die nix in dich reingetrieben?»

«Penner. Das ist Jahre her.»

«Kriegst du denn auch die Beine hinter den Kopf?»

Ich kriege mich gar nicht mehr ein.

«Dir erzähle ich noch mal was ...»

Die Kellnerin kommt, ohne eine Bestellung abzuwarten, direkt mit zwei Cocktails an unseren Tisch.

«Danach bitte für mich nur noch Wodka-Lemon», sage ich zu ihr und wische mir dabei Tränen aus den Augen.

«Na denn, auf Ihr Wohl, Herr Reptile», sagt Ray feierlich mit seinem Cocktail in der Hand.

«Auf eine wundervolle Zusammenarbeit, Herr Steel», sage ich und proste ihm zu.

«Auf dass dich mal eine in den Arsch fickt», sagt Ray laut hinterher.

Mein Lachen pustet den halben Manhattan über den Tisch.

«Bitte nicht», sage ich. «Ich krieg das Bild von dir im Kleid sonst nie aus'm Kopf.»

Einige Lines und Wodkas später springe ich auf die Tanzfläche, weil ich glaube, ein gutes Lied gehört zu haben. Jetzt im Licht nehme ich die Musik nur noch verschwommen wahr, was mich aber nicht aufhält, eine hübsche Kleine anzutanzen.

Zu meiner Verwunderung springt sie gleich darauf an, und wir tanzen zu einer verwaschenen elektronischen Melodie.

«Ich bin Jessica», flötet sie mir schließlich ins Ohr, als ich gerade das blaue und rote Licht auf meinen Ärmeln bestaune.

«Rod», sage ich so charmant, wie mein Drogenspiegel es zulässt.

Ich sehe ihren skeptischen Blick.

«Ich bin Halbmexikaner», sage ich und muss wieder lachen.

Ich nehme Jessica mit zu Ray und stelle die beiden einander vor.

«Dich hab ich hier schon gesehen, aber deinen Freund noch nicht», sagt sie zu ihm und nimmt Platz.

«Ich bin auch zum ersten Mal hier», sage ich.

«Ein Jammer», schnurrt Jessica, sodass ich gleich noch ein Stück näher an sie heranrücke.

Ray klopft wieder ein wenig Kokain aus dem Briefchen und formt eine Linie, die er mit einem fragenden Blick zu Jessica hinüberschiebt.

«Oh, wie lieb», freut sie sich, als habe man ihr ein Eis angeboten.

Sie zieht das Kokain und schiebt den Spiegel wieder zu Ray.

«Was dagegen, wenn meine Freundin zu uns rüberkommt?», fragt Jessica dann.

«Absolut nicht», antworten Ray und ich gleichzeitig.

Jessica winkt einem Mädchen zu, das sich suchend auf der Tanzfläche umsieht.

Sie kommt zu uns, als sie Jessica sieht.

«Ach, hier hast du's dir gemütlich gemacht.»

«Ray und Rod, das ist Jana. Jana, das sind Ray und Rod», stellt Jessica uns einander vor.

«Hallöchen, setz dich doch», sage ich, und Jana nimmt neben Ray Platz.

«Und ihr amüsiert euch gut?», fragt Ray ausgelassen, während das Koks schon bei ihm dafür sorgt, dass er beginnt, mit dem Kiefer zu malmen.

«Also, ich schon», sagt Jessica, worauf beide Frauen anfangen zu lachen.

«Und wie kommt's, dass du dich heute hier hereingetraut hast?», fragt Jessica mich.

Ich deute auf Ray, dessen Kopf sich unabhängig von seinem Körper näher auf Jana zu bewegt.

«Er hier. Wir sind Arbeitskollegen, und er hat mich mitgeschleift.»

«Mitgeschleift», wiederholt Jessica «Klingt so, als gefalle es dir hier nicht.»

Sie legt ihre Hand auf meinen Oberschenkel und drückt ihn ein wenig, sodass mir augenblicklich das Blut in den Unterleib schießt.

Ich grinse sie schief an.

«Stimmt, aber es wird gerade besser», sage ich.

Die kleine Schlampe ...

«Will ja keiner, dass ihr gleich schon wieder losmüsst», haucht Jana, was Ray ganz offensichtlich gut gefällt, wenn ich seinen Griff zwischen seine Beine richtig interpretiere.

«Darf ich mir das mal leihen? Sieht ja sehr chic aus», sagt Jessica und deutet auf Rays Etui auf dem Tisch.

«Klar», sage ich.

Sie zieht ein kleines Briefchen aus ihrer Handtasche und verteilt akkurat vier weiße Lines auf dem kleinen Spiegel.

Jana macht den Anfang, ich ordere weitere Getränke. Zuerst überlege ich noch, mir nichts weiter zu bestellen, schließlich sieht es nicht so aus, als ende der Abend so bald.

Ich sehe Jana das Koks schnupfen, Ray, der ihr dabei gierig auf den Hintern starrt, fühle Jessicas Arm auf meinem Bein, höre der Musik zu und schaue durch den Laden, der langsam verraucht.

«Ach, scheiß drauf, ich nehm noch einen», sage ich zur Kellnerin.

«Bitte?», fragt Jessica.

«Ach, nichts.»

«Er hat gesagt, du hast schöne Titten», lacht Ray und beugt sich über sein Spiegelchen.

«Aber ehrlich ...», gibt Jessica sich empört.

«Ach was», sage ich und ziehe nun mein Näschen durch den Halm, den Ray mir reicht.

Jessica zieht einen Träger ihres Kleides herunter, sodass ich ihre linke Brust nackt vor meinem Gesicht habe. Bei dem Anblick treibe ich mir beinahe den Metallhalm ins Gehirn vor Lachen.

«Sind doch auch gar nicht so übel, oder?», kichert Jessica.

«Süße, benimm dich nicht immer wie 'ne Nutte», grinst auch Jana.

Ray wird nun endgültig hysterisch vor Lachen.

Ich rolle krampfhaft mit den Augen, als ich den Spiegel von mir wegschiebe.

Kann man eigentlich an einer Überdosis Kokain sterben?

Ach, wen interessiert's.

«Komm», sage ich zu Jessica und nehme sie an die Hand.

Wir laufen zwischen den Sitzen und Tischen hindurch zu den Toiletten.

In der Kabine, in die wir uns einschließen, fällt sie direkt über meinen Schwanz her, während ich versuche, das Gleichgewicht zu halten.

«Das reicht», sage ich und beuge sie über die Toilettenschüssel. Ich raffe ihr Kleid, und mein Schwanz verschwindet sofort an ihrem Höschen vorbei in ihrer Muschi. Als ich ihr in die Haare greife und ihren Kopf daran zurückziehe, stöhnt sie «du Bastard», wehrt sich aber nicht großartig dagegen.

Es dauert nicht einmal eine Minute, bis ich mich laut schnaufend in ihr ergieße. Jessica quietscht ganz eigenartig, und ihre Beine beginnen zu zittern.

Aus Angst, dass sie mir gleich umfällt, ziehe ich mein Ding aus ihr und setze sie auf den Toilettendeckel. Ihr Blick hat etwas Herausforderndes, als sie ihr Kleid wieder zurechtzupft.

Als wir beide uns wieder vollständig angezogen haben, verlassen wir die Kabine, passieren den verwirrt blickenden Toilettenmann und gehen wieder zu unserem Platz.

Jana und Ray sind nicht da.

Mein Kopf ist wieder unangenehm klar. Ich weiß nicht, ob Jessica das genauso empfindet, jedenfalls bereitet sie uns sofort zwei Lines, während ich meinen Wodka-Lemon in einem Zug leere.

«Du zuerst?», fragt Jessica und hält mir das Röhrchen entgegen.

Obwohl alles in mir gierig danach greifen will, lasse ich ihr den Vortritt. Aus Höflichkeit.

«Fragst du dich nicht, wo die beiden sind?», frage ich mit dem Blick auf die leeren Plätze neben uns.

Jessica schüttelt den Kopf.

«Wo sollen die schon sein.» Recht hat sie.

Ich nehme meine Portion Koks und lasse den Kopf lange im Nacken liegen.

Saltwater von Chicane läuft, und im Moment ist es für mich das schönste Lied auf der Welt.

Ich könnte töten, wenn mir jemand dafür garantiert, dass es den ganzen Abend läuft.

Das Koks kriecht meinen Rachen hinab, und ich lache zur Decke.

Was für ein göttlicher Genuss!

Die Kellnerin zerstört mein Nirvana, indem sie uns neue Getränke bringt. Jessica und ich stoßen an und trinken beide in großen Schlucken.

«Ist das hier so 'ne Art Stammladen von dir?», frage ich.

Jessica sieht mich verärgert an.

«Das mache ich nicht mit jedem und nicht jeden Tag, wenn du das meinst!»

Oh, übel ...

«Äh, nein, so war das nicht gemeint. Ich wollte nur wissen, ob du öfter hier bist.»

Das kommt davon, wenn man Konversation betreibt, obwohl man keine rechte Lust dazu hat.

«Dann ist's ja gut. Ja, ich bin hier ziemlich häufig. Es gibt nicht viele Läden, in denen man so, na ja, zwanglos feiern kann.»

Das stimmt wohl. Das Großzügigste, das ich je erlebt habe, war ein «Lass dich nicht erwischen» von einem Wirt, als ich mir 'nen

Joint angemacht hab. Wenn ich da mit Kokain aufgetaucht wäre ...

Aber für das Tütchen hat mir Andrea auch die Hölle ausreichend heiß gemacht.

Eine andere Welt.

«Habt ihr denn noch Pläne für heute?», fragt Jessica.

Ich zucke mit den Schultern.

«Wer weiß, ob und wann die beiden wiederkommen. Dann sehen wir weiter. Aber ich persönlich find's hier gerade ganz kuschelig.»

«Keine Sorge, die kommen schon wieder. Wie ich Jana kenne, lässt die sich gerade in irgendeinem Gebüsch oder ihrem Auto vögeln.»

«Klingt ja nicht so, als hättest du 'ne hohe Meinung von deiner Freundin», sage ich.

Jessica wedelt mit der Zigarette, die sie sich angezündet hat, vor meiner Nase herum.

«Nein, nein. Das verstehst du falsch. Ich mag sie echt gern, aber manchmal kann sie 'ne richtige Hure sein.»

Und was bist du? Oder besser, wir?

«Na ja», sage ich.

«Was soll das heißen, *na ja*?»

«Gar nichts. Du hältst deine Freundin für eine Hure, und ich weiß nix darauf zu sagen. Deshalb *na ja*.»

«Ich halte sie nicht für eine Hure, ich sagte, sie kann manchmal eine sein. Das ist ein Unterschied. Oder meinst du *na ja*, weil ich mich grad auf dem Klo hab ficken lassen, und wer im Glashaus sitzt, sollte nicht mit Steinen werfen? Dann muss ich dich aber enttäuschen, ich bin nicht, wie ich dir aber auch schon gesagt habe ...»

«Ruhe!», sage ich schroff.

Jessica sieht mich glasig an.

«Wir haben beide heute ein bisschen viel gekokst, und du laberst mich gerade voll, dass ich mir Schraubenzieher in die Ohren rammen möchte.»

Jessica lässt die Schultern sacken und bläst pausbackig Rauch aus ihrem Mund.

«Stimmt», sagt sie dann. «Ich quatsch dann einfach wie'n Wasserfall. Lass uns noch was trinken, wenn wir schon hier warten.»

«Einverstanden», sage ich, und wir prosten uns zu.

«Ups», kichert Jessica plötzlich.

«Was denn?», frage ich.

«Ach nichts.»

«Was denn?», wiederhole ich lachend.

«Frauenprobleme», kichert Jessica wieder.

«Ach so.» Jessica rückt dicht an mich heran und stößt dabei ihr leeres Glas vom Tisch.

«Da läuft Samen aus mir heraus. Von wem könnte der sein? Von wem könnte der sein?», flüstert sie mir ins Ohr.

Keine Ahnung, will ich sagen. Wär aber wohl nicht witzig.

«Polizei, verdammte Koksnasen!», schreit jemand und drückt mir dabei von hinten auf die Schultern.

Ich gewähre meinem Kopf einen Versuch, sich um 180 Grad zu drehen. Er scheitert.

Jana und Ray sind zurück von ihrem Ausflug.

Ich rolle mit den Augen, und mein Gehirn scheint sich in meinem Schädel zu drehen.

Ich nehme mir vor, die beiden dezent zu fragen, wie es ihnen ergangen ist.

«Na, ihr Schweine. Schön gefickt?», höre ich mich lachen.

Die beiden sehen sich einen Moment verdutzt an und prusten dann los.

«Oh Mann», sagt Ray. «Du hast ja 'ne direkte Arder.»

«Arder?», piepst Jana.

«Keine Ahnung. Ich wollte Art und Ader gleichzeitig sagen.»

Man merkt auch bei Ray und Jana, dass sie ihre Zungen nur noch mit Mühe bewegen können.

«Dann lassen wir doch noch mal 'ne Runde kommen, oder? Aber nicht zu viel, wir müssen morgen wieder arbeiten», feixt er.

* * *

Ich dämmere noch vor mich hin, als ich bemerke, wie sich jemand im Bett an mich drückt und den Arm um mich legt.

«Hallo, Schönheit», sage ich im Halbschlaf.

«Morgen, Schöner», höre ich eine Frauenstimme, die nicht Jasmin gehört.

Ach ja ...

«Wie spät ist es?», fragt Jessica.

Ich sehe auf die Uhr an ihrem Handgelenk.

«Kurz nach elf.»

«Dann geht's ja noch», murmelt sie in ihr Kissen.

Scheiße, ich muss in spätestens drei Stunden wieder fit sein!

Einen Kater habe ich nicht, soweit ich das beurteilen kann, aber ohne mich auch nur ein wenig bewegt zu haben, bemerke ich diese unglaubliche Schwäche in meinem ganzen Körper.

Vielleicht sollte ich froh über diese Schwäche sein, verhindert sie doch wahrscheinlich, dass ich jetzt in Panik gerate.

Besoffen, bekokst, fremde Frau am Hals und in ein paar Stunden klemmt mir 'ne Kamera zwischen den Arschbacken, um mich beim ambitionierten Geschlechtsverkehr zu filmen.

Langsam macht sich doch ein kleines, dumpfes Beunruhigtsein bemerkbar. Ich setze mich auf und streichle Jessica über das Bein.

«Morgen. Ich glaube, wir müssen aufstehen. Ich muss gleich zur Arbeit.»

«So früh?»

«Früh? Andere sind schon seit Stunden dabei.»

«Ich fühl mich aber wie halb sechs.»

Mir steht der Sinn gerade nicht nach Diskussionen.

«Mach schon, bitte. Ich will dich nicht rauswerfen, aber ich muss mich wirklich langsam fertig machen.»

Jessica dreht sich auf den Rücken und sieht mich mit verquollenen Augen an. Ihr Make-up ist völlig verschmiert.

«Aber, aber ... Wusstest du, dass das Wort *aber* ein adversatives Pronomen ist und Nebensätze einleitet, deren Aussage der des Hauptsatzes widerspricht?»

Oh nein ...

«Was redest du da?», frage ich.

«Wenn du sagst, du willst mich nicht rauswerfen, aber ... Dann heißt das nichts anderes, als dass du genau das willst.»

Die hat doch'n Knall.

Ich schüttle den Kopf und stehe auf.

«Von wollen kann keine Rede sein. Ich muss. Ich muss arbeiten und ich muss jetzt duschen und frühstücken und das ganze Zeug.»

Jessica setzt sich auf und lehnt am Kopfteil des Bettes. Ihre Augen funkeln.

«Also, ich beweg mich hier kein Stück weg. Außer, wir gehen heute Abend wieder aus.»

«Aber das kann ich nicht versprechen. Ich weiß nicht, was ich heute Abend mache.»

Jessica verschränkt die Arme vor ihrer nackten Brust.

«Verstehe. Das heißt, du würdest dich schon sehr gerne mit mir treffen, außer natürlich, dir fällt noch etwas ein, das dich noch mehr interessieren könnte. Sehe ich das richtig?»

Ich sehe ungläubig auf das verschlafene Knäuel in meinem Bett, das gerade ein Ehedrama heraufbeschwört.

«Ich meine das wirklich nicht böse, aber ist es möglich, dass du Probleme hast? Emotional oder so?»

Jessica springt aus dem Bett, und wir stehen jetzt nackt voreinander.

War die gestern auch schon so winzig? Verdammt, die kann doch kaum älter als zwanzig sein ...

«Was soll denn das wieder heißen? Ich fand den Abend gestern nur sehr schön und würde ihn gerne wiederholen. Wenn du das unter einem emotionalen Problem verstehst, musst du ein sehr einsamer Mensch sein.»

Wie machen Frauen das? Hauen einem völligen Blödsinn um die Ohren und schaffen es dann sogar, dass man sich schuldig fühlt. Ich wollte immer darauf achten, wann und wie der Moment kommt, in dem sie den Dreh kriegen. Aber ich verpass ihn immer.

«Ich muss mich wirklich fertig machen», sage ich verzweifelt.

Jessica setzt sich auf die Bettkante.

«Tja, du weißt ja, was zu tun ist. Ich gehe heute Abend wieder ins *Matrix*. Aber nicht alleine.»

Die will mich doch fertigmachen!

«Pass auf: Du lässt mich jetzt alleine, damit ich wieder halbwegs zu mir kommen und arbeiten kann, und dann melde ich mich heute bei dir und wir sehen weiter. Okay?»

«Nö.»

«Wie, nö?»

«Ich will dich heute Abend wiedersehen. Ein eventueller Anruf ist mir zu unverbindlich.»

Sie legt sich wieder in mein Bett und räkelt sich. Dabei wickelt sie sich die Decke um den Körper.

«Ich könnte gut noch ein bisschen schlafen», schnurrt sie dann.

Ich habe noch nie eine Frau geschlagen, aber in mir kocht gerade die Lust auf eine kleine Premierenfeier hoch.

Ich setze mich mit meinem nackten Hintern auf den eiskalten Nachttisch.

«Ist ja gut, ich bin heute Abend da. Zufrieden, du ....»

Sofort springt Jessica aus dem Bett und gibt mir einen Kuss auf die Wange.

«Das wird toll. Treffen wir uns um acht?»

«Hurra! Super! Gerne! Nur bitte, bitte, bitte geh jetzt. Ich muss zur Arbeit», sage ich.

«Na gut.»

Jessica huscht ins Badezimmer, aus dem sie einige Minuten später zurückkommt. Sie klaubt ihre Kleidung vom Fußboden und zieht sich an.

Wieder gibt sie mir einen Kuss und springt in den Hausflur.

«Dann nehm ich mir mal ein Taxi. Mach dir 'nen schönen Tag, ich freu mich auf heute Abend.»

Noch immer auf dem Nachttisch hockend, höre ich, wie Jessica die Haustüre schließt. Von außen.

Ich trotte ins Wohnzimmer und schalte den Fernseher an, wo gerade *Spongebob Schwammkopf* läuft.

Ein kleiner gelber Schwamm, der mit einer Krake und einer Krabbe in einer Burgerbude arbeitet, ist das erste Normale, was mir heute begegnet.

Gegen halb eins habe ich mich wieder so weit im Griff, dass ich mir unter gewissen Umständen zutrauen würde, zu arbeiten. Eine Dusche und einige große Tassen Kaffee helfen ein wenig.

Abgesehen davon habe ich heute einen Termin beim Arzt, um abklopfen zu lassen, ob ich irgendwelche Krankheiten mit mir herumschleppe. Darum mache ich mir keine Sorgen, eher um das Kokain und den vermutlich beachtlichen Restalkohol.

Ich rufe an und verschiebe den Termin auf morgen. Ist für alle Beteiligten das Beste.

Um halb zwei steige ich in den Wagen und fahre zum Studio. Ray wartet bereits auf mich.

«Na, geht's gut?», fragt er fröhlich.

«Was ist denn mit dir los? So fröhlich nach gestern?», gähne ich.

Er sieht mich erstaunt an.

«Wieso denn nicht?»

«Möglicherweise, weil wir bis spät in die Nacht gesoffen, gekokst und gevögelt haben? Nur so ne Idee ...»

«Ach was. So spät war's doch gar nicht. Zwei oder so. Waren ja ziemlich früh schon da.»

Ich zünde mir meine erste Zigarette des Tages an.

«Fühl mich trotzdem wie gekaut und ausgespuckt.»

«Meinst du, du kriegst das hier hin heute?»

«Keine Ahnung. Ich weiß es wirklich nicht», sage ich.

Ray zieht mich am Ärmel ein Stück von Guidos Türe weg.

«Wenn du Probleme mit der Müdigkeit hast, da könnte ich dir was geben ...», flüstert er.

«Was denn geben?», frage ich. Ray holt ein kleines Pillendöschen aus der Jackentasche und lässt den Inhalt kurz klappern.

«Kleine Muntermacher. Sorgen für ein fröhliches Gesicht.»

«Weiß deine Frau eigentlich, was du für 'ne Bauchladenapotheke bist?»

«Sie ist PTA», sagt Ray knapp.

«Bitte?»

«Pharmazeutisch-technische Assistentin.»

«Nie gehört.»

«Sie arbeitet in einer Apotheke.»

«Ist das die richtige Berufsbezeichnung?»

«Ja, klar.»

«Hat sie das gelernt oder muss man dafür studieren?»

«Bin ich dein Berufsberater? Nimm zwei von denen, dann hast du hier keine Probleme heute.»

Ich nehme ihm das Döschen aus der Hand und versuche, das Etikett zu lesen. Aneinandergereihte Buchstaben.

«Was ist das für'n Zeug?», frage ich.

«Hab ich doch gesagt: Fröhlichmacher.»

Ich stelle mir vor, wie die bescheuerten Zwillinge in die Apotheke gehen, um nach Fröhlichmachern zu fragen. Gibt's da nichts von Ratiopharm?

Scheint mir demnach nicht der offizielle Name des Medikamentes zu sein.

«Wir sollten langsam mal rein», drängt Ray mich.

«Ich weiß nicht», sage ich.

«Ich kann dir keine Entschuldigung schreiben, wenn du auf jemandem einpennst.»

Das ist ein Argument.

«Aber wehe, mir fallen davon die Ohren ab oder so was», sage ich und schlucke zwei der Kapseln.

«Passt schon», sagt Ray und steckt das Röhrchen wieder ein.

Wir betreten das Haus, Guido erwartet uns bereits im Flur.

«Moin, Jungs. Macht euch schon mal fertig, in ein paar Minuten geht's los. Wir warten nur noch auf das Mädel, die duscht sich gerade 'nen Wolf.»

Ray und ich duschen und sitzen nun mit Handtüchern umwickelt auf der Couch des «Wohnzimmers», in dem wir gestern schon gedreht haben.

«Wann wirken die Biester denn? Bin immer noch nicht richtig wach», sage ich leise.

«Das kommt. Sobald du dich ein bisschen bewegst, geht's los. Das sind keine Knaller, die wirken langsam. Du willst ja vögeln, nicht mit 'ner Machete Amok laufen.»

Ich muss glucksen.

«Ein wild um sich fickender T-Rex.»

«Jurassic Fuck», lacht Ray.

«Angriff der Killer-Fickosaurier.»

Ich merke, wie ein Schauer meinen Rücken hinaufkriecht. Langsam tut sich also was.

Hinter der Türe zum Badezimmer sind auf einmal Stimmen zu hören. Die Türe öffnet sich und zwei Mädchen kommen hindurch. Eine von ihnen kennen wir von gestern.

Ihnen folgt der italienische Regisseur, dessen Namen ich vergessen habe.

Fellini war's nicht.

«Macht ihr euch Handtücher schon weg. Gleich geht los», sagt er, die Kamera noch geschultert.

«Is recht», sage ich, Ray nickt freundlich.

Wir sind wieder alleine in dem Raum.

«Was hat dir Max eigentlich gesagt, worum es hier geht?», frage ich Ray.

Der zuckt mit den Schultern.

«Was meinst du?»

«Keine Ahnung», sage ich. «Bis jetzt unterscheidet sich das hier nicht großartig von dem, was ich in Max' altem Studio getrieben hab.»

«Was hast'n erwartet?»

«Ein bisschen mehr ... Ich weiß nicht. Ich dachte, das hier wär ein bisschen professioneller.»

«Ach so. Viele Darsteller, große Sets und den einen oder anderen Star, ja?», fragt Ray grinsend.

«So hat Max mir das zumindest verkauft.»

Ray klopft mir väterlich aufs Bein und steht vom Sofa auf, um sein Handtuch über die Stuhllehne zu hängen.

«Das kommt bestimmt alles noch. Wir sind ja erst am Anfang. Zweiter Tag heute, gelle?»

«Auch wieder wahr», sage ich und werfe mein Handtuch ebenfalls auf den Stuhl.

Fellini hat ein Mädchen im Schlepptau, das sich uns als Chara vorstellt. Ich kann nicht beurteilen, ob das ihr richtiger Name ist.

Bis auf Strümpfe und zwei silberne Armreifen um die Handgelenke ist sie nackt.

«Heute nur einfach richtig Action machen», beginnt der Regisseur. «Ist nämlich kein große Geschichte dabei, ist schon fertiggemacht worden schnell. Sie hier wird reingeworfen in Raum und fickt sie. Okay?»

So weit können Ray und ich folgen.

Der Italiener gibt uns dennoch eine kurze Einweisung, wie er sich die Dialoge in etwa vorstellt. Denn ein bisschen was sollen wir schon sagen, auch wenn es keine wirkliche Story gibt. Wir sollen uns nicht wundern, wenn er mitten in den Szenen mit uns spricht, erklärt er weiter, das werde einfach herausgeschnitten später.

«Siehst du, wird doch professioneller. Der Ton wird überarbeitet», flüstert Ray mir zu.

Wir sehen wieder zu Fellini.

«Gut dann. Zuerst du sitzen auf der Hocker hier und warten. Du liegen auf Couch und warten mit ihm zusammen, bis Chara kommt rein. Rest sage ich.»

Ich nehme also auf dem Hocker Platz und sehe Chara hinterher, die den Raum verlässt.

«Bis gleich, Leute. Und fickt mich ordentlich», säuselt sie.

Fellini hockt sich auf den Boden und werkelt an seiner Kamera herum.

Er zwinkert mir zu. «Mache ich zuerst großen Aufzug. Hab ich gelernt auf Filmhochschule.»

FILMHOCHSCHULE!?!

«Irre», sage ich.

«So, alle bereit?»

Ray winkt ihm fröhlich vom Sofa aus zu, ich nicke.

«Action», ruft der Regisseur jetzt so laut, dass Chara es auch draußen hören kann.

Chara kommt durch die Türe gestolpert, als habe man sie in den Raum geschubst.

Sie steht jetzt vor Ray und mir und schaut ängstlich, während sie versucht, mit ihren Händen Brüste und Unterleib zu bedecken.

«Na, wen haben wir denn da?», fragt Ray scharf.

«Bitte, lassen Sie mich in Ruhe», jammert Chara.

«So geht das nicht, Mäuschen. Erst hier hereinplatzen und unsere Unterhaltung stören, und dann erwarten, dass man ungestraft davonkommt», sage ich gekünstelt mürrisch.

Ray hat seinen Schwanz inzwischen zum Stand bekommen und winkt Chara mit einem Elvis-Presley-Grinsen zu sich.

«Na komm. Wenn du ein bisschen lieb bist, kannst du vielleicht wieder gehen.»

«Hm, na gut», sagt Chara, beugt sich zu Ray hinunter und fängt an, sein Ding zu blasen.

«Du jetzt gehen rum und spielen. Dann ficken», sagt der Regisseur.

«Mal sehen, ob das hier was taugt», sage ich und begutachte skeptisch Charas Hinterteil.

Als ich ihr dabei einen Zeigefinger in die Muschi stecke, quittiert sie das mit übertrieben lautem Gestöhne.

Ich muss beinahe ein bisschen lachen.

Ich gebe Chara einen Klaps auf den Hintern und lasse meinen Mittelfinger ebenfalls in sie gleiten. Sie stöhnt noch lauter auf.

Ich spucke auf ihren Hintern, um da auch einen Finger hineinstecken zu können.

Es wäre natürlich auch so gegangen bei der Menge an Gleitcreme, aber so sieht es besser aus.

Chara wedelt ihren Unterleib hin und her, als wolle sie meine Hand abschütteln.

«Jetzt mal nicht bockig werden, Fräulein», sage ich und stecke ihr einen weiteren Finger in den Hintern.

«Oh ja, so ist's gut», ächzt Chara und lässt dafür kurz von Rays Schwanz ab.

Fellini bedrängt abwechselnd Ray und mich mit seiner Schulterkamera.

Wieder jagt mir ein wohliger Schauer über den Rücken, und ich spüre, wie sich meine Erektion weiter festigt. Sogar meine Beine sind jetzt etwas weniger wackelig.

«Fick sie. Dann bläst sie vielleicht auch besser», lacht Ray, und ich schiebe ihr augenblicklich mein Ding rein.

Sie dreht mir jetzt ihr Gesicht zu.

«Ja, härter. Nimm mich richtig ran», fordert Chara.

Da sich mein Körper irgendwie betäubt, aber nicht mehr so schwächlich anfühlt, tu ich ihr den Gefallen.

Ich stoße, so fest ich kann, zu, sodass ihr ab und zu Rays Schwanz aus dem Mund rutscht.

«Okay», ruft der Regisseur.

Wir drei schauen ihn abwartend an.

«Als Nächstes du gehst auf ihn und reitest. Du musst dann klettern auf Sofalehne und ficken sie in Mund. Nicht blasen. Musst fikken.»

Fellini lacht schmierig und macht eigenartige Bewegungen mit seinen Hüften.

«Weiter bitte», sagt er dann.

«So, mein Pferdchen. Dann komm doch mal auf meinen Schoß», lacht Ray und zieht Chara zu sich.

Die setzt sich auf ihn und schiebt sich langsam seinen Schwanz rein. Sie verzieht dabei das Gesicht, als sei sein Ding beinahe zu groß für sie.

Als er ganz in ihr verschwunden ist, springt sie gleich laut quiekend darauf herum.

Ich klettere nun an den beiden vorbei auf die Sofalehne, sodass ich Charas Gesicht genau vor mir habe.

«Hier, da hast du noch was zu tun», sage ich und versuche mich an einem entspannten Gesichtsausdruck, während ich ihren Mund vögle.

Chara verdreht die Augen und schnaubt laut durch die Nasenlöcher.

«Na komm. Hopp!», sagt Ray und gibt ihr einen Klaps, worauf Chara ihr Tempo erhöht.

«Bleibst du einfach stehen, wo du bist. Süße dreht sich um», sagt die Regie dann nach einiger Zeit.

Chara stellt sich nun auf das Sofa und hält mir ihren Arsch entgegen. Da ich noch immer auf der Sofalehne stehe, muss Chara beinahe einen Kopfstand machen, um Rays Schwanz mit ihrem Mund zu erreichen.

Der Herr Graf hat sich noch nicht einmal bewegt, wie mir gerade auffällt ...

«Du jetzt vorne blasen und du fickst sie in Arsch», lautet die nächste Anweisung.

Während Ray weiter gemütlich daliegt und sich verwöhnen lässt, balanciere ich auf der Lehne und versuche, irgendwie in den Hintern der Kleinen zu gelangen. Fellini hockt dabei mit seiner Kamera zwischen meinen Knien. Dass er mit seinem Objektiv kurz vor meine Hoden stößt, ist mir bei meinem Vorhaben keine Hilfe.

Endlich finde ich einen Winkel und dringe mit einem Ruck in Chara ein, was sie mit einem Aufschrei quittiert.

Ich vögle minutenlang Charas Hintern, während die Kamera so viel wie möglich davon einzufangen versucht.

Plötzlich fängt es an, vor meinen Augen zu flimmern. Mir stellt sich eine Gänsehaut auf und mir bricht der Schweiß aus.

Keine Reaktion vom Regisseur, also mache ich leicht verkrampft weiter.

Als die Kamera zu Ray geht, werde ich ein bisschen langsamer und stütze mich mit einem Arm an der Wand ab.

Meine Knie beginnen nun zu zittern.

Eine Ewigkeit filmt Fellini Chara, wie sie an Rays Schwanz herumlutscht.

Als hätte es so was noch nie gegeben ...

«Und stop», sagt er dann endlich.

Endlich. Pause.

«Bleiben einen Moment so, ich überlegen.»

Scheiße!

Chara und Ray sehen Fellini gelangweilt an, während ich versuche, meine wackeligen Beine unter Kontrolle zu bekommen.

«Machen Cumshot nacheinander oder zusammen?», fragt der Regisseur das Mädchen.

«Mir egal. Vielleicht nacheinander. Er hier hat mich ja noch nicht mal richtig gefickt», lacht Chara und gibt Ray einen Klaps auf die Brust. Beide kichern nun wie ein verliebtes Pärchen, während ich noch in ihrem Hintern stecke und versuche, nicht von der Scheiß-Couch zu fallen.

«Können wir das vielleicht auf dem Boden diskutieren?», ächze ich.

«Boden?», wiederholt der Regisseur.

«Nein, auf den Fußboden will ich nicht. Hab von gestern noch die Knie wund», protestiert Chara.

«Ich find's auf dem Sofa auch schöner», schaltet sich Ray ein.

«Leute, ich meine nur, können wir nicht ...», beginne ich.

«Nein, nein. Fußboden keine gute Idee. Zu konventionell», unterbricht Fellini mich.

Zu konventionell? Verdammte Filmhochschule!

Mittlerweile rinnt mir der Schweiß in Strömen den Rücken herunter, und der Arm, mit dem ich mich an der Wand abstütze, zittert sichtbar.

«Im Ernst. Können wir das nicht unten besprechen?», frage ich noch einmal.

«Nein, nein. Habe gleich Idee dafür.»

Ich spüre, wie ich in Charas Hinterteil zusammenschrumpele und automatisch langsame Beckenbewegungen mache, um nicht aus ihr herauszuflutschen.

«Vielleicht darf ich ja gleich auch mal an deinen süßen Arsch», lacht Ray.

Der Schweißfilm unter meinen Füßen lässt mich langsam von der Sofalehne rutschen. Ich drücke mit letzter Kraft die Beine durch, damit das nicht passiert.

Dann wird mir schwarz vor Augen.

Meine Beine brechen unter mir weg und ich rutsche nach unten. Mein rechtes Knie stößt hart an die Sofalehne, gleichzeitig schlägt mein Gesicht auf Charas Steißbein. Bei dem Versuch, mich irgendwo festzuhalten, erwische ich ihren Oberschenkel und ziehe sie mit mir auf den Fußboden herunter.

Ray und der Regisseur rufen etwas, als Chara schreiend auf mir landet.

Ich sage etwas, das ich selbst nicht verstehe, und werde bewusstlos.

Als ich wieder zu mir komme, sehe ich zuerst Rays Schwanz vor meinem Gesicht baumeln.

Ich liege auf der Brust, mein Gesicht zur Seite. Mein linker Arm ist auf dem Rücken verdreht, der rechte liegt zum Dreieck geformt über meinem Kopf. Ich hocke auf den Knien, sodass mein nackter Hintern in die Luft ragt.

Ich wälze mich auf die Seite und atme tief durch.

«Was war?», frage ich.

«Du bist von der Couch gekippt, Alter. Warst so fünf Minuten weg, ungefähr», lacht Ray.

«Und warum habt ihr mich so verknotet?»

«Das war ich», sagt Chara. «Die stabile Seitenlage wollte ich machen, hab das aber nur noch so grob gewusst.»

Ich lecke mir über die Lippen und bemerke den metallischen Geschmack von Blut.

«Ach ja. Hast dir die Lippe aufgehauen beim Sturz. Bist an ihrem Arsch hängen geblieben», kichert Ray und zeigt mit dem Daumen auf Chara. Ich setze mich auf, Chara reicht mir eine Flasche Wasser.

«Wo ist denn unser Regie-König?», frage ich, nachdem ich einen Schluck getrunken habe.

«Gleich zurück. Wollte was essen oder so», sagt Ray.

Rührend. Ich lieg vielleicht im Sterben und der geht fressen.

Die Türe springt auf und der Regisseur betritt den Raum. Er sieht fröhlich und entspannt aus.

«Ah, wieder da. Schön, schön», freut er sich.

Ich rapple mich wieder auf und setze mich auf das Sofa. Fellini schultert seine Kamera und erklärt, wie es jetzt weitergeht.

«Machen so: Du bläst ihn und danach wir machen schönen Cumshot auf Couch. So du mit sitzen auf ihrer Brust.»

«Und ich?», frage ich.

Er zuckt mit den Schultern.

«Du gucken zu und wichsen ein bisschen. Dann wenn er fertig ist, auch machst Cumshot bei ihr.»

Ich setze mich also auf einen der Barhocker und spiele ein wenig an mir herum, als Ray und Chara wieder zur Sache kommen.

Chara hat 'ne ganz süße Figur. Ein Jammer, dass ich da nicht mehr mitmischen kann.

Sie hat die Beine beinahe hinter ihrem Kopf verschränkt, als Ray sie in den Hintern vögelt.

Gelenkig. Ich merke, wie mein Schwanz wieder hart wird.

Ray wird nun schneller in seinen Bewegungen und Chara rollt mit den Augen und zerrt an ihrem Haar.

Klassisches Overacting.

Ray zwinkert mir zu, und ich husche nun zu Charas Kopf. Ray hockt sich wie besprochen auf ihre Brust und ejakuliert in ihr Gesicht. Chara streckt ihre Zunge weit heraus, als wolle sie um keinen Preis auch nur einen Tropfen verpassen. Sekunden danach bin ich auch so weit. Sie wiederholt ihren Gesichtsausdruck, und ich schieße ihr eine ordentliche Ladung direkt in den Mund.

Während ich komme, zittern meine Knie erneut, ansonsten bin ich mit Spaß bei der Sache.

Nachdem sich Chara ausgiebig mit unserem Sperma befasst hat, verlassen Ray und ich das Sofa. Der Regisseur hält Chara noch kurz die Kamera ins Gesicht und stoppt dann.

«So, Szene fertig», sagt er dann und stellt die Kamera auf dem Boden ab.

Ich verschwinde sofort unter die Dusche.

Als ich zurückkomme, sehe ich Ray und Chara miteinander tuscheln.

«Was war denn das?», frage ich Ray, als Chara im Bad ist.

«Bock aufs *Matrix* heute Abend? Die Kleine kommt auch mit.»

Stimmt ja, ich hab ja auch noch ein Date. Mit der Irren.

«Toll. Wird bestimmt lustig», sage ich.

«Und nicht wieder umfallen», lacht Ray.

Albernes Arschloch.

Warum?

Zusammen mit Rod hocke ich deprimiert vor dem Fernseher. Ray dürfte wohl heute einen weiteren Grundstein seiner Karriere gelegt haben, während ich mich als Totalversager herausgestellt habe.

Eigenartigerweise empfinde ich diese Tatsache als Rückschlag.

Nicht dass ich in dem Job Karriere machen wollte, aber meinen Ehrgeiz hat der heutige Tag schwer erschüttert.

Und als wäre das alles nicht schlimm genug, treffe ich mich heute auch noch mit Jessica.

Ich schnippe Rod vor den Topf. «Schlimmer geht immer, oder, Kleiner?» Ich dämmere noch ein wenig auf der Couch ein und überlasse Rod einer dämlichen Adam-Sandler-Komödie. Nicht mein Problem, wenn er sich so einen Müll ansieht.

Das Piepsen meines Handys weckt mich. Eine SMS. Verschlafen greife ich nach dem Gerät und drücke die *Lesen*-Taste.

Von Jasmin.

Ich springe vom Sofa auf und lege das Telefon behutsam auf den Tisch.

Sie hat sich gemeldet!

Ich schalte den Fernseher ab, hole mir ein Glas Cola aus der Küche und setze mich wieder.

Ich will die Nachricht mit besonderer Aufmerksamkeit lesen.

Ich nippe an der Cola und stelle das Glas wieder auf den Tisch zurück. Dann atme ich tief durch und lese die SMS:

Hallo. Wenn du mit mir reden möchtest, können wir
as gerne tun. Danke, dass du dich nicht gemeldet hast,
hab die Zeit gebraucht. Meld dich kurz, dann können
wir uns treffen. Jasmin

Minutenlang starre ich auf das Display.

Jasmin hat sich gemeldet. Und will mit mir reden. Will sich mit mir treffen.

Mein Körper wird schlagartig von wohliger Wärme durchflutet.

Ich lese die SMS noch mehrere Male und kann mein Glück überhaupt nicht fassen.

Meine Schöne ist wieder da!

Wir werden uns treffen, und dann wird's wieder wie vorher sein.

Natürlich werden wir eine ernste Unterhaltung führen, in der ich ihr sagen werde, dass ich nie vorhatte, sie zu belügen. Und dass ich nie wieder solche Filme machen werde.

Und wie glücklich ich bin, dass sie es wieder mit mir versuchen möchte.

Na ja, wenn sie das will.

Großartig! Fantastisch!

Wir werden wieder essen gehen und lachen und zusammen und miteinander schlafen.

Der ganze Quatsch mit den Pornos ist dann Geschichte. Endgültig. Zugegeben: Es war 'ne nette Zeit, aber vielleicht war der heutige Tag auch 'ne gute Lektion für mich. Oder ein Zeichen. Mein Körper sträubt sich gegen die Pornoscheiße. So wird's wohl sein.

Dann ist jetzt einfach Schluss damit.

Um 'nen Job kann ich mich immer noch kümmern. Bin doch'n gesunder, junger Kerl. Und wenn ich Holz hacken muss, Hauptsache ist, Jasmin kommt zurück zu mir.

Ich tippe nervös auf der Tastatur:

Hallo. Würde dich sehr gerne wiedersehen. Schlag einfach etwas vor, ich richte mich ganz nach dir. Danke fürs Melden ...

Die drei Pünktchen am Schluss sind besonders gelungen. Sie machen so einen reumütigen und dankbaren Eindruck.

Denn genauso geht es mir gerade.

Obwohl der Akku noch zur Hälfte voll ist, hänge ich das Gerät an das Netzteil. Ich will nicht, dass mich Jasmins Antwort womöglich nicht erreicht, bloß weil das Handy keinen Saft mehr hat.

Die Zigarette kratzt in Verbindung mit der Kohlensäure in meinem Hals.

Jetzt hat sich das *Matrix* für heute auf jeden Fall erledigt.

Muss Ray dann noch auf jeden Fall absagen. Schön, dann hab ich auch die Irre nicht mehr am Hals.

Das Handy piepst wieder:

Würde dich auch gerne wiedersehen. Melde mich
dann einfach nächste Woche bei dir. Hab hier
gerade 'ne Menge Rummel. Bis dann Jasmin

Nächste Woche?

Ach, was hab ich denn erwartet.

Ich kann froh sein, dass Jasmin sich überhaupt gemeldet hat. Nächste Woche ist besser, unendlich viel besser als gar nicht mehr.

Und vor wenigen Minuten war das schließlich noch der Stand der Dinge. Meine Laune bessert sich schlagartig.

Was soll's. Geh ich halt doch einen trinken mit 'nem Freund und einer Geisteskranken.

Ist doch trotzdem alles wieder auf 'nem guten Weg.

Stunden später rauche ich vergnügt ein Zigarettchen auf dem Sofa und warte auf mein Taxi.

Als mein Kutscher läutet, knuffe ich Rod zum Abschied und springe in den Hausflur. Die Freude über Jasmins Nachricht hat noch kein Stück nachgelassen, und es fühlt sich fast so an, als freue ich mich auf den heutigen Abend.

Ich gebe dem Fahrer ein Trinkgeld und betrete das *Matrix*.

Chara und Ray sind bereits da und haben ihre ersten Cocktails intus, wie's scheint.

Ich springe neben die beiden auf das Sofa, Chara schreckt kurz zusammen.

«Raymondo, wie geht's denn?», lache ich.

«Oha, der Herr Umfaller. Wieder alles frisch?»

Chara kichert bei dem Wort *Umfaller.*

Ich halte ihr, eine Drohung spielend, einen Zeigefinger vor das Gesicht.

«Pass auf. In deinen Hintern hab ich ihn trotzdem gekriegt.»

Chara lacht jetzt laut auf, und Ray bestellt mir einen Wodka-Tonic.

«Dir geht's ja wieder blendend, Alter», lacht er dann.

«Absolut. Ich musste mich wahrscheinlich nur von deiner PTA erholen», sage ich.

Ray boxt mir vor die Schulter.

«Sei froh, dass die da waren, sonst hätt's dich gleich am Anfang zerrissen.»

«Was ist eine PTA?», fragt Chara.

Ray sieht Chara ernst an.

«Wenn jemand ein extrem großes Glied hat, so sehr, dass sich ein anderer Mann bei diesem Anblick erschreckt und ins Koma fällt, nennt man das PTA», erklärt er.

Jetzt boxe ich ihn und nehme der Kellnerin mein Getränk vom Tablett.

«Wenn's mich nix angeht, dann sagt's doch einfach, ihr Affen», schmollt Chara kurz.

Ray zaubert sein kleines Metalldöschen aus seiner Tasche und bereitet uns kleine Lines vor.

«Du möchtest doch auch?», fragt er Chara vornübergebeugt.

Die nickt und zieht demonstrativ die Nase hoch. Vielleicht auch, um sie vorsorglich frei zu bekommen, das ist bei der Musik schlecht zu hören.

«Hey, hey. Ihr gönnt euch aber auch keinen Tag Pause, oder?»

Jessica steht plötzlich vor uns und grinst breit.

Die hatte ich fast vergessen.

«Da bin ich aber fast ein bisschen überrascht, dass du hier bist, mein Hengst», lacht sie.

An ihren Pupillen erkennt man, dass sie schon ziemlich zugedröhnt ist.

«Setz dich doch. Chara, das ist Jessica. Jessica, Chara. Den Dummbatz hier kennst du ja», sage ich.

Ray winkt mit der Hand Jessica zu.

Dann widmet er sich wieder seinem Kokain.

Jessica setzt sich natürlich direkt neben mich und schreit dann quer durch den Raum, dass sie einen Swimming-Pool möchte.

«Ich auch. Hab aber keinen Garten», sagt irgendwer hinter uns, worauf mehrere Leute in Gelächter ausbrechen.

Nach Chara ziehe ich mir das Koks in die Nase.

Nüchtern ertrage ich den Abend nicht.

«Nicht so schlingen, mehr gibt's nicht», sagt Ray.

«Wie?», fragt Jessica.

«So sieht's aus», sagt Ray. «Hab meinen Händler nicht erwischt heute.»

«Halb so tragisch. Ich weiß, wo wir noch was kriegen können», sagt Jessica und trinkt wie selbstverständlich von meinem Wodka.

«Aber zuerst will ich tanzen», sagt sie dann und sieht mich dabei glasig an.

«Später vielleicht», sage ich.

Hätte ich stattdessen «Sieg Heil» gerufen, wären Charas und Rays Blicke nicht vorwurfsvoller ausgefallen. Verstehe.

Der Stell-dich-nicht-so-an-sonst-kriegen-wir-kein-Kokain-Blick.

«Hui. Die Musik fährt mir aber heut' ins Bein», sage ich und ziehe Jessica hinter mir her auf die Tanzfläche.

Jessica und ich tanzen eng umschlungen, wobei sie großen Wert darauf zu legen scheint, meinen immer härter werdenden Schwanz möglichst oft mit ihrer Gürtelschnalle zu streifen.

Verdammtes Luder.

«Schön, dass du gekommen bist», sagt sie nach dem ersten Titel ernst.

«Hab ich doch gesagt.»

«Na ja, ich hab dich ja ein wenig überfallen. Da wusste ich nicht, ob du's ernst meinst.»

Überfallen ist gut. Brutal unter Druck gesetzt hat das kleine Biest mich.

«Ach was, schon okay», sage ich.

Drei oder fünf Lieder vergehen, bis wir die Tanzfläche verlassen. Bei der Art von Musik kann ich nur schwer die Übergänge ausmachen. Auf Koks ist das dann natürlich völlig unmöglich.

Wie ein Sack lasse ich mich auf den Sitz fallen, und der Schweiß, der mir in die Augen läuft, lässt mich blinzeln. Wie durch einen Schleier sehe ich Jessica von ihrem quietschblauen Cocktail trinken.

Ach so ... Swimming-Pool, verstehe.

Chara und Ray knutschen bereits.

Ich muss ihn bei Gelegenheit fragen, ob das wirklich alles so im Sinne seiner Frau ist.

Ich beobachte Jessica weiter.

Die Frau hat 'nen Sprung, keine Frage, aber der Anblick, wie sich ihre Lippen um das Glas schließen, verbunden mit dem Röckchen, das sie trägt, macht mir ordentlich Feuer.

Als Jessica meine Erektion bemerkt, grinst sie mich an und umklammert mich durch den Hosenstoff.

«Dazu kommen wir noch», sagt sie und leckt sich über ihre knallroten Lippen.

Ich bestelle mir einen weiteren Wodka-Tonic.

Ray hat uns nun offenbar bemerkt und lässt von Chara ab.

«Und? Lässt du uns dumm sterben oder verrätst du uns dein Geheimversteck?», fragt er Jessica.

«Wenn ihr wollt, können wir gleich los. Ein Freund von mir hat immer was auf Lager.»

«Wie sieht's denn aus?», fragt Ray in die Runde. Chara nickt.

Mir fällt unangenehm auf, wie das Kokain langsam seine Wirkung verliert. Und die Gier nach neuem ist einfach zu groß, als dass ich noch weiter darauf warten könnte.

«Von mir aus kann's losgehen», sage ich fröhlich.

Chara legt einen Fünfzig-Euro-Schein auf den Tisch und wir gehen. Nett von ihr.

Vor der Türe quetschen wir uns in ein Taxi und fahren zu der Adresse, die Jessica dem Fahrer genannt hat.

Schöne Gegend hier. Direkt am Park. Villenviertel ist zu viel gesagt, aber wer hier wohnt, lebt nicht vom Kohlekloppen.

Ein Häuschen steht akkurat neben dem anderen, jedes von ihnen hat seinen eigenen Vorgarten, der mit mehr oder weniger großen Toren versehen am Bürgersteig endet.

Als wir aus dem Wagen steigen, ist finstere Nacht, und ich höre aus allen Richtungen Hunde bellen. Aus dem Garten, dem wir uns nähern, kommt zum Glück kein Gekläffe.

Fehlte mir noch, jetzt von einem durchgeknallten Rottweiler zerfleischt zu werden ...

Jessica kramt kurz in ihrer Handtasche und schließt zuerst geübt das Tor und dann die Haustüre auf.

Chara, Ray und ich schleichen ihr hinterher.

«Hört auf, ihr Spinner», sagt Jessica, als sie sich kurz zu uns umdreht. «Ich hab doch gesagt, hier wohnt ein Freund von mir.»

Wie zum Beweis stakst sie zur Stereoanlage im Wohnzimmer und schaltet sie laut ein.

Chara und Ray zucken zusammen und gucken nun noch gehetzter, als sie es durch das Kokain ohnehin schon tun. Auch ich habe noch immer dieses Einbrecher-Gefühl.

«Hört auf, euch wie'n Satz Mösen zu benehmen», lacht Jessica und lässt sich auf das gigantische weiße Sofa fallen.

«Wie gut ist denn ... ich meine, ist das ein guter Freund von dir?», fragt Chara.

«Ein guter Freund», antwortet Jessica.

«Na, woll'n wir's hoffen. Immerhin klaust du sein Koks», lacht Ray und wirft sich ebenfalls auf die Couch.

Jessica steht wieder auf und geht zu der kleinen, in einen Schrank eingearbeiteten Bar in der Ecke des Raumes.

«Jemand was trinken?», fragt sie.

Wir bestellen Cocktails, die sie uns mixt und an den Tisch bringt.

«Und jetzt», sagt sie, als sie wieder Platz genommen hat.

«Tadaaa!»

Jessica zieht eine große, durchsichtige Tüte aus dem Polster hinter sich.

Jesus! Ich bin sehr schlecht im Schätzen von Gewicht, aber wenn ich nicht vollkommen danebenliege, hält die Kleine gerade ein halbes Pfund Kokain in der Hand.

Mir wird ganz anders.

Als ich das letzte Mal so viel Koks gesehen habe, kamen Crocket und Tubbs in den Raum gestürzt und schossen den Anwesenden in die Wirbelsäulen.

Auch Ray wird gerade scheinbar klar, wo er sich befindet.

«Scheiße! Wir beklauen 'nen verfickten Dealer!»

Nur Chara nippt unbeeindruckt von ihrem Daiquiri.

«Wie gesagt, das gehört einem Freund von mir. Wir beklauen niemanden», sagt Jessica dann und kippt vorsichtig ein wenig des Beutelinhaltes auf die Glastischplatte.

Nachdem sie das Päckchen wieder an seinem Platz verstaut hat, beginnt sie, vier großzügige Linien zu formen.

Chara und Ray beruhigt dieser Anblick spontan. Und auch mir ist in dem Moment völlig egal, ob jetzt jemand auf mich schießt.

Nachdem jeder seine Portion abbekommen hat, entspannt sich die Atmosphäre wieder.

«Das Lied lieb ich», quietscht Chara und springt vom Sofa auf, um zu tanzen.

Ray und ich sehen ihr vom Sofa aus zu, wie sie sich immer weiter in Ekstase tanzt. Ein ziemlich geiler Anblick, der nur dadurch getrübt wird, dass Chara gelegentlich mitsingt, ohne den Text zu kennen. Sogar Jessica leckt sich schief grinsend über die Lippen.

Als der Titel vorbei ist, hat Chara sich völlig verausgabt und steht nun schwitzend vor uns.

«Da wird einem echt heiß von», lacht sie, zieht ihr Oberteil aus und wischt sich damit den Schweiß aus den Achselhöhlen.

Jetzt läuft *Do you love me?* von Nick Cave an, und Chara wiegt sich nur in Rock und BH in der Melodie. Ihre Schuhe schleudert sie von den Füßen, einer verfehlt Rays Gesicht nur knapp.

Wir lachen, und Jessica gesellt sich nun zu Chara auf den Marmorboden, der als Tanzfläche herhält.

Ray rückt näher an mich heran und prostet mir zu.

«Auf 'nen schönen Abend», sagt er und zwinkert mir zu.

«Wünsch ich dir auch, mein Freund», sage ich und trinke aus.

Die Frauen tanzen miteinander, wie auf einer der Kellerparties, die man als Schüler durchlebt.

Der Unterschied ist nur, dass die Frauen hier gerade dabei sind, sich gegenseitig auszuziehen.

Do you love me?

Ich gehe zur Bar hinüber und mixe mir noch einen Drink, ohne das Treiben von Chara und Jessica aus den Augen zu lassen. Als ich mich wieder setze, massiert Chara ihre nackten Brüste und gibt Jessica einen langen Zungenkuss.

«Sehr schön», gackert Ray.

«Dann lasst mal was sehen», sage ich.

Die Mädels heizen sich immer weiter auf. Sie streicheln, küssen und massieren sich im Takt der Musik.

Do you love me?

Ray bereitet uns noch zwei Lines vor. Als er fertig ist, geht Jessica langsam vor dem Tisch in die Knie und zieht sich das Koks in die Nase. Chara zwinkert mir zu, soweit ich das beurteilen kann.

Dann setzt sie sich auf Jessicas nackten Rücken und muss sich weit nach vorne beugen, um mit dem Halm an die Tischplatte zu gelangen. Jessica atmet schwer, lacht aber dabei.

Do you love me?

Ray öffnet wortlos seine Hose und hält sein Ding Jessica vor das Gesicht. Sein Schwanz verschwindet augenblicklich in ihrem Mund.

Chara steht nun von Jessica auf und kniet sich nach einer kurzen Tanzeinlage hinter sie.

Jessica stöhnt laut auf und sieht mich mit großen Augen an, als Chara ihr Gesicht zwischen ihren Backen vergräbt.

Ich zünde mir eine Zigarette an und sehe abwechselnd Chara und Jessica zu.

Ich rolle mit den Augen, das Kokain macht mich zum besten Menschen der Welt, Ray zum besten Freund der Welt und Chara und Jessica zu den schönsten Frauen der Welt.

Verdammt, warum lebt nicht jeder so?, frage ich mich und lache laut auf.

Do you love me?

Chara schlägt Jessica auf den nackten Arsch und lässt ihr Gesicht auftauchen.

«Schneller, du kleine Hure.»

Jessica bläst Ray nun noch schneller, und ich muss wieder lachen.

Chara steht wieder auf und drückt Jessicas Kopf in Rays Schoß, sodass sie beinahe keine Luft mehr bekommt. Ihr Gesicht läuft rot an.

Als sie sie wieder loslässt, japst Jessica kurz, macht sich aber direkt wieder über Ray her.

Do you love me?

Das Lied endet, und Chara geht langsam auf eine der Türen zu.

Im Türrahmen kichert sie kurz und sieht mich durchdringend an.

Betrunken und zugekokst folge ich ihr.

Der Nebenraum, in dem wir landen, scheint eine Art Gästeschlafzimmer zu sein. Es gibt ein Bett, das jedoch nicht bezogen ist. An den Wänden hängen belanglose Kunstdrucke. Ein kleiner Durchgang führt zu einem Badezimmer, wie man direkt erkennen kann.

Chara wirft sich bäuchlings auf das Bett und streckt mir ihre Zunge entgegen.

Ich stelle mein Glas auf einer Kommode ab und falle beim ersten Versuch, mir die Hose auszuziehen, beinahe der Länge nach hin.

Schließlich gelingt mir das Kunststück doch, und ich stelle mich vor das Bett.

Chara saugt an meinem Schwanz herum, bis er in voller Pracht steht. Ich drehe sie um und schiebe ihn ihr rein.

«Ja, los», schreit sie, und ich ramme ihn immer fester hinein.

Auch dabei bin ich bemüht, mein Gleichgewicht zu halten, was mir, abgesehen von einigen Ausfallschritten, gut gelingt.

Wie eine Maschine ficke ich Chara, wobei ihr Stöhnen immer lauter und heftiger wird.

«Nein, noch nicht. Ich will noch nicht», schreit sie plötzlich.

Ich stoppe.

«Was denn?», lalle ich.

«Ich will noch nicht kommen. Warte.»

Chara springt aus dem Bett und verlässt das Zimmer.

Ich stehe ratlos vor dem Bett und spiele an mir herum, um ihn oben zu halten.

Sekunden später kehrt Chara zurück und nimmt ihre ursprüngliche Position vor mir wieder ein.

Schulterzuckend mache ich da weiter, wo ich aufgehört habe.

Als ihr Keuchen schneller wird, nimmt sie ein kleines Gläschen, das sie scheinbar in der Hand hatte, und inhaliert den Inhalt.

Chara macht ein Geräusch, zu dem mir nur das Wort «Brunftschrei» einfällt. Ihr ganzer Körper zittert, und sie bricht auf dem Bett zusammen, sodass ich aus ihr herausflutsche.

Schwer atmend reicht sie mir das Gläschen nach hinten.

«Jetzt du. Tief einatmen, wenn du kommst», sagt sie.

«Was'n das?», frage ich.

«Jetzt mach schon.»

Ich lege mich auf sie und vögle sie weiter. Chara liegt ruhig auf dem Bauch und bewegt sich kaum.

Kurz bevor ich so weit bin, atme ich das Zeug aus dem Glas ein und behalte es so lange wie möglich in meinen Lungen. Mir wird schwindelig, und mein Kopf fühlt sich an, als habe man ihn mit Beton gefüllt. Dann komme ich, und in meinem Gehirn wird ein

Feuerwerk abgebrannt. Obwohl ich liege, zittern meine Beine, meine Arme scheinen aus Stahl zu sein.

Durch den aufgerissenen Mund japse ich nach Luft.

«Oh, mein Gott!», grunze ich und explodiere in Chara.

Um sie nicht mit meinem Gewicht zu erdrücken, rolle ich von ihr herunter, das Gläschen mit den Fingern zuhaltend.

«Nicht übel, oder?», lacht Chara.

«Das Zeug merk ich mir», sage ich und döse weg.

Um mich herum ist alles still, als ich wieder wach werde.

Chara liegt nicht mehr im Bett. Ich stehe auf und wanke auf meinen Cocktail zu, der noch immer auf der Kommode steht. Er ist noch recht kühl, allzu lange war ich also nicht weg.

In einem Zug leere ich das Glas und gehe zurück in das Wohnzimmer. Jessica tanzt ohne Musik.

«Na, hallo. Wollte gerade gucken kommen, was ihr da so lange treibt. Aber hat sich ja jetzt erledigt», sagt Ray und lacht, als wäre er behindert.

Jessica brabbelt auch etwas, ohne mich jedoch anzusehen. Ray trinkt aus seinem leeren Glas.

Das Wohnzimmer hat sich in eine Szene aus einem Kafka-Roman verwandelt.

«Hi, hi. Ich kann deinen Schniepel sehen», kichert Ray.

Ich sehe an mir herab und merke erst jetzt, dass ich von der Hüfte abwärts nackt bin.

«Wo is denn die Kleine? Ins Koma gevögelt?», lallt Jessica.

«Dann bis gleich am großen Futternapf», verabschiedet mich Ray unvermittelt und nestelt an der Kokstüte herum.

«Ich ... hole meine Hose», sage ich.

Meine Stimme klingt wie die eines Roboters.

Wenn es nach der Apokalypse eine Feier geben sollte, dann sieht sie so aus.

Zombies auf Drogen, die außer Ficken nichts miteinander verbindet.

Ich trage mein leeres Glas zurück in das Gästezimmer und schließe die Türe hinter mir.
«Hallo?», frage ich in den Raum.
Ich bekomme zwar keine Antwort, höre aber ein leises Schluchzen aus dem Badezimmer.
Ich ziehe meine Hose an und klopfe vorsichtig an den Türrahmen, der beide Räume miteinander verbindet.
«Hallo?», frage ich noch einmal.
Keine Reaktion.
Ich schiebe meinen Kopf langsam in das Badezimmer und kneife dabei ein Auge zu.
Völlig bescheuert. Als würde ich Chara dann nicht sehen, säße sie auf der Toilette.
Tut sie jedoch nicht.
Chara kauert nackt unter dem Waschbecken und heult leise vor sich hin.
Au weia. Post-Koks-Blues?
«Hey, was ist los?», frage ich leise.
«Nichts. Alles klar. Sieht man doch.»
Ich gehe neben ihr in die Hocke.
«Wirkt aber irgendwie gar nicht so», sage ich.
Chara zieht etwas Rotz hoch.
«Wie lange sitzt du denn schon hier?», frage ich.
«Seit du mich so vorzüglich gefickt hast», sagt Chara und sieht mich durch ihre verheulten Augen zornig an.
Ich verstehe gar nichts.
«Was soll das denn heißen?», frage ich.
«Scheiße, Scheiße, Scheiße. Werd ich denn nicht schon genug gefickt den ganzen Tag?», sagt Chara und schlägt mit der Faust auf die Bodenfliesen.
«Was meinst du? Hab ich dich etwa vergewaltigt oder was?»
Ich versuche, nicht laut zu werden.
«Nein. Natürlich nicht. Warum auch? Mein Loch steht ja jedem zur Verfügung.»

Ich setze mich jetzt auch.

«Was meinst du dann?», frage ich ruhig.

«Ach, ich ... Es geht ja nicht um dich. Oder vorhin das. Ich weiß es nicht.»

Chara weint nicht mehr wirklich, trotzdem rinnen ihr permanent Tränen die Wangen herunter.

Unbeholfen lege ich ihr eine Hand auf die Schulter.

«Warum machst du das?», fragt sie mich nach einer Pause.

«Ich weiß nicht», sage ich. «Ist so 'ne Geste.»

«Nein, nicht deine Hand. Ich meine die Filme, warum machst du die?»

«Ganz ehrlich?», frage ich, um Zeit für die Antwort zu schinden.

Chara nickt.

«Ich habe keine Ahnung. Wirklich nicht», sage ich ehrlich.

Sie nickt wieder.

«Geht mir genauso. Ich meine, wenn mich ein Reporter oder so jemand fragt, sag ich immer, dass ich aufs Vögeln stehe, es liebe, mich vor der Kamera zu zeigen und so 'nen Scheiß. Aber das stimmt so nicht. Ist nur, was die Wichser hören wollen.»

Jetzt nicke ich.

Chara lacht kurz auf und wischt sich verklebte Haarsträhnen aus dem Gesicht.

«Ist das nicht völlig bescheuert?», fragt sie.

«Tja ...», sage ich.

«Ich wette, wenn du deinen Freund da drüben fragst, kriegen wir die gleiche Antwort.»

Chara fängt erneut an zu weinen und vergräbt das Gesicht in ihren Händen.

Hätte sie sich nicht unter das blöde Waschbecken geklemmt, würde ich sie jetzt in den Arm nehmen. Stattdessen verbiege ich mir ein wenig das Handgelenk, um ihr über den Nacken zu streicheln.

«Möchtest du mal was sehen?», fragt sie plötzlich.

«Was denn?»

Chara werkelt an den Verschlüssen ihrer Armbänder herum und öffnet sie. Mit einem unheimlichen Klacken landen die Bänder auf dem Boden.

Sie hält mir ihre Handgelenke entgegen. Beide sind übersät mit Narben verschiedenster Breite und Länge. Auf einigen der Schnitte klebt noch Blut, das vor Kurzem erst geronnen zu sein scheint.

«Oh, Mann ...», sage ich.

«Ja. Oh, Mann», wiederholt Chara kalt.

«Warum machst du das?»

«Ich weiß es nicht. Wenn ich das wüsste, wüsste ich vielleicht auch, warum ich die Filme mache.»

«Weil du gerne vögelst und dich gerne vor der Kamera zeigst?», lache ich unbeholfen.

Chara muss nun auch lachen. «Ja, so wird's sein.»

«Sollen wir vielleicht mal zurück ins Zimmer. Ich meine, auf das Bett oder so. Muss kalt sein auf dem Boden», sage ich.

«Glaubst du, du tust das Richtige?», fragt sie.

«Was meinst du? Die Pornos?»

«Ja. Glaubst du, das ist der Weg, den du gehen solltest, um glücklich zu werden?»

Ich schlucke und schüttle langsam den Kopf.

«Kei... keine Ahnung», sage ich dann.

«Dachte ich mir. Lass uns wieder zu den Anderen gehen.»

Chara zieht noch einmal die Nase hoch und schluckt den Rotz mit einem Glucksen.

Ich stehe auf und helfe ihr, unter dem Becken hervorzukrabbeln.

Nebenan setzen wir uns auf das Bett.

Chara macht keine Anstalten, sich anzuziehen, also lege ich ihr die Bettdecke um die Schultern.

Ray pocht laut vor die Türe.

«Hey, was ist denn los da drin?»

«Dein Freund fickt mir gerade das Gehirn raus. Mir platzt gleich der Arsch», ruft Chara und klingt, als unterdrücke sie ein wildes Gestöhne.

«Alles klar», sagt Ray, und seine Schritte entfernen sich von der Türe.

Ich gebe ihr lachend einen Stups vor die Schulter, sodass sie ein wenig zur Seite kippt.

«Hey, pass auf. Sonst kriegst du einen dran wegen Körperverletzung», lacht sie.

Hinter dem verlaufenen Make-up und den verquollenen Augen steckt ein hübsches, junges Mädchen, wie ich scheinbar jetzt erst erkenne. Eines, das jetzt in diesem Moment mit ihrem Freund und ihren Katzen im Garten sitzen und sich die Sterne ansehen sollte, statt sich mit Krüppeln wie Jessica, Ray und mir zu umgeben.

«Vielleicht sollten wir wieder rüber», sage ich.

«Vielleicht», antwortet sie.

«Was ist Rod eigentlich für'n Name?», fragt Chara auf dem Weg ins Badezimmer.

«Mein Kaktus heißt so», rufe ich ihr nach.

«Dein Kaktus hat 'nen Namen?»

«Ja, aber der hieß schon so, als er mir zugelaufen ist.»

Chara kommt zurück und trägt wieder ihre Armbänder.

«Und ich dachte, ich wär beknackt.»

«Warum? Wer ist denn Chara?»

«Niemand. Hat sich ergeben. Eigentlich heiß ich Sarah.»

X-Box 380

Der gestrige Abend steckt mir und Ray noch in den Knochen, als wir auf den Bürostühlen am Schreibtisch sitzen. Wir haben uns um Mitternacht aus dem *Matrix* verdrückt und sind dann letztendlich in einer Pommesbude abgestürzt, bis die dann um fünf morgens auch dichtgemacht hat.

Max sitzt zufrieden und gemütlich auf dem Sofa.

«Also, dann ist es jetzt amtlich», lacht Guido und zieht die Verträge, die Ray und ich unterschrieben haben, zu sich.

Welch großer Tag!

Endlich läuft die ganze Sache ein bisschen weniger provinziell als vorher: große Produktionen, mehr Geld, bessere Mädchen.

Wird ja auch Zeit. Das müssen um die zwanzig Filme sein, die wir beide jetzt für Guido gemacht haben. Und ehrlich gesagt habe ich keine Lust mehr, auf irgendeiner versifften Couch oder kippeligen Barhockern irgendwelche Tussies durchzuvögeln.

«Dann habt ihr jetzt ein bisschen Ruhe, und nächsten Montag fahrt ihr dann ins Sauerland. Schöne Location. Ist ein altes Waldschlösschen», sagt Guido.

Dil Doh, das Schlossgespenst.

Na ja, für unsere schönen Titel waren wir ja noch nie berühmt.

Vielleicht haben wir ja auch Glück und irgendwer schießt zuerst 'nen Film raus, der so heißt. Dann kriegt das Meisterwerk 'nen neuen Titel.

Ich zünde mir eine Zigarette an und gehe langsam die Stufen herunter. Ray ist auch nicht schneller als ich, nur Max ist mal wieder quietschfidel.

«Toll, oder? Endlich geht das richtig los mit uns, ja?», lacht er.

«Fantastisch», murmle ich.

«M-hm», macht Ray.

«Also, Männer. Dann bis Montag.»

Max springt in seinen Wagen und fährt los. Wir sehen ihm noch ein wenig nach.

«Und nun?», fragt Ray.

«Keine Ahnung. Ich hau mich jetzt erst mal 'ne halbe Stunde auf die Sonnenbank. Kann da auch gleich ein bisschen pennen. Und selbst?»

Ray reibt sich den Oberarm.

«Hab gleich noch 'nen Termin zum Nachstechen.»

Stimmt. Und der Termin kommt keinen Tag zu früh, seine Tätowierung sieht aus, als wäre sie hundert Jahre alt. Da müsste man wirklich noch mal ran.

«Cool, dann lass uns mal telefonieren gleich», sage ich.

«Klar, aber ich glaub nicht, dass ich heute Abend irgendwas reißen kann.»

«Oh, nein. Keine Orgie heute. Ich dachte, nur so. Keine Ahnung.»

«Okay», sagt Ray.

«Okay», wiederhole ich.

Ich klopfe Ray auf die Schulter und drehe mich um. Ein bisschen Sonne wird mir jetzt guttun. Auf dem Weg ins Solarium nehme ich eine kleine Kapsel und schaue auf das Handydisplay.

Nichts.

Jasmin hätte sich schon vor drei Wochen melden sollen.

Was soll das? Immerhin hat sie sich bei mir gemeldet, nicht andersherum.

Ich unterdrücke meine Telefonnummer und drücke die Wahlwiederholung.

«Hallo?», meldet sich Jasmin nach kurzem Klingeln.

Ich lege auf.

Wenn sie meine Nummer sehen kann, geht sie nicht ran.

Warum hat sie sich denn überhaupt gemeldet, wenn sie sich dann doch nicht mit mir treffen will?

Als ich mich auf die Sonnenbank lege, beginnt die Wirkung der Kapsel.

Perfektes Timing.
Mit einem lauten Knacken schalten sich die Röhren wieder ab.
Ich schaue auf meine Uhr. Tatsächlich, das war sie schon, die halbe Stunde. Wenn man sich im Schlaf erholen will, sollte man dann nicht wenigstens merken, dass man schläft?
Da die kleine Teenymöse am Schalter sich weigert, mir das Ding nochmal anzuschalten, gehe ich.
In der Videothek besorge ich mir den neuen Steven Seagal. Auch wenn das fette Schwein es in seinen Filmen längst nicht mehr nötig hat, selbst zu kämpfen, mag ich ihn.
So weit muss man erst einmal kommen. Kämpft einfach nicht, dreht aber fleißig Actionfilme.
Vielleicht rege ich bei Guido mal an, 'nen Porno zu drehen, in dem nicht gevögelt wird.
Wenn ich dann darin die Hauptrolle kriege, weiß ich, dass ich ganz oben bin.
Zumindest so weit oben wie Steven Seagal.
Jedes Mal, wenn ich in der Videothek bin, bin ich versucht, in der Pornoecke nach meinen Titeln zu suchen.
Aber wie jedes Mal lasse ich es bleiben.
Viele Hollywood-Schauspieler sehen sich ihre eigenen Filme auch nicht an, weil sie nie wissen können, was Produzenten oder Regisseure aus dem machen, was sie fabriziert haben.
Benny's world of movies ... Der bescheuerte Name gehört verboten.
Meine Augen fühlen sich an, als würde ich aus ihnen bluten. Ich muss unbedingt ein wenig schlafen.
Irgendwo zwischen der Salsa-Bar und der Pommesbude hab ich mein Gedächtnis verloren.
Pech.
Zu Hause nehme ich noch eine Kapsel und lege mich aufs Sofa.
Rod sieht mich skeptisch an. Der arme Kleine. In letzter Zeit bin ich beinahe überhaupt nicht mehr zu Hause. Ihm werden die Gespräche fehlen. Nicht, dass ich viel Intelligentes zu sagen hätte, aber einen Kaktus stört das nicht.

Noch bevor ich die Kraft finde, den Fernseher einzuschalten, schlafe ich ein.

Wieder einmal weckt mich mein Handy.

Das Lied vom Tod. So ähnlich fühle ich mich auch.

«Ja, hallo?», gähne ich.

«Tag, ich bin's.»

Ray hört sich ähnlich verschlafen an.

«Ich wollte nur sagen, dass ... na ja, wenn du heute noch irgendwas vorhast, kann ich leider nicht.»

Ich sehe zum Fenster. Tatsächlich, es dämmert bereits. Zeit, sich um die Abendgestaltung Gedanken zu machen.

«Aha», sage ich.

«Ja, meine Frau, verstehst du? Ich kann nicht ständig betrunken hier aufkreuzen. Haben's wohl ein bisschen übertrieben in letzter Zeit.»

Sprich mal ruhig für dich, ich wüsste nicht, was ich übertrieben hätte.

«So, so», sage ich.

«Ja. Ich wollt' nur Bescheid sagen.»

«Is gut.»

«Okay, dann sehen wir uns», sagt Ray und legt auf.

Ich lege das Handy auf den Tisch und schalte den Fernseher ein.

So eine Pussy. Lässt sich von seiner Alten sagen, wann er gehen darf und wann nicht.

Hätte ich nicht gedacht. Von wegen, er führt 'ne offene Beziehung.

Arschloch!

Und was mach ich heute? Darum macht sich der Hausmann wieder keine Gedanken.

Ich nehme mir das Telefon und wähle.

Als der Pizzatyp abnimmt, bestelle ich eine Große mit Paprika und eine Flasche Wodka, auch wenn er die erst an einer Tankstelle besorgen muss.

Bitte, ich kann es mir auch alleine gemütlich machen. Verpass ja wahrscheinlich sowieso nichts.

Ich schlucke noch eine kleine Kapsel, um mich nicht weiter über Ray zu ärgern.

Als die Pizza schon lange weg und der Wodka noch halb voll ist, sehe ich auf die Uhr: kurz nach neun Uhr.

Scheiße, was mach ich denn jetzt?

Ich verabschiede mich von Rod und verlasse die Wohnung.

Ich halt's hier drin nicht weiter aus.

In der Innenstadt gibt es eine kleine Jazz-Kneipe, in der ich schon seit Jahren nicht mehr war.

Zwar ist Jazz das schlimmste Gedüdel, mit dem Menschen je ihre Ohren vergewaltigt haben, aber die Atmosphäre in den Clubs ist einzigartig.

Man sitzt herum und betrinkt sich. Ganz wie zu Hause, nur mit dem guten Gefühl, eben nicht zu Hause zu sein.

Außerdem läuft man nicht Gefahr, von einer pummeligen Matrone zum Tanz aufgefordert zu werden. Wer tanzt schon, wenn der kleine tschechische Miles Davis auf der Bühne spontan Lust auf ein halbstündiges Saxophon-Solo bekommt?

In der Kneipe angekommen, setze ich mich in eine schummrige Ecke, von denen es hier reichlich gibt, und bestelle mir Gin-Tonic.

Wie zu erwarten war, sitzen gerade drei Jungs zusammen und jammen ein bisschen.

Ich trinke mein Glas in einem Zug leer, um meine Ohren zu betäuben. Zum Glück sitze ich nicht nah dran.

Nach zwei weiteren Gin krame ich mein Handy aus der Hosentasche. Ich brauche mehrere Versuche, um den Cursor auf der kleinen Anzeige auf Jasmins Namen zu stoppen, aber schließlich gelingt es mir.

«Hallo?», meldet sich Jasmin wie gewohnt.

«Hallo», sage ich.

«Wer ist denn Hallo?», fragt Jasmin, und ein Hauch Verärgerung liegt in ihrer Stimme.

So isse, meine Kleine. Mag keine Unklarheiten.

«Ich bin's», sage ich.

Eine gefühlte Ewigkeit schweigt sie am Ende der Leitung.

«Wie geht's dir?», fragt Jasmin endlich.

«Nicht so gut», sage ich. «Warum hast du dich nicht gemeldet?»

«Ach ...», beginnt Jasmin.

«Du hast gesagt, du würdest dich wieder mit mir treffen wollen. Und du wolltest dich melden. Ich hab gewartet.»

«Ich weiß, aber ...»

Jasmin beendet den Satz nicht.

«Ich hab gewartet», sage ich noch einmal.

«Lass uns darüber nicht am Telefon reden», sagt sie knapp.

«Ich will aber jetzt reden mit dir», sage ich und werde ungewollt lauter.

«Hast du getrunken?»

«Nein», lüge ich.

«Wir sollten nicht jetzt darüber sprechen. Außerdem muss ich morgen ziemlich früh raus.»

«Wann sprechen wir denn darüber? Du hast gesagt, du willst dich wieder mit mir treffen, nur hast du nicht angerufen.»

«Hör zu: Du bist angetrunken, und in dem Zustand möchte ich nicht mit dir diskutieren.»

«Dann ... dann sag mir doch einfach, warum du dich wochenlang nicht gemeldet hast?»

Ich huste von der Zigarette, die ich mir angezündet habe.

«Nicht jetzt», sagt Jasmin.

«Sag mir nur kurz, warum.»

«Lass uns jetzt aufhören, ich melde mich morgen bei dir.»

«Nein. Bitte.»

Ich höre Jasmin seufzen.

«Was willst du von mir?», fragt sie.

«Ich will dich sehen. Ich ... liebe dich.»

«Ach was.»

In Jasmins Stimme liegt wieder dieser Ärger.

«Na schön. Wenn das so ist, darf ich dir sicher einen kleinen Tipp geben. Ich war vor einiger Zeit mit einer Kollegin nach der Arbeit was trinken. Und sie meinte, sie kenne da einen Laden, der ziemlich chic sei und gute Cocktails mache.»

Ich merke, wie mir heiß wird.

«Nun ja. Jetzt rate doch mal, wie der Laden hieß. Ein Hinweis: Es gibt einen Film, der so heißt.»

«Ähm, Citizen Kane?», frage ich und merke im selben Moment, dass das nicht witzig ist.

«Du Arschloch! Was willst du also von mir? Sah mir ganz so aus, als seiest du momentan ordentlich ausgelastet.»

«Ich ... Das war ...»

Mir fällt dazu nichts ein. Wie soll ich das erklären?

«Spar's dir einfach», sagt Jasmin. «Und ruf mich bitte nicht mehr an.»

An Jasmins Stimme höre ich, dass sie den Tränen nahe ist.

«Es tut mir leid», sage ich, als würde das noch etwas nützen.

«Weißt du, ich hatte wirklich gedacht, dass wir die ganze Sache noch einmal hinbekommen würden.»

«Das können wir doch noch», flehe ich.

«Vergiss es einfach. Das war das letzte Gespräch, das wir geführt haben.»

«Bitte, ich will ...»

«Wenn du in Zukunft was von mir willst, sprich Türkisch.»

«Hä?», frage ich.

Ich höre einen Piepton.

Aufgelegt.

Wie versteinert sitze ich an meinem Tisch und umklammere das Telefon. Von den Nebentischen wirft man mir verstohlen Blicke zu, als habe man dort jedes Wort verstanden.

Ich stehe auf und werfe dabei meinen Stuhl nach hinten um.

«Na und, ihr Arschlöcher!», gröle ich.

Ich lege zwanzig Euro auf den Tisch und wanke zum Ausgang.

«Scheiß-Laden, ihr Fotzen!»

Zwei Kerle wollen aufstehen, werden aber von ihren Frauen gestoppt.

Typisch. Hat halt niemand mehr Eier in der Hose.

Vor der Türe inhaliere ich die Abendluft. Vergiftet von Abgasen.

Vielleicht ist es besser so. Lieber ein Ende mit Schrecken als Schrecken ohne Ende.

Ohne diesen Klotz am Bein kann ich mich besser auf meine Arbeit konzentrieren.

Ich überlege, einfach wieder nach Hause zu gehen, mir fällt aber kein Grund dazu ein.

Ich gehe einige Meter und setze mich auf eine dieser Designer-Parkbänke aus Metall. Am Design friert mir fast der Arsch fest, obwohl es heute Abend nicht sehr kühl ist.

Ich lege mich auf die Seite und starre den vorbeifahrenden Autos nach. Anscheinend will heute jeder irgendwohin.

Nur ich nicht.

Es kann doch nicht sein, dass ich kein Ziel habe. Es muss doch in dieser großen Stadt möglich sein, einen Ort zu finden, an dem ich bleiben kann.

Ich will doch gar nichts Außergewöhnliches. Ich will mich nur ein bisschen amüsieren, ein bisschen Spaß haben. Das muss doch drin sein.

Ray, das Arschloch, lässt mich hier einfach auf dieser stinkenden Bank verrotten, während er selbst heile Familie spielt. Sitzt jetzt schön daheim und spielt Monopoly oder sieht fern oder hockt im Kino oder macht sonst was, was Eheleute so miteinander treiben.

Der weiß wahrscheinlich gar nicht, was der für'n Glück hat mit seiner Frau.

Die springt ihm nicht gleich an den Hals, bloß, weil er mal'n bisschen rumvögelt.

Bloß weil bei mir 'ne Kamera dabei ist, bin ich doch nicht schlechter als die ganzen Pseudo-Gigolos, die mit ihrem Schwanz schon ganze Diskotheken entvölkert haben.

Wieso hab ich immer so ein Pech?

***

Heute ist bereits der dritte Tag, an dem ich zu Hause herumhänge.

Erschreckenderweise werden sich Rods und meine Hautfarbe immer ähnlicher.

Von Ray, dem Verräter, habe ich nichts mehr gehört. Hat wahrscheinlich Gefallen gefunden an der ganzen Familien-Geschichte. Der kann mich. Wenn ihm das zu öde ist, die Abende mit mir zu verbringen, soll er ruhig Halma mit seiner Frau spielen.

Der kommt schon noch wieder.

War mir jemals in meinem Leben so langweilig? Ich weiß es nicht.

Und der Dreh zum *Schlossgespenst* beginnt erst in vier Tagen.

Ich könnte ja schon mal ein paar Sachen packen. Ach, lieber nicht.

Ich nehme noch einen Schluck Bier und schaue wieder Steven Seagal zu, der es mittlerweile schafft, dass seine Gegner tot zusammenbrechen, wenn er sie nur scharf anguckt. Ich hab die Szene schon dreimal gesehen, wie den Rest des Filmes auch.

Ich kann mich aber auch nicht aufraffen, mir in der Videothek Ersatz zu besorgen.

Meine Klamotten trag ich schon 'ne Ewigkeit, geduscht habe ich auch seit Tagen nicht und betrunken bin ich auch.

Kurz: drei wichtige Dinge, die ich ändern müsste, bevor ich mich auf die Straße trauen kann.

Aber ich fühle mich zu schwach, um einer solchen Mammut-Aufgabe gewachsen zu sein.

Jasmins Telefonnummer habe ich aus meinem Handy gelöscht, was eher ein symbolischer Akt war, da ich sie auswendig kenne.

Dann war es das wohl endgültig mit ihr.

Damit kann ich mich auch nicht mehr zu Oscar ins *Peaches* trauen. Wenn der herauskriegt, warum sie mit mir Schluss gemacht hat, bin ich für den gestorben. Und das irgendwie zu Recht, fürchte ich.

«Was für ein beschissener Abend, was?», frage ich Rod.

Der sieht konzentriert den Film an.

Mit dem Zeigefinger stupse ich ihn ein wenig an und merke, dass er gar nicht mehr so piekst wie sonst. Wird vielleicht alt.

«Bist auch nicht mehr so'n toller Stecher, hä?», sage ich und verfalle in ein lautes Gegacker, das mir die Tränen in die Augen treibt.

«Ach ja ...», murmle ich, als ich mich wieder gefangen habe, und starre wieder schweigend auf den Bildschirm.

Wie viele Leute wohl jetzt genauso dämlich vor der Kiste hocken und irgendeinen Scheiß gucken, bloß damit sich in der Wohnung überhaupt etwas bewegt?

Wahrscheinlich ein paar Millionen, sonst gäbe es die ganzen Soaps schon nicht mehr.

Hm.

In Gedanken auf irgendwelchen Idioten herumzuhacken, macht keine rechte Freude, wenn man selbst auf dem besten Wege ist, zu so einem zu verkommen.

Ich leere die Bierflasche in einem Zug und besorge mir aus der Küche eine neue.

Als Kind hatte ich mal diese Garfield-Comics. In einem davon hat er mal gelangweilt gefragt, ob man das Gefühl kenne, schon alles gegessen und getrunken zu haben.

Nimmt man rauchen, saufen und ficken dazu, geht's mir jetzt wie ihm.

Ich schalte die DVD ab und wechsle zum Fernsehprogramm, wobei ich so schnell zappe, dass ich auf keinem Sender etwas verpasse.

Nun ja, das muss nicht unbedingt an meiner Geschwindigkeit liegen.

«Alles Scheiße», beklage ich mich, was Rod ungerührt lässt.

Da kommt mir eine Idee.

Ich gehe ins Bad und wasche mich notdürftig. Dann ziehe ich mich um, verlasse die Wohnung und springe in den Wagen, auch wenn mein Blutalkohol, vorsichtig gesagt, grenzwertig sein dürfte.

Nach einer Kurzvisite im Parkhaus und einer noch kürzeren Verweildauer im Kaufhof erreiche ich wieder meine Wohnung.

Ich lege das Paket vorsichtig auf den Fußboden vor dem Fernseher und packe es aus.

Tadaa! Meine flammneue X-Box 380 erblickt das Licht der Welt! Zumindest meiner Welt, weswegen der Jubel der Konsole eher verhalten ausfällt.

Nachdem ich die Hälfte meines Wohnzimmerschrankes bei dem Versuch, das klobige Monstrum anzuschließen, in eine öde Wüstenlandschaft verwandelt habe, erblicke ich schließlich das Microsoft-Logo auf meinem Bildschirm.

Igitt! Bill Gates und sein Hey-hey-ich-liebe-diese-Firma-Gesockse!

Warum sagt mir keiner, dass die das Ding bauen?

Ich sehe noch einmal auf den Karton: Mist, da steht's auch.

Idiot.

Ich nehme einen tiefen Schluck aus meiner Bierflasche und hocke mich im Schneidersitz vor den Kasten, in den ich eines der Spiele einlege, die ich zusätzlich gekauft habe.

Irgendein Kriegsspiel. Die Packung liegt außerhalb meiner Reichweite.

Ich hab das Game nur gekauft, weil der Typ auf der Packung mir'n bisschen ähnlich sieht.

Außerdem darf man darin Nazis abknallen, was ich natürlich brutal und menschenverachtend fände, wenn es nicht so spaßig und gerecht wäre.

Nachdem ich mir das minutenlange Intro und die Einweisung meines Vorgesetzten angetan habe, bin ich bereit, als amerikanischer Soldat für Freiheit und Demokratie zu sterben, was ich auch fünf Minuten später mache.

Scheiße.

Irgendwie krieg ich das mit den Knöpfen auf diesem komischen Controller nicht auf die Reihe. Ich sehe in meine Hände und lege meine Finger auf die Tasten, die ich meiner Vermutung nach am häufigsten brauchen werde: schießen und flüchten.

Ich starte neu und hauche mein Leben diesmal nach nicht einmal einer Minute aus, weil ich an irgendeine Taste gekommen bin, die mich aus der Deckung hat kommen lassen.

Wenn das so weitergeht, kann ich die Landung in der Normandie vergessen.

«Nazipack!», lalle ich und hole mir einen ordentlichen Biervorrat aus der Küche, den ich neben mich auf den Boden stelle.

Ich starte erneut und werfe eine der Pillen ein, die ich neuerdings mit mir herumtrage. Muss mich konzentrieren.

«So, Rod. Jetzt guck Papa mal gut zu.»

Traditionell reißt mich mein Handy aus dem Schlaf.

Ich liege auf dem Fußboden, um mich herum leere Bierflaschen verteilt. Ich trete den überquellenden Aschenbecher mit dem Fuß um, sodass sich sein Inhalt staubend auf den Teppich verteilt.

«Ja?», krächze ich.

«Nanu? So früh schon auf? Wer hätte das gedacht?»

Andrea.

«Was denn?», frage ich.

«Ich wollte dich nur mal fragen, was mit dir los ist in letzter Zeit.»

«Nix», sage ich und huste.

«Erzähl mir doch keinen Mist. Jedes Mal, wenn wir miteinander sprechen, hörst du dich an wie'n Penner.»

«Apropos: Wie geht's Tobi?»

«Das meine ich. Wenn du mich am Telefon beleidigst oder einfach auflegst, kann ich damit umgehen. Aber ich mache mir langsam ernsthaft Sorgen.»

Wenn Andrea nicht einmal mehr auf *Tobi* reagiert, ist was im Busch.

«Brauchst du nicht, mir geht's riesig», sage ich und versuche, so normal wie möglich zu klingen.

Andrea schweigt eine Weile.

«Mach Kaffee, ich bin in ein paar Minuten da», sagt sie dann und legt ohne ein weiteres Wort auf.

«Hey, ich ...», setze ich an, höre aber nur noch das Tuten in der Leitung.

Fuck!

Was soll ich denn jetzt mit der hier? Aber ich muss sie auf jeden Fall hereinlassen, die bringt's fertig und lässt sonst die Feuerwehr die Türe knacken.

Ich schalte den Fernseher und die Spielkonsole aus und sehe auf die Uhr: erst kurz nach acht. Die hat Nerven, mich um die Zeit anzurufen.

Ich klaube schnell einige der Flaschen vom Boden auf und stopfe sie in einen Müllsack. Im Badezimmer wasche ich mir das Gesicht und spüle mir den Mund aus.

Schon sehe ich ein wenig frischer aus, wenn auch nicht viel.

Keine zehn Minuten vergehen, da klopft es auch schon bei mir an der Türe.

Das ging ja hurtig.

Ich räuspere mich und öffne.

Andrea sieht gut aus, das muss ich zugeben.

Sie hat die Haare mittlerweile länger und trägt einen dieser Business-Anzüge, der für Büroweiber jetzt Standard ist. Aber ihr steht er.

Wie lange ist das her, seit wir uns das letzte Mal gesehen haben? Ich weiß es nicht.

«Morgen», lache ich freundlich.

«Ach du Scheiße», begrüßt sie mich.

«Was denn?», frage ich.

Andrea geht wortlos an mir vorbei ins Wohnzimmer.

«Die Wohnung sieht ja genauso beschissen aus», höre ich sie zetern. Ich gehe zu ihr und sehe mich in dem Raum um.

Also, das hätte nun wirklich schlimmer sein können.

Dass der Schrank kaputt ist, liegt an der Verkabelung der Konsole, den Aschenbecher habe ich nicht mit Absicht umgekippt und die paar Flaschen, die ich vergessen habe einzusammeln, sind auch nicht weiter tragisch.

Ich will Andrea gerade erklären, welch unglückliche Kausalkette hinter dem Zustand meiner Wohnung steckt, als sie schon zum Fenster geht und es weit öffnet.

«Und stinken tut's hier», stellt sie fest.

«Ähm, freut mich, dich zu sehen», sage ich.

«Was ist denn los mit dir?», fragt sie knapp und zündet sich eine Zigarette an. Früher hat es mich wahnsinnig gemacht, wenn sie in der Woh-nung geraucht hat. Aber das ist lange her.

«Was soll denn sein?», frage ich und setze mich auf das Sofa.

«Ach, komm. Hier sieht's aus wie Sau, du siehst aus wie Sau. Und jedes Mal, wenn wir telefonieren, kommst du mir seltsamer vor. Fremder. Hier stimmt doch was nicht.»

Andrea setzt sich jetzt ebenfalls. Ich zucke nur mit den Schultern, als wüsste ich nicht, wovon sie redet.

«Und was hast du da mit deinen Haaren veranstaltet?», fragt sie und bläst Rauch aus den Nasenlöchern.

«Nur ein bisschen blondiert. Schön, oder?»

«Du siehst aus wie'n Schwuler. Und auf den Asi-Toaster rennst du auch, wie ich sehe.»

«Ich dachte, ein bisschen Farbe täte mir und meiner Frisur gut», sage ich.

«Dachtest du. Und was macht der Job?»

«Ich mach jetzt was anderes. Versicherungen waren nicht so mein Ding, wie ich feststellen musste.»

«Oho. Und was ist jetzt so dein Ding?»

Herrisches, freches Weib! Wären wir jetzt im Studio, würde ich dir zeigen, was jetzt mein Ding ist.

«Ein Freund von mir hat da 'ne kleine Firma. Videos und so. Ich arbeite da im Lager», sage ich.

Andrea drückt ihre Zigarette auf einem kleinen Teller aus, der auf dem Tisch steht.

Keine Ahnung, was da vorher drauf war.

«So, vom Makler zum Lagerarbeiter», konstatiert Andrea.

«Na und? Wenn ich mich dabei besser fühle», sage ich.

«Ist das denn so? Vor einiger Zeit hat deine Hütte noch etwas anders ausgesehen.»

«Und wenn schon. Dass der Schrank ein bisschen gelitten hat, liegt an der X-Box 380, die ich mir gestern gekauft hab. Mit ein bisschen Leim ist der morgen wie neu. Außerdem hätt ich schon noch aufgeräumt. Du hast mich schließlich geweckt, Schnuckelchen.»

Ich werde langsam wacher und damit souveräner. Recht so.

«Drei sechzig», sagt Andrea.

«Was?»

«Der schäbige Klotz auf dem Boden heißt X-Box 360. Du hast 380 gesagt.»

«Wie auch immer.»

«Und wann fängt man in deinem neuen Job an zu arbeiten? Im Lager geht's doch eigentlich immer recht früh los, oder? Kann man sich da besaufen und noch um diese Zeit schlafen?»

«Ich ... hab heute frei», sage ich.

Andreas Blicke durchbohren mich nun nicht mehr so stark, als sie mir eine Hand auf mein Bein legt.

«Hör mal, mir liegt eine ganze Menge an dir. Dass es dir nicht gut geht, sieht man ziemlich deutlich. Wenn ich dir irgendwie helfen kann, möchte ich, dass du mir das sagst.»

«Danke», sage ich.

«Also?», fragt sie.

«Ich habe keine Ahnung», sage ich und meine es durchaus ernst.

«Gehst du denn noch in diese schrammelige Pinte?»

«Nö, im *Peaches* war ich schon lange nicht mehr.»

«Na, immerhin hast du einen besseren Geschmack entwickelt, was Lokalitäten betrifft», lacht Andrea.

«Ja, das schon», sage ich.

«Liegt's an einer Frau?», fragt sie plötzlich ganz zahm.

«Wie kommst du darauf?»

«Wenn Männer sich binnen sehr kurzer Zeit derart verschlechtern, was Aussehen und Hygiene angeht, liegt's meistens an einer Frau.»

Oh Schreck! Andrea liest immer noch diese grässlichen Frauenzeitschriften. So wird das nie was. Andrea wird mich so lange ausquetschen, bis sie etwas gefunden hat, an dem sie herumwerkeln kann. Besser, ich füttere sie ein wenig.

«Ja, ich hab im Moment 'ne kleine Depri-Phase. Und ja, es ist wegen 'ner Frau», sage ich und schaue betreten zu Boden.

«Wusste ich's doch», frohlockt Andrea. «Was ist denn passiert?»

Aha, sie hat angebissen.

«Haben unsere Probleme im Moment, aber das wird wieder. Wir haben vorhin telefoniert, und ich glaube, das renkt sich wieder ein.»

«Das ist doch was. Und du sagst mir, bei dir wäre alles in Ordnung ...», sagt sie in leicht vorwurfsvollem Ton.

«Na ja, bin nicht gerade stolz darauf, dass ich mit meiner Süßen 'nen kleinen Streit hatte.»

«Das ist aber auch nichts, weswegen man so herumdrucksen müsste.»

«Hm», mache ich, was Andreas Gesicht wieder ein wenig aufhellt und ihr den Ausdruck verleiht, den man hat, wenn man mit einem kleinen Jungen spricht.

«Kaffee?», frage ich schließlich.

«Nur, wenn's in deiner Küche nicht so aussieht wie hier», lacht sie.

«Unmöglich. Die hab ich seit Wochen nicht betreten.»

Bevor Andrea ins Büro gefahren ist, hat sie mir noch einige Male das Versprechen abgenommen, sie wissen zu lassen, wenn ich ihre Hilfe brauchen sollte.

Ein nettes Mädchen.

Aber auch gut, dass sie wieder weg ist. Selbst wenn ich Probleme hätte, gingen die sie kaum mehr etwas an.

Ich freue mich über meine geniale Idee mit dem falschen Liebeskummer. Großartig. So hat sie was zu denken und geht mir nicht weiter auf die Nerven.

Aus der Jacke im Flur hole ich wieder das Pillendöschen vor und schlucke eine Kapsel. Das wird mich beruhigen.

Ich hole mir noch einen Kaffee aus der Küche und setze mich wieder vor die Konsole.

Ist schließlich noch ein langer Weg, bis Europa frei ist.

* * *

Noch drei Tage, bis ich endlich wieder ein bisschen Action bekomme. Mal sehen, ob Ray sich noch einmal meldet bis dahin.

Würde das ja schon gerne ein bisschen feiern. Die Karriere meine ich.

Immerhin nehmen wir nächste Woche zum ersten Mal an einer großen Produktion teil.

Nicht dieses Gefummel, das dann schließlich auf irgendeinem Sampler landet.

Nach ein paar Kaffee muss ich aufstehen, um mich zu strecken.

Meine Uhr zeigt mir, dass ich jetzt seit bereits fünf Stunden vor der Konsole sitze. Kein Wunder, dass sich meine Knie langsam bemerkbar machen. Fühlt sich schlimmer an, als nach einem halbstündigen Wendeltreppen-Kopfstand-Gangbang.

Ich pausiere das Spiel und laufe auf Knien zum Wohnzimmertisch, auf dem schon eine kleine Line Speed auf mich wartet. Dank Ray komme ich nicht mehr an Kokain, sodass ich mich jetzt mit diesem billigen Chemieschrott über Wasser halten muss.

Sagt Danke, Kinder.

Danke, Dad.

Ich lache und verpuste ein wenig des Pulvers auf dem Tisch.

Was soll's, das Zeug kostet ja praktisch nichts.

Ich ziehe das Pep in meine Nase und lege den Kopf in den Nacken.

Als ich anschließend an meiner Zigarette ziehe, spüre ich, wie sich mir plötzlich der Hals zuschnürt.

Ich lasse mich auf den Boden sacken und versuche durchzuatmen, aber mein Magen beginnt bereits zu pumpen.

Ein warmer Schwall brauner Flüssigkeit schießt zwischen meinen Vorderzähnen durch auf den Boden.

Ich stürme ins Bad und übergebe mich in das Waschbecken, das ich gerade noch erreiche. Die dunkle Suppe sprenkelt Seife, Zahnbürste und einen Teil des Fußbodens.

Ich kralle mich keuchend an dem Becken fest, bis letztendlich nur noch kleine Speichelfädchen an meiner Nase hängen.

Ich setze mich auf den Badewannenrand und atme durch.

Hilfe, was war denn das jetzt?

Mit dem Vorhaben, mich später um das Waschbecken zu kümmern, gehe ich zurück in mein Wohnzimmer und hocke mich auf die Couch.

Ich nehme einen Schluck Kaffee aus der Tasse und spüle mir damit den Mund aus. Meine Beine zittern noch im Sitzen.

Ich wische mir die Tränen aus den Augen, die noch rinnen, als ich schon Minuten aus dem Bad zurück bin. Glasig starre ich auf den Fernseher, auf dessen Bildschirm in kleinen Buchstaben das Wort «Pause» steht.

So geht das nicht weiter mit mir.

Ich kann nicht den ganzen Tag zu Hause sitzen.

Das macht mich verrückt.

Ich nehme mein Handy und wähle Jessicas Nummer.

Auch wenn ich schon länger nichts von ihr gehört habe, war sie doch scharf auf mich, und es sollte demnach kein Problem sein, sie zu einer kleinen Party zu überreden.

Ich spreche Jessica auf die Mailbox und frage, was sie heute Abend so treibt. Dabei versuche ich, möglichst gelassen zu klingen. Nicht wie jemand, der zugekotzt auf der Couch sitzt und mal wieder duschen könnte.

Auch Rod sieht ein wenig mitgenommen aus. Er hat eine eigenartige Farbe bekommen.

Die Zigarettenasche, die ich ihm als Dünger in den Topf geschnippt habe, ragt ein wenig heraus.

Sieht aus, als habe er eine Erektion, nur in grau.

Ich gluckse ein Lachen hervor.

Stunden später habe ich noch immer keinen Rückruf von Jessica bekommen.

Schlampe!

Was ist denn los mit den Leuten? Erst kriegen die den Hals gar nicht voll, und dann hat plötzlich niemand mehr Bock, was zu unternehmen.

Arschlöcher!

Ich gehe ins Bad und reinige das Waschbecken.

Sollen die doch alle weiter alleine rumgammeln.

Ich rasiere mich und gehe anschließend duschen.

Idioten. Macht doch, was ihr wollt.

Im Schlafzimmer ziehe ich mir den ersten Anzug seit Tagen an.

Mir kann's ja egal sein, was die Leute treiben, ich mach mich heute Abend jedenfalls auf ins *Matrix*.

Zumindest hab ich da ein paar Menschen um mich.

Das Taxi setzt mich wie gewünscht direkt vor der Türe ab.

Im Laden läuft der Betrieb wie immer, also auf Hochtouren, ohne dass eine gewisse Gemütlichkeit fehlen würde.

Im Vorbeigehen bestelle ich mir einen Wodka-Tonic und nehme in einer der hinteren Ecken Platz. Das liegt zwar ein wenig von der Tanzfläche weg, aber schließlich will ich nicht den Eindruck des Verzweifelten vermitteln, der es nötig hat, den Mädels den ganzen Abend auf den Hintern zu gaffen.

Ich seh von hier aus noch gut genug.

Als die Kleine vom Tresen mir den Wodka bringt, frage ich sie, wer denn hier das Fräulein Smilla ist.

Kann mir keiner erzählen, dass es die hier nicht gibt.

Die Kellnerin sieht mich kurz an, als spreche ich in fremden Zungen, kapiert dann aber doch.

Minuten später kommt sie an meinen Tisch zurück, und statt einer Antwort legt sie mir ein kleines Briefchen auf den Tisch.

«Achtzig», sagt sie kurz angebunden.

Achtzig Piepen für'n Gramm Koks. Eigentlich grenzt das an Wegelagerei, aber für Abendkasse ist das wohl in Ordnung.

Ich gebe ihr das Geld und ziehe noch einen weiteren Schein aus der Tasche, der mir als Halm dienen wird.

Dem Briefchen liegt eine kleine Rasierklinge bei. Na, das nenn ich Service.

Das Ding ist zwar stumpf, aber ich will mich ja auch nicht rasieren.

Oh happy day!

Ich forme mir zwei prächtige Lines auf der Tischplatte.

Endlich wieder das gute Stöffchen. Das billige Speed hat mir fast die Schleimhäute weggeätzt. Außerdem hab ich davon Pickel gekriegt, was in meinem Job wahrlich kein Segen ist.

Gierig sauge ich das Zeug durch den gerollten Schein in die Nase.

Dann breite ich meine Arme auf der Lehne aus und höre grinsend der Musik zu, die aus allen Richtungen auf mich einpeitscht.

Sexy boy von Air.

Verdammter französischer Elektromüll.

Ich hab nie verstanden, was daran so toll ist, aber nun, wo sich das Kokain in mir breitmacht und die Musik aus tausend Lautsprechern zu kommen scheint, finde ich den Song großartig.

Zu großartig, um sitzen zu bleiben.

Ich packe das Briefchen in meine Hosentasche und gehe auf die Tanzfläche.

Ich habe meinem Bewegungsdrang zu lange nicht nachgegeben.

Mit geschlossenen Augen tanze ich vor mich hin, ganz sicher, dass es sich bei dem *Sexy boy* nur um mich handeln kann.

Ich achte auf nichts anderes als die Musik und fange schon nach einigen Sekunden an zu schwitzen, als tanze ich bereits seit Stunden.

Drei oder vier Titel lang tanze ich alleine vor mich hin, bis mir aus jeder Pore der Schweiß läuft. Es tut so gut, endlich wieder ein bisschen Leben zu spüren. Irgendwann öffne ich meine Augen und sehe mich auf der Tanzfläche um.

Mitten in dem Gewimmel erkenne ich auf einmal Jessica, die sich sichtlich amüsiert mit irgendeinem Kerl unterhält, während sie tanzen.

Ich setze ein charmantes Lächeln auf und steuere auf das Pärchen zu.

«Hi, na?», lache ich Jessica an.

«Hallo», sagt sie knapp und wendet sich wieder dem Typen zu.

Was soll denn der Scheiß?

«Kannst du mir verraten, warum du nicht zurückgerufen hast?», frage ich.

Jessica verdreht die Augen.

«Mann, sie redet gerade mit mir, siehst du das nicht?», blafft mich der Kerl an.

Der ist ja lustig.

«Schnauze, du Spaten. Ich schnapp dir dein Fickerchen schon nicht weg», sage ich und sehe ihm tief in die Augen.

Er verstummt.

Jessica geht einige Meter von der Tanzfläche weg, ich folge ihr.

«Was willst du?», fragt sie schließlich, als sie stehen bleibt.

«Ich hab dir heute auf die Mailbox gequatscht. Wäre nett gewesen, mal zurückzurufen», sage ich.

«Warum sollte ich?»

«Keine Ahnung. Weil es nett gewesen wäre.»

«Wir sind kein Pärchen oder so'n Scheiß.»

Die hat nicht nur 'nen Knall, die ist auch schizophren.

«Hab ich nicht behauptet. Aber nachdem du mir so auf den Keks gegangen bist, dass ich mit dir was unternehmen soll, hätte ich gedacht, du wärst'n bisschen freundlicher, wenn ich von mir hören lasse.»

Jessica zündet sich genervt eine Zigarette an.

«War doch lustig, die Zeit, die wir hatten. Mir reicht's damit auch schon», sagt sie dann.

«Wer ist denn der Vogel, der da so gierig zu dir rüberguckt?», frage ich.

Jessica grinst mich süffisant an.
«Ach, ihr kennt euch nicht? Die Pornowelt ist scheinbar kein Dorf. Ist ein Arbeitskollege von dir.»
«Da schau her ...», sage ich.
Woher weiß die von meinem Job?
«Was hast du denn geglaubt, warum ich dich und deinen Kumpel gefickt hab? Wegen eurer schönen Augen? Tja, und die nächste Zeit wird er mir ein bisschen die Langeweile vertreiben.»
Ich grinse und weiß nicht, ob Jessica mich gerade anwidert oder ob ich sie cool finden soll.
Ein Porno-Groupie.
«Du hast dich doch nicht in mich verknallt oder so'n Scheiß?», fragt sie dann.
Ich streichle ihr freundschaftlich über die Wange.
«Du überschätzt deine Qualitäten, Baby.»
«Was soll denn das jetzt heißen?»
«Nichts», sage ich und gehe wieder zu meinem Platz zurück.
«Ach, übrigens», rufe ich Jessica im Gehen zu. «Der Typ steht darauf, Pisse zu saufen. Also trink heute ordentlich.»
«Woher, was ...», höre ich sie noch hinter mir rufen.
Eine halbe Stunde später verlässt Jessica den Laden alleine.
Hm.
Ich kenn den Typen wirklich nicht, habe aber mit meiner Behauptung vielleicht einen Glückstreffer gelandet.

Dil Doh, das Schlossgespenst

Mitten in der Nacht klingelt es bei mir an der Türe.

«Wurde ja auch Scheiß-Zeit», fluche ich und öffne.

Ray kommt die Stufen herauf und lacht gequält.

«Hey, Dicker. Alles klar bei dir?», fragt er.

«Muss ja», antworte ich, obwohl ich dieses Blabla nicht mag.

«Hätte das nicht bis morgen warten können? Sehen uns doch eh in ein paar Stunden.»

«Hätte es nicht», sage ich und bitte Ray herein.

«Uiuiui», murmelt er, als er in mein Wohnzimmer kommt.

«Bin noch nicht zum Aufräumen gekommen», sage ich.

Ray dreht sich zu mir um und lacht breit.

«Seit wann? Adenauer?»

«Mach mal Pause, du Scherzkeks», sage ich ernst. «Hast du die Klamotten dabei?»

«Ja, aber das hätte doch echt ...»

Meine Finger zappeln das internationale Zeichen für: rausrükken.

Ray gibt mir zwei Röhrchen. Eines davon öffne ich sofort und schlucke zwei der Kapseln.

«Alter, ich mach mir da echt Gedanken», sagt Ray kleinlaut.

«Worüber?», frage ich und lasse mich auf die Couch fallen.

Ray bleibt stehen.

«Du willst doch nicht auf der Scheiße kleben bleiben, oder?», fragt er.

«Mumpitz», lache ich.

«Was ich meine, ist, na ja, du rufst mich mitten in der Nacht an, weil du Pillen brauchst. Ist schon eigenartig, oder?»

«Brauchen ist aber ein sehr hartes Wort, Raymondo. Ich nehm die nur zur Entspannung. Schließlich ist morgen ein wichtiger Tag.»

Ich versuche, so fröhlich und gelassen wie möglich auszusehen.

«Die zwei Upper, die du gerade gemampft hast, werden dich aber kaum beruhigen.»

Ich zucke mit den Schultern.

«Vielleicht wirken die bei jedem anders», sage ich.

«Hör mal, ich bin ja nicht deine Mama, aber ...»

«Toll, dann sind wir uns ja einig», sage ich und springe vom Sofa auf. Ich umschließe Ray mit einem Arm.

«Find ich aber echt klasse, dass du extra heute noch zu mir rübergekommen bist. Ich meine, obwohl du dich so lange nicht gemeldet hast und so.»

Den kleinen Hieb konnte ich mir nicht verkneifen. Arschloch. Verräter.

«Ja, okay. Kein Problem.»

Ray fühlt sich gerade scheinbar ein wenig unwohl. Da kann man doch helfen.

«Okay. Dann sehen wir uns ja in ein paar Stündchen. Sechs Uhr. Saufrüh, oder?», lache ich und schiebe ihn Richtung Wohnungstüre.

«Tja ... ja», stammelt Ray.

«Dann bis morgen in alter Frische. Was, Rocker?»

«Okay, dann noch 'nen schönen Abend. Oder eher Nacht», sagt Ray und huscht in den Hausflur.

«Okidoki», singe ich und schließe die Tür.

Penner.

Erst meldet der sich tagelang nicht, und jetzt will der wahrscheinlich noch ewig hier rumhängen.

Ich merke, wie mir wieder übel wird. Das Kotzen muss ich aber noch eine halbe Stunde hinauszögern, wenn möglich. Hab gerade die Pillen genommen, und ich habe nicht vor, sie wieder an die Luft zu befördern.

Ich öffne das Wohnzimmerfenster und atme durch den Mund langsam ein und aus. Ganz verschwindet der Brechreiz nicht, aber es wird besser.

Auch in meinen unteren Regionen rumort es wieder tüchtig.
Ich darf nicht vergessen, das Abführmittel zu nehmen.
Seit zwei Tagen habe ich jetzt diesen erbärmlichen Durchfall, und ich muss die Schläuche auf jeden Fall bis zum Dreh leer bekommen.
Will gar nicht daran denken, was alles passieren könnte, wenn irgendeine Pussy ihr Gesicht zwischen meinen Arschbacken hat.
Ich unterdrücke ein Lachen und konzentriere mich wieder aufs Atmen.
Das Beste wird sein, wenn ich versuche, noch ein wenig zu schlafen. Schlaf beruhigt ja, soweit man weiß.
Die kleine Reisetasche hab ich bereits gepackt, das heißt, wenn ich so um halb fünf aufstehe, hab ich Zeit fürs Duschen, 'ne kleine Ganzkörperrasur und die Durchfall-Geschichte. Dann bin ich immer noch pünktlich um sechs am Rathaus, wo uns der Bus einsammelt und in den Harz oder das Sauerland verfrachtet. Oder die Eifel?
Egal.
Ich hau mich erst mal ein bisschen hin. Der Rest wird sich dann morgen zeigen.

Nach dem Aufstehen war mir wieder kotzübel. Den Zustand hab ich aber tatsächlich mit ein bisschen Pep in den Griff gekriegt. Kurbelt den Kreislauf an.
Nach meiner Rohrfreibehandlung, die wohl einen sicheren Arbeitstag gewährleisten sollte, stelle ich mich unter die Dusche. Dabei entwickle ich kurz tatsächlich so etwas wie gute Laune.
Ungewohnt. Besonders um die Uhrzeit.
Nachdem ich mich angezogen habe, schnappe ich mir meine Reisetasche und verlasse die Wohnung. Auf dem Weg werd ich mir noch ein oder zwei Burger holen. Die füllen den Magen, und die Chancen stehen gut, dass die nicht direkt durchrollen.
Gut, dass ich mal hier rauskomme. Die letzten Tage haben mir überhaupt nicht gutgetan. Raus in die Natur. Ja, so wird's gehen.

Wird mir sicher helfen, den Kopf wieder ein bisschen frei zu kriegen.

Und ich kann gratis ein kleines Landschlösschen besichtigen. Ist ja auch was wert.

Auf dem Parkplatz vor dem Rathaus erkenne ich schon von Weitem den Reisebus. Eines von den Dingern, die einen für kleines Geld nach England, Spanien oder sonst wohin fahren, wenn man nicht fliegen kann oder will.

Ich schlucke den Rest meines Cheeseburgers herunter und gehe lächelnd auf die kleine Gruppe zu, die sich an der Kopfseite des Busses versammelt hat.

«Hey, hey», ruft Max mir zu, als er mich kommen sieht.

«Moin», sage ich fröhlich.

«Da ist ja unser Held. Seh ich dich auch mal wieder. Sieht geil aus mit den Haaren.»

Ich hab sie mir gestern Mittag frisch blondiert. *Power Platin*, wie auf der Packung stand.

«Danke, siehst auch gut aus», sage ich.

«Ja, hab ein bisschen was getan», lacht Max und macht mit seinen Armen Ruderbewegungen.

Weil ich nicht weiß, was ich darauf sagen soll, bin ich still und beschränke mich darauf, ihn anzugrinsen.

Max hört auf zu rudern und umklammert stattdessen meine Schulter mit einer Hand. Ich gehe fast in die Knie, als mich seine Stahlklaue umkrampft.

Hat der noch mehr Kraft gekriegt?

«Von den Anderen sind auch schon fast alle da. Komm», sagt Max und schiebt mich mitten in die Gruppe.

«Da haben wir Tillmann, Marco, Cem und Mario», sagt Max, und ich gebe allen die Hand, wobei mir auffällt, dass ich der Einzige bin, der einen bescheuerten Künstlernamen zu haben scheint.

«Und hier sind Tanja ...»,

«Hallo», sage ich.

«Kyra ...»,

«Hallo.»
«Sandra ...»,
«Moin.»
«Anna ...»,
«Tagchen.»
«Savannah ...»,
«Morgen.»
«Sharon ...»
«Hi.»
«Und schließlich der Star, Tira Bangs.»
«Hallo», sage ich noch einmal und gebe auch ihr die Hand. Wie die anderen Mädchen kann auch Tira nicht älter als fünfundzwanzig sein.
Tira Bangs ... Puh, zumindest bin ich nicht der Einzige mit beklopptem Namen.
«Ach, da ist ja auch schon unser Schlusslicht», schreit Max mir ins Ohr.
Ray ist gerade aus seinem Taxi gestiegen und winkt uns zu.
Stimmt. Der hat auch 'nen Pornonamen. Wobei *Mike* auch nicht besser ist. Vielleicht kommt er ja aus der DDR. Keine Ahnung, und ich werd ihn bestimmt nicht danach fragen.
Ray begrüßt artig die Runde und wendet sich dann an mich.
«Na, geht's gut?», fragt er vorsichtig.
Idiot, warum denn nicht?
«Alles blendend, wieso?»
«Mein ja nur. Wegen heute Morgen.»
Max guckt schon ganz interessiert.
«Was war denn heute Morgen?», fragt er fröhlich.
«Ja, was war denn heute Morgen?», wiederhole ich.
«Mach doch, was du willst», mault Ray und dreht sich weg.
«Aber, aber», mischt Max sich ein. «Keinen Streit zwischen meinen Leuten, oder?»
«Blödsinn. Alles toll», sage ich.
Ray ignoriert Max.

Bockiges Kind.

«Na also. Dann bin ich beruhigt», sagt Max.

Ich warte nur darauf, dass er uns auffordert, uns die Hand zu geben.

Das spart Max sich aber und beginnt laut ein Gespräch mit Frau Bangs.

Da ich nicht alleine rumstehen will, spreche ich eines der Mädchen an. Ihren Namen habe ich bereits wieder vergessen.

«Na, deine erste Produktion?», frage ich.

«Nein, ich mache das schon seit drei Jahren.»

«Ach was», sage ich.

Sie nickt heftig.

«Ja. Zuerst ein Jahr bei Magma, dann ein Jahr ohne Vertrag und dann bin ich hier gelandet.»

«Und, gefällt's dir?»

«Toll. Nette Leute, gute Regisseure und ich bin ziemlich frei. Gefällt mir gut.»

Gute Regisseure? Dann hatte sie wohl noch nie das Vergnügen mit dem Aushilfs-Fellini.

Ich erwähne ihn ihr gegenüber nicht. Am Ende war der Typ wirklich nur 'ne Aushilfe. Und was würfe das für ein Licht auf mich als Darsteller, mit so jemandem arbeiten zu müssen.

Während die Kleine noch ein bisschen über ihren Lebenslauf plappert, macht sich in mir wieder ein leichtes Unwohlsein breit.

Ich greife in eine meiner Jackentaschen. Mit nur drei Fingern öffne ich das Pillendöschen, nehme eine Tablette heraus und schließe es wieder.

Nicht übel. Vielleicht sollte ich Taschenspieler werden.

Ganz beiläufig stecke ich mir das Ding in den Mund und schlucke es herunter.

«Hey, hast noch'n Tic Tac?», fragt das Mädel.

«Oh, wie unhöflich von mir. War das letzte, sorry», sage ich.

«Wirf mal welche ein, wenn du mich später lecken solltest. Die kribbeln so geil an der Möse», lacht sie dann.

«Wenn das so ist, besorg ich mir'n paar Fisherman's Friend», sage ich und lache ebenfalls.

Die Maus will gerade etwas erwidern, als Max schon das Zeichen für den Aufbruch gibt.

Der Reihe nach werfen wir unsere Taschen in den Laderaum und betreten schließlich den Bus.

Max, der Quälgeist, lässt es sich natürlich nicht nehmen, sich gleich auf den Platz schräg neben dem Fahrer zu setzen.

Die Mädels hocken alle zusammen, die Jungs verteilen sich auf die freien Plätze.

Nur Ray setzt sich direkt neben mich.

Ich versuche ihn zu ignorieren, indem ich aus dem Fenster starre und darüber nachdenke, wie ich an den Deutschen vorbeikomme, die sich in dem Bunker verschanzt haben. Ständig fange ich mir eine Kugel ein. Das muss doch möglich sein, da vorbeizukommen. Ob ich da einfach mal'n paar Jungs rüber schicke als Kugelfang? Nein, das kann's ja auch nicht sein. Die Nazis haben sicher mehr Kugeln als ich Leute. Andererseits könnte es ja durchaus sein, dass einer von meinen Leuten durchkommt. Hmmm ...

«Ich rede mit dir, du Sack», zischt Ray und lässt mich aus meinen taktischen Überlegungen hochfahren.

«Was?», frage ich freundlich.

«Was mit dir los ist, habe ich gefragt.»

Ich sehe ihn verwundert an.

«Was soll denn sein?», frage ich.

«Lebst du jetzt auf 'nem anderen Planeten?»

Die Frage verstehe ich tatsächlich nicht, was Ray mir scheinbar ansieht.

«Was ich meine, ist, dass du seit einiger Zeit völlig verstrahlt bist. Fällst beim Vögeln von der Frau, frisst Pillen wie andere Leute Smarties und lässt mich sogar nachts in deiner versifften Bude antanzen. Findest du das normal?»

«Moment», sage ich, «wer hat mich denn mit seiner PTA-Frau ins Koma geschossen? Du hast behauptet, mir würde nix passieren.»

«Und das hat dir gefallen, oder wie darf ich deinen Konsum interpretieren?», fragt Ray und muss sich beherrschen, um im Flüsterton zu bleiben.

«... oder wie darf ich deinen Konsum interpretieren? Du klingst wie'n Apotheker», sage ich.

«Scheißegal. Da läuft was bei dir, was nicht gut ist, Mann.»

«Da läuft nix. Kein Anlass für Interpretationen.»

«Ich glaub dir kein Wort. Was hast du die letzten Tage getrieben?»

«Nix. Bisschen abhängen. Fernsehen und so», antworte ich.

«Da hab ich aber was anderes gehört.»

«Was denn gehört?»

«Dein Auftritt im *Matrix* zum Beispiel.»

Was ist denn los mit diesem Scheiß-Laden? Gehört der vielleicht der Stasi? Wie kann es denn sein, dass jeder Arsch sofort Bescheid weiß, sobald ich da mal furze?

«Was meinst du?», frage ich.

«Heißt das, du weißt noch nicht mal, was da los war?», fragt Ray ernst.

«Was soll schon los gewesen sein?»

Über sein Gesicht huscht kurz der Anflug eines Lächelns. So wie man lächelt, wenn einem der geistig behinderte Sohn ein totes Eichhörnchen schenkt.

«Irgendwer hat da 'ne ziemlich spektakuläre Show abgezogen. Und die Beschreibung passt ganz gut zu dir», sagt Ray wieder mit seinem grimmigen Gesichtsausdruck.

«Show? Klingt nicht nach mir», sage ich.

«Tja. Vielleicht weißt du ja, wer sich da auf der Tanzfläche ausgezogen und gesungen hat, er wär das Schlossgespenst, das alle fickt.»

Oh, da klingelt was ...

«Anschließend wollte derjenige mit 'ner stumpfen Rasierklinge erst sich selbst und dann allen anderen die Eier abschneiden.»

Ich lache gekünstelt. «Warum sollte ich das tun? Meine Klöten sind mein Kapital. Quasi.» Ray bleibt ernst.

«Ich finde das eigentlich nicht so lustig», sagt er.

«Warum nicht? Irgendein Spinner ist ausgeflippt. Was soll's? In ein paar Tagen weiß da keine Sau mehr was von.»

Ray atmet durch.

«Leider hat dieser Spinner ein Tablettenröhrchen verloren, auf dem der Name der Apotheke steht, in der meine Frau arbeitet.»

Upps ...

«Ach du Scheiße», sage ich.

Ray lehnt sich im Sitz zurück.

«Halb so wild. Ein Bekannter von mir hat das Ding gefunden und weggeschmissen.»

«Tja, Ende gut, alles gut», lache ich.

Ray lehnt sich ein Stück zum Gang hinaus, so, als wolle er mich vollständig im Blick haben.

«So, findest du?»

Langsam nervt mich unsere Unterhaltung.

«Was soll ich dazu sagen? Tut mir leid?», frage ich.

«Zum Beispiel. Aber interessanter fände ich, wenn du mir sagst, was mit dir nicht stimmt.»

Jetzt fängt der auch noch an. Wusste gar nicht, wie sensibel und mitfühlend so Pornoficker sein können.

«Was, verdammt noch mal, soll denn los sein? Was hast du für'n Problem mit mir?», frage ich.

Einige Köpfe drehen sich nun zu Ray und mir. Scheinbar war ich ein wenig lauter.

Ray rückt wieder näher an mich heran.

«Du benimmst dich wie'n Arsch in letzter Zeit. Das ist mein Problem mit dir», sagt er.

Der Bus fährt auf die Autobahn und gibt Gas. Nun müssen Ray und ich nicht mehr so sehr flüstern. Außerdem hat das den Vorteil, dass wir schneller am Ziel sind und ich mir Rays Geseire nicht mehr so lange anhören muss.

«Ts», mache ich, weil ich nicht weiß, was ich darauf sagen soll.

«Leck mich doch am Arsch, Fickschädel», brummt Ray.

«Warum? Ich denke, du stehst drauf, wenn man dich mit 'nem Dildo fickt», sage ich.

«Schon klar, du Wichser. Mach doch, was du willst. Renn wie'n Crackbaby durch die Gegend, kotz die Leute voll und lass dich aus jedem Laden werfen, den's gibt. Aber komm nie wieder an mit deinem *Oh, bitte bitte, bring mir Pillen, ich bin so unruhig. Und ich kann nicht in meiner eigenen Scheiße schlafen, wenn ich nicht drauf bin.*»

Den letzten Satz hat Ray mit quiekender Stimme und so einem verheulten Gesichtsausdruck gesagt. Auf solche Verarschereien steh ich gar nicht.

«Lass bloß den Scheiß bleiben», warne ich ihn.

Ray behält seine Grimasse bei.

«Lass bloß den Scheiß bleiben», äfft Ray mich nach. «Du weißt doch, wie dünnhäutig wir Junkies sind.»

«Verpiss dich, du Bastard, bevor ich dir aufs Maul haue», sage ich.

«Klar. Kannst ja ein bisschen auf mir rumtanzen. Bist ja'n richtiger Travolta, wie man hört.»

Ich ramme meinen Ellbogen mit aller Kraft in Rays Magen, sodass ihm sofort die Tränen in die Augen schießen und er nach Luft ringt.

«Ich hab dich gewarnt, Fotze», zische ich.

Ray nickt und steht vom Sitz auf, wobei er sein Keuchen nur schlecht unterdrücken kann.

«Wenn das hier vorbei ist, will ich nichts mehr mit dir zu tun haben. Und du kannst dir 'nen neuen Dealer suchen, Arschloch», sagt Ray und verschwindet einige Reihen hinter mir.

Der Wichser! Nicht nur, dass er mich hat hängen lassen, jetzt schwingt er sich auch noch zum Moralapostel auf. Ausgerechnet der. Ich bin es nicht, der seine Freunde verrät. Ich bin es nicht, der seine Freunde mit Drogen vollpumpt, dass sie beinahe tot umfallen, und ihnen das dann auch noch vorwirft.

Aus meiner Jackentasche fummle ich noch eine Tablette. Der Spinner hat mich so aufgeregt, dass ich erst einmal wieder runterkommen muss.

Irgendwann, nachdem sich einige Mädchen lautstark darüber beklagt haben, dass sie pinkeln müssen, fährt der Bus an eine Raststätte.

Wir steigen aus, um uns die Beine zu vertreten. Ray wartet im Bus, bis ich mich einige Meter entfernt habe.

Kindisch.

Mit Cem gehe ich in das Restaurant.

«Ist ja'n richtiger Auftrag für dich», plappert Cem plötzlich, als wir das Gebäude betreten haben.

«Wieso Auftrag?», frage ich.

«Ey, ja, der Max. Der hat ja noch richtig was vor mit dir und deinem Kumpel, hat er gesagt.»

«Ach ja?»

Ich muss diesen Typen loswerden, ich will ja schließlich noch ein bisschen einkaufen.

«Klar», sagt Cem. «Weißte nicht? Hat er nicht gesagt?»

Wo hat der denn gelernt, Sätze zu bilden?

«Was denn?», frage ich.

«Ja, Mann. Der baut euch gerade richtig auf, weißte? Dein Kumpel und du sollen *DiViDA* richtig durchstarten helfen. Hat er gesagt gerade zum Tillmann. Kennen sich schon ewig, die zwei beiden.»

«Ach das. Ja, weiß ich», lüge ich.

Selbst wenn Max das gesagt haben sollte, muss das ja noch nicht zwangsläufig stimmen. Ich hab so ziemlich alles und jeden auf allen erdenklichen Möbelstücken gevögelt. Und außer Geld hab ich davon nichts gehabt.

Na ja, Geld und 'nen Kollaps.

Immerhin darf ich mittlerweile ein Gespenst spielen. Etwas mit Charakter. Wie Patrick Stewart. Der war mal *Das Gespenst von Canterville.* Und ist zudem Mitglied der Royal Shakespeare Company. Und war Captain der Enterprise.

«Und, ist doch ganz cool, oder?», reißt Cem mich aus meinen Gedanken.

«Was ist cool?», frage ich.

«Dass du bald vielleicht eines der Zugpferde der Firma bist.»

«Na ja, so weit sind wir ja noch lange nicht», sage ich milde lächelnd.

Mir wird erst jetzt klar, dass Ray und ich die Hauptrollen haben. Ich bin das Gespenst und er der König. Scheiße, wir werden eine Million Szenen miteinander haben ...

«Ach was», sagt Cem, «der Max hat schon so einige Stars gemacht. Deswegen kriegt er bei Guido ja auch so viel.»

«Hm. Wer ist denn einer von seinen Stars?», frage ich interessiert, denn dass man Max in irgendeiner Weise ernst nehmen müsste, kam mir noch gar nicht in den Sinn.

«Ey, viele. Tira Bangs, Honey Slutt, Jake Wood-Hard, John Mayham und noch'n paar.»

«Max hat anscheinend ein Faible für bescheuerte Namen», stelle ich fest.

Cem grinst mich an und nickt.

«Is so 'ne Macke von ihm. Lässt einen internationaler klingen, meint er. Mich wollte er Mel Dickson nennen, aber ich hab Nein gesagt.»

«Man kann das ablehnen?», frage ich erstaunt.

«Klar. Ich bin Türke und brauch keinen australischen Verarsch-Namen, hab ich gesagt. Vor allem seh ich gar nicht aus wie Mel Gibson.»

Da hat der arme Cem leider Recht.

Aber Mist! Ich hätte mir 'nen anderen Namen geben lassen können. Oder? War 'ne wilde Zeit damals im Flieger. Ist ja auch egal, Rod Reptile ist okay. Meinen richtigen Namen hätte ich sowieso nicht nehmen wollen.

«Aber Rod Reptile klingt schon scharf», sagt Cem, als könne er Gedanken lesen.

«Hätte zumindest schlimmer kommen können», lache ich.

«Stimmt.» Sympathisch ist er ja, der Cem. Aber langsam hätte ich Lust, mir was zu trinken zu kaufen. Und um irgendwelche überflüssigen Diskussionen zu vermeiden, wäre ich dafür lieber alleine.

Ich bin einige Zeit lang still, und tatsächlich scheint Cem die Lust an weiterer Konversation zu verlieren.

Als er sich eine Handvoll BiFis krallt und damit zur Kasse schlendert, sehe ich mich ein wenig in dem Kiosk-Bereich um.

Die kleinen Wodkafläschchen sind im Angebot, weswegen ich mir zehn Stück davon einpacken lasse. Wodka ist super, weil man ihn im Atem nicht riechen kann.

Und bei Busfahrten ist er seit den ersten Klassenfahrten absolut unentbehrlich.

Wieder draußen sehe ich mich nach Ray um, entdecke aber nur Cem, der sich seine gepressten Fleischabfälle schmecken lässt.

Türke heißt wohl nicht zwangsläufig Moslem.

Ich kippe den ersten kleinen Wodka hinunter und zünde mir eine Zigarette an.

Hinter mir verlassen Max und die Mädchen das Restaurant.

Hat ihm sicher gefallen, mit einer Meute leicht bekleideter Schönheiten die rechtschaffenen Familienväter neidisch zu machen.

«So, weiter geht die wilde Fahrt», lacht Max und setzt zu seinem Special-Move an, dem einhändigen Lunge-Rausklatschen-mit-der-flachen-Hand.

Ich weiche jedoch rechtzeitig aus, und wir lachen uns an.

«Hey, nicht übel», sagt Max. «Erhalt dir die Geschmeidigkeit für die Arbeit.»

Max und die Mädchen ziehen weiter in Richtung des Busses.

Ich trete meine Zigarette aus und folge ihnen.

Im Inneren haben bereits fast alle wieder Platz genommen. Ray, der Idiot, hat sich jetzt sogar ganz nach hinten gesetzt.

Glaubt der, ich schlage ihn sonst tot?

Affe.

Als der Bus wieder zu schaukeln beginnt und sich langsam auf die Ausfahrt der Raststätte zu bewegt, trinke ich den zweiten Wodka und schaue amüsiert zu, wie eines der Mädchen im Mittelgang steht und unter lautem Gejohle der anderen einen Surfer imitiert.

Zwar kenne ich keinen Surfer, der beim Sport seine nackten, gepiercten Doppel-D-Körbchen schwenkt, aber das sind Details.

Der Alkohol lässt mich in Verbindung mit dem sanften Wiegen des Busses bald einschlafen.

Ist ja auch immer noch verdammt früh.

Max' krächzende Stimme aus den Deckenlautsprechern lässt mich aufschrecken.

«So, Leute. Gleich haben wir's geschafft. Die Technik müsste schon da sein und dafür gesorgt haben, dass wir'n Frühstück kriegen.»

Mit verklebten Augen schaue ich aus dem Fenster und sehe in ein riesiges Tal. Aus dem dichten Wald lugen nur selten kleine Häuschen hervor, ansonsten sieht es hier aus, als habe man uns mitten ins Nirgendwo verfrachtet.

Max quatscht noch irgendetwas, das ich aber nicht genau verstehe. Das Mikrofon bereitet ihm sehr viel Freude, denn er legt es nach fünfminütigem Monolog nur sehr widerwillig aus der Hand.

Wir zuckeln nun eine Landstraße entlang, und ich taumele in die kleine WC-Kabine. Mein Urinstrahl trifft die Plastikschüssel nur zum größten Teil. So, wie es hier drin aussieht, bin ich aber nicht der Einzige, der mit seinen Zielversuchen kläglich gescheitert ist.

Die armen Mädels, die sich auf so was setzen müssen.

Obwohl gerade unsere Besatzung schon auf ganz anderen Sachen gesessen haben dürfte.

Ich hangle mich vorsichtig von Sitz zu Sitz auf meinen Platz zurück, wobei ich pingelig darauf achte, Ray keines Blickes zu würdigen.

Nach Max' Durchsage erreichen wir in ein paar Minuten das *Jagdschloss Waldesruh*, wenn ich den Namen richtig verstanden habe. Endlich.

Auch wenn ich nicht ganz genau weiß, wie lange die Fahrt gedauert hat, bin ich froh, aus diesem Bus herauszukommen.

Der Kies knirscht unter den Reifen, als wir auf das Grundstück fahren. Durch das Fenster sehe ich ein paar Jungs, die ein Stück weiter weg ihren VW-Bus entladen. Kameras, Lampen, die an hohen Stangen angebracht sind, einige Kisten und jede Menge Kabeltrommeln.

Sieht nach richtiger Plackerei aus. Gut, dass ich aus dem Alter für solche Hiwi-Jobs heraus bin.

Ich rauche eine Zigarette und warte, bis der Busfahrer den Laderaum geöffnet und alle ihr Gepäck herausgenommen haben. Gelegentlich versucht Cem, sich mit mir zu unterhalten. Allerdings bin ich nicht in Stimmung für Small Talk und antworte ihm nur durch Nicken oder überhaupt nicht, während ich mit der Schuhspitze einen schwarzen Kiesel balanciere.

Irgendwann schnappt sich auch Cem seine Tasche und trollt sich.

Ich schleudere den Stein in ein Gebüsch und nehme mir jetzt auch mein Gepäck aus der Ladeluke. Ich höre, wie der Fahrer hinter mir die schweren Klappen zufallen lässt, als ich den Eingang des Schlösschens betrete.

Die Tasche über der Schulter sehe ich mich um. Imposant, das muss man schon sagen. Über der Eingangshalle schwebt ein riesiger Kronleuchter, auf dem geschätzte sechs Milliarden Glühbirnen stecken müssen. Wenn die den einschalten, hat das örtliche Kraftwerk aber 'ne Kernschmelze, vermute ich.

«Okay», beginnt Max, als wir uns um ihn herum versammelt haben, «nebenan ist ein kleines Frühstücksbuffet aufgebaut. Holt euch bei mir eure Zimmerschlüssel, ladet euer Zeug ab und haut rein. Alles Weitere besprechen wir da.»

«Dreck», höre ich Ray murmeln, als er seinen Zimmerschlüssel nebst einem Zettel in die Hand gedrückt bekommt.

Da ich nicht annehme, dass hier jeder sein eigenes kleines Reich zugewiesen bekommt, kann ich mir denken, was sein Missfallen erregt hat.

Ich selbst bin über meinen Zimmergenossen auch nicht begeistert. Immerhin müssen wir's hier ein paar Tage miteinander aushalten. Ray trottet die Stufen hinauf, ich bleibe in gebührendem Abstand hinter ihm.

Ich lasse mich auf mein Bett fallen und schaue zur Decke. Wirklich, der Raum könnte kaum gemütlicher sein. Hier wurde viel Holz verarbeitet, zusätzlich hat das Zimmer hohe, stuckverzierte Decken.

«Nicht übel, oder?», sage ich zu Ray, der am Fenster eine Zigarette raucht und noch kein Wort geredet hat, seit wir hier im ersten Stock sind.

«Geil», sagt er tonlos.

«Hör mal. Tut mir leid irgendwie. Das im Bus, meine ich.»

«Aha.»

Ich setze mich und wühle in meiner Reisetasche, damit meine Hände beschäftigt sind.

«Können wir das nicht ... irgendwie vergessen?», frage ich.

Ich höre Ray Luft durch die Zähne pressen. Kein gutes Zeichen.

«Leck mich», sagt er dann.

«Soll das jetzt die ganze Zeit so gehen?», frage ich.

Ray wirft die Zigarette aus dem Fenster und dreht sich zu mir um.

«Ja, das soll jetzt die ganze Zeit so gehen. Ich bin fertig mit dir, wenn du's vorhin noch nicht geschnallt hast.»

«Das klingt jetzt aber sehr streng», lache ich.

«Bist du schon wieder zugedröhnt?»

Ja.

«Nein», sage ich, wieder ernst.

«Ich bin draußen ein bisschen Luft schnappen, falls mich jemand sucht.»

Ray verzieht sich nach draußen und knallt zu meiner Überraschung nicht mit der Türe.

«Spinner», sage ich und lege mich wieder hin.

Ich trinke noch einen Wodka und lese das «Drehbuch», das Max vorhin ausgegeben hat.

Ein paar Seiten, in denen grob alle geplanten Szenen geschildert sind. Plus Text. Allerdings nicht wörtlich, nur sinngemäß.

Nicht schlecht. Das scheint ein richtiger altmodischer Sexfilm zu werden. So was macht man heute viel zu selten.

Im Spiegel über dem kleinen Waschbecken überprüfe ich kurz mein Gesicht. Ein bisschen pickelig und müde, sonst ist alles im Lot.

Ich schließe die Türe hinter mir und springe die Stufen hinunter in den Speisesaal, in dem das Buffet für uns aufgebaut wurde.

Hunger hab ich zwar keinen, aber man muss sich ja zumindest blicken lassen, schätze ich.

In dem Saal haben sich bereits beinahe alle versammelt.

Ich nehme an der riesigen Tafel Platz, die in der Mitte des Raumes steht, und bewundere das Ambiente.

Der Raum erfüllt so ziemlich jedes Klischee, das einem bei dem Begriff *Jagdschloss* in den Sinn kommt: großer offener Kamin, die Wände über und über voll mit ausgestopften Tierschädeln und Geweihen, und in einer der Ecken erkenne ich sogar einen Waffenschrank, in dem sechs Gewehre in Reih und Glied auf ihren Einsatz warten.

War sicher nicht billig, sich den Schuppen hier für ein paar Tage zu mieten.

Ich greife mir eine der großen Kannen und schenke mir eine Tasse Kaffee ein.

Kaffee geht immer.

Max redet mit einem Mann, der die ganze Zeit nervös mit seinen Augen zwinkert und ein rotes Basecap trägt. Wird so um die vierzig sein.

Sein ständiges Blinzeln macht mich irre, weswegen ich mich einen Moment lang auf den Inhalt meiner Tasse konzentriere.

«Okay, sind dann jetzt alle hier?», fragt plötzlich jemand laut in die Runde.

Ich sehe auf.

Knibbelauge hat sich erhoben und sieht sich lächelnd im Raum um.

«Neeeiiinn», raunt es durch den Raum, als wären wir im Kaspertheater.

Knibbel grinst kurz und sieht dann zu Max herunter.

«Du kannst sicher auch so anfangen», sagt der ruhig und klopft ihm auf den Rücken.

Knibbel stellt sich uns als Marcus mit c vor und sagt, dass er der Regisseur von *Hui Buh* sei.

«Dil Doh!», ruft eines der Mädchen dazwischen, und die anderen beömmeln sich regelrecht vor Lachen.

«Ja, natürlich, Dil Doh», lacht Marcus und stellt uns dann lang und breit sein Konzept vor.

Dass er einen Film mit intelligenter Handlung will, dass er lebendige und realistische Dialoge wünscht, dass er auf gute Bilder Wert legt und schließlich, dass er von uns allen verlangt, dass wir uns voll einbringen und uns auch mit Kritik oder Vorschlägen an ihn wenden mögen, so wir denn welche hätten.

Wir applaudieren, nur Max klopft mit den Knöcheln auf die Tischplatte.

Oho, hat der feine Herr etwa einmal studiert ...?

Max, als unser bevollmächtigter Vertreter, sichert Marcus unsere volle Motivation zu.

«Und auf die Arbeit mit euch beiden freue ich mich am meisten», sagt Marcus dann und blickt erst Tira, dann mich an.

«Ich?», frage ich.

«Von dir hab ich ja schon einiges gesehen, echt beeindruckend. Tira, du bist sowieso die Beste», grinst Marcus.

Tira wirft Knibbel ein Kusshändchen zu.

«Ich freu mich auch schon. Mal sehen, ob du deinem Ruf gerecht wirst», lacht Tira zu mir herüber.

«Noch lachst du, Flittchen», sage ich und zwinkere ihr zu.

Wie der Rest der Leute bricht Tira in lautes Gegacker aus.

«Wie lacht man denn mit 'nem Schwanz im Hals?», feixt jetzt auch Marco.

«Das musst du doch wissen», sage ich zu ihm, worauf das Gackern in lautes Lachen umschlägt.

Gute Stimmung hier. Wusste gar nicht, wie prominent ich bin. Und wie witzig.

«Alles klar, Leute», sagt Max schließlich, als Marcus mit c sich wieder gesetzt hat. «Dann macht euch 'nen schönen Tag. Und heute Nachmittag geht's pünktlich um zwei los.»

Wir nicken Max zu.

Ich setze mich zu Tira und den anderen Mädchen und trinke, während wir plaudern, meinen Kaffee.

Macht richtig Spaß hier.

Wenn man ein Star ist.

Ich hocke auf einem mit Leder bespannten Bock im Keller des Schlösschens und lese die Rollen des Drehbuchs, die das fürchterliche Gespenst, also mich, betreffen.

Zu meiner Erleichterung habe ich nur am Ende des Streifens eine Szene mit König Ray.

Da sich mein Magen seit heute Morgen nicht mehr gemeldet hat, bin ich ganz zuversichtlich, dass ich normal arbeiten kann.

Heute Morgen habe ich mich nach dem Frühstück, unter dem Vorwand, es auch einmal ausprobieren zu wollen, den Frauen angeschlossen, als sie sich im Badezimmer gegenseitig Darmspülungen verabreicht haben. Als Sandra mir den Gummischlauch hinten reingeschoben und begonnen hat, auf die kleine, am anderen Ende des Schlauches sitzende Pumpe zu drücken, hab ich einen Moment geglaubt, mein Kreislauf breche zusammen.

Erstaunlich, wie schnell man sein natürliches Schamgefühl verliert und sich hemmungsfrei vor nackten Frauen auf die Kloschüssel hockt, wenn man glaubt, man müsse sonst explodieren.

So was erklären sie einem nicht in Sexualkunde.

Nachdem ich mich also unter lautem Gejohle und «Da passen noch ganz andere Sachen rein, Baby»-Rufen entleert habe, bin ich in mein Zimmer zurück, hab noch 'ne Pille genommen und habe mich ein wenig schlafen gelegt.

Unglaublich, dass sich die Mädels das vor jedem Dreh antun.

Ich blättere das Drehbuch noch einmal von Anfang an durch.

Zuerst sind Sandra und Savannah mit 'ner Lesboszene dran. Dann kommen König Ray, Lakai Cem, Ritter Mario und Mundschenk Marco.

Aha.

Ich versuche mich an meine Hui-Buh-Hörspiele zu erinnern. Soweit ich weiß, gab's da keine Ritter, oder?

Marcus' kalte Hand in meinem Nacken lässt mich hochfahren.

«Gehst du einmal hoch zur Sabine, die hilft dir mit deinem Kostüm. Wir haben da noch nichts Endgültiges.»

Ich nicke und schiebe mir das gerollte Skript in die Gesäßtasche.

«Morgen», begrüßt mich eine Frau um die fünfzig gelassen in einem der kleineren Räume, in dem Spiegel und Kleiderständer aufgestellt sind.

«Sabine?», frage ich.

Sie nickt und deutet auf einen der mannshohen Spiegel.

«So, dann zieh dich'ns aus, Jung. Und wir kuck'n ma», sagt Sabine in breitestem Düsseldorfer Platt.

Nachdem ich Jeans und T-Shirt auf einen Stuhl geworfen habe, betrachtet mich Sabine ausgiebig von allen Seiten.

«Ich weiset nich», schnauft sie dann.

«Was denn? Bin ich nicht hübsch?», frage ich lachend.

«Nit so hübsch wie minne Mann», lacht sie und gibt mir einen Klaps auf den nackten Hintern.

Sabine greift sich ein weißes Laken von einer der Garderoben und hält es prüfend vor mich.

«Hm», macht sie dann.

«Was denn?», frage ich.

«Dat sieht bescheuert aus, wat de Maacus sich da vorstellt. Da kommen de Mädels doch bei dir an nix mehr dran.»

«Was sollte das denn werden?»

«Ich soll dich dat über de Kopp ziehen und dann ma kuck'n, ob du wie'n Jeschpenst aussiehs», antwortet Sabine.

«Tja, und?», frage ich schulterzuckend.

«Bis jetz siehsse nur aus wie'n Spinner mit'm Bettlaken.»

«Tja», sage ich.

«Ich hol' mich ersma'n Zijarett», schnauft Sabine, setzt sich auf einen Drehstuhl und zündet sich eine Zigarette an.

«Und ich?», frage ich und überlege, wie lange ich hier noch nackt herumstehen soll.

«Na jut», sagt Sabine und schiebt die Zigarettenschachtel langsam in meine Richtung.

Auch wenn das nicht das war, was ich meinte, setze ich mich auf einen Stuhl neben ihr und nehme mir eine Zigarette aus der Packung. Sabine gibt mir Feuer.

«Kommst du gleich auch ma wegen die Pickel an dinne Pflaume?», ruft Sabine plötzlich über mich hinweg.

Ich drehe den Kopf zur Türe und sehe gerade noch Kyra vorbeihuschen.

«Manche lernen dat nich», sagt Sabine zu mir und verdreht die Augen.

«Was denn?», frage ich.

«Rasieren sich dat Ding einen Tag vorher, und dann jammern se, dat se wie'n Streuselkuchen aussehen anne Spalte.»

«Aha», sage ich und sauge mit aller Kraft an der dünnen Eve-Zigarette.

«Na ja, ich schmink denen dat weg, dat kann man machen», sagt Sabine und drückt ihre Zigarette in einem kleinen Metallteller aus, den sie mir anschließend reicht.

«Vielleicht machen wa dat janz anders.»

«Mit Kyras Make-up?»

«Pappkopp. Mit dem Jeschpenst. Ich schneid da wat ab und dann krisse sowat wie 'ne Halskrause. Die färb ich dann grau. Könnte jut aussehen, wenn wa dein Jesicht noch wat schminken.»

«M-hm», mache ich.

«Da würd auch nix verrutsche und dat wär auch de Kamera nich im Weg.»

«Klingt gut», sage ich, auch wenn das Bild, das in meinem Kopf entsteht, nicht viel mit einem gruseligen Gespenst gemein hat.

«Wann bisse dran?»

«Keine Ahnung. Ich schätze, in einer Stunde.»

«In'n Stund? Der is doch bescheuert, der Kerl», schimpft Sabine und steht vom Stuhl auf.

«Dann ma hopp.»

Eine halbe Stunde später betrachte ich mich im Spiegel.

Ich trage einen grauen Poncho, auf den Sabine noch eine Art Marmoreffekt gemalt hat. Mein Gesicht und die Arme sind weiß geschminkt, und unter meinen Augen zeichnen sich breite, schwarze Ränder ab.

Ich sehe aus wie ein nacktes Kind, dessen Eltern kein Geld für ein vernünftiges Karnevalskostüm hatten.

«So jedet doch», sagt Sabine zufrieden und zeichnet den schwarzen Rand unter meinem linken Auge nach.

Sie geht ein Stück zurück, um ihr Werk in voller Pracht zu begutachten.

«Ja. Also, wenn du'n Jeschpenst wärs, hätt ich Angs vor dir.»

«Ich hätte vor jedem Angst, der mir so entgegen kommt», lache ich.

«Dat stimmt auch wieder.»

«Okay, bin ich dann fertig?»

«Dat du fertich bis, dat sieht man», sagt Sabine und schüttet sich aus vor Lachen.

Die ist bestimmt auch im Karnevalsverein ...

«Okay. Ich geh dann mal schauen, ob mein Typ verlangt wird», sage ich.

«Mach dat. Viel Spaß, Jung», sagt Sabine und zündet sich eine weitere Zigarette an.

«Danke, bis später.»

«Nix zu danken, is mein Schobb.»

Ich gehe zurück in den Keller, wo ich laut Drehbuch einer Magd erscheine und die Burg für mich beanspruche.

Die Wirkung der Pille, die ich auf dem Weg mit einem Mini-Wodka heruntergespült habe, breitet sich in Form von wohliger Wärme in meinem Körper aus.

«Buh», rufe ich und packe Marcus von hinten.

Wortlos sieht er an mir herunter und nickt.

«Okay, sieht gut aus», sagt er dann und blättert wieder in irgendwelchen Unterlagen.

Ein bisschen mehr Enthusiasmus hätte ich mir schon gewünscht. Schließlich laufe ich so auch nicht jeden Tag herum.

Als sich schließlich auch Anna und Tillmann im Keller einfinden, erklärt Marcus, wie er sich die Szene vorstellt.

Anna trägt ein Kostüm, das in der Tat stark an eine mittelalterliche Magd erinnert. Zumindest stelle ich mir so eine vor.

Tillmann hat einfach nur ein Hemd und eine braune Wollstrumpfhose an. Da er laut Plan weder Ritter noch Mundschenk ist, gehört er scheinbar nicht dem Hofstaat an.

Vielleicht ein Penner.

Einer, der vor dem Wirtshaus Obdachlosen-Pergamentrollen verkauft.

«Was gibt's denn zu grinsen?», lacht Tillmann mir zu.

Noch bevor ich es ihm erklären kann, bittet Marcus uns an unsere Plätze.

Die Kamera hält auf eine alte Mauer, vor der eine auf alt getrimmte Holzbank steht.

Eine unschöne Stelle für eine Aufnahme. Das Gemäuer sieht feucht und kühl aus.

«Bild und Ton fertig», sagt der Typ an der zweiten Kamera, und Marcus bedankt sich bei ihm.

Dann sieht er sich noch einmal um und gibt dann das Kommando.

Anna spaziert verträumt blickend ins Bild und setzt sich auf die Bank. Ein paar Sekunden spielt sie schweigend mit ihrem Haar, bis auch Tillmann ins Bild kommt.

«Junges Fräulein, so alleine an einem so ungastlichen Ort?», fragt Tillmann freundlich.

«Mein Herr, gelegentlich ziehe ich die Einsamkeit vor, bin ich doch noch fremd in dieser Gegend.»

Während sie das sagt, erkennt man deutlich Tillmanns Schwanz, der sich unter der Strumpfhose aufbäumt.

«Dann lasst mich euch ein Geschenk machen. Zur Begrüßung.»

Er zieht seine Hose herunter und hält der Magd seinen Prügel ins Gesicht.

«Oh, mein Herr, wie gut ihr gewachsen seid.»

«Danke.»

Anna prustet los, auch Tillmann muss lachen.

«Danke?», kichert sie.

«Und stop!», ruft Marcus.

«Sorry, aber ich konnte nicht mehr», sagt Anna und wischt sich Tränen aus den Augen.

«Die hat gelacht, da musste ich auch», sagt Tillmann und zeigt auf Anna.

Marcus bleibt ruhig.

«Alles klar. Einfach noch mal von vorne», sagt er und sieht wieder durch den Sucher der Kamera.

Anna schlendert wieder auf die Bank zu und spielt mit ihrem Haar.

Kurz darauf folgt ihr der Penner ins Bild.

«Na, schönes Fräulein. So ganz allein auf der Bank?»

Man hört Anna glucksen, während sie versucht, ein ernstes Gesicht zu machen.

«Stop», sagt Marcus.

«Ich hab nix gemacht», verteidigt sich Tillmann gleich.

«Hey, Baby, ganz alleine auf der Bank? Bock auf'n Bier?», imitiert Anna Tillmann und lacht noch einmal laut auf.

«Echt, Leute. Ein bisschen ernster, okay?»

Marcus schaut schon ein wenig genervt.

«Also nochmal», sagt er knapp.

Die Szene wiederholt sich ein weiteres Mal, bis Tillmann der Magd seinen Schwanz hinhält.

Diesmal läuft alles glatt, und Anna bläst Tillmanns Ding.

«Oh, Ihr seid gut bewandert in dieser Kunst», stöhnt der Penner.

Die Magd klemmt sich das Teil zwischen die Brüste, und Tillmann vögelt gleich wild drauf los.

«Nicht so stürmisch, Herr. Euch entgeht sonst dies.»

Anna dreht Tillmann den Hintern zu und rafft ihren weiten Rock.

Hallöchen! Wär in der Tat 'ne Schande, sich das entgehen zu lassen.

Ich knete an mir herum, bis mein Schwanz eine vorzeigbare Größe erreicht hat.

«Nun, wenn das so ist, holdes Fräulein, lasst mich Euch tüchtig stopfen», brummelt der Penner und geht einen Schritt auf Annas Hintern zu.

«Haltet ein!», gebiete ich in schönstem Bariton und trete auf.

«Oh nein! Wer seid Ihr?», quietscht die verängstigte Magd und rollt sich auf der Bank zusammen.

Auch dem Burschen mit den Strumpfhosen auf den Knien stehen die Haare zu Berge.

«Dies ist kein Ort für Euch! Verschwindet aus meinem Schloss!», befehle ich.

«Seid Ihr ein Geist? Der Himmel stehe mir bei, wenn es so ist», sagt der Gammler.

Ich neige bedeutungsvoll mein Haupt.

«Oh Graus!»

Tillmann gibt Fersengeld, und ich wende mich der zitternden Magd zu.

«Was habt Ihr mit diesem Unhold zu schaffen?», frage ich streng.

«Gar nichts, Herr. Ich schwöre es Euch.»

Das überzeugt das Gespenst natürlich nicht.

«Wohlan, beweist mir denn, wem Eure Treue gilt. Einem Wegelagerer oder dem Geist des Burgherren», sage ich und halte Anna meinen Schwanz hin.

Die Magd lässt sich gleich auf die Knie fallen und macht sich darüber her.

Nach einiger Zeit ziehe ich sie zu mir nach oben, drehe sie um, mit dem Rücken zu mir.

Mit einem Arm ziehe ich ihr linkes Bein hoch und dringe langsam in sie ein.

Das Licht der Kamera wärmt meinen Hintern angenehm.

Die Magd stöhnt laut, und die zweite Kamera schwebt vor ihrem Gesicht.

Als ich sehe, wie die Kameras wieder auf Abstand gehen, drücke ich das Gesicht der Magd auf die Bank und stoße etwas schneller zu.

Wieder geht die zweite Kamera zu Annas Gesicht, während mir Marcus direkt am Hintern zu kleben scheint.

Hoffentlich hat der Einlauf vorhin was gebracht. Jetzt wäre der denkbar schlechteste Moment für eine Panne, überlege ich.

Ich drehe und wende die Magd noch mehrere Male, bis Marcus schließlich seine Faust schüttelt.

Alles klar.

«Nun, beweist mir Eure Treue», schnaufe ich und drücke Annas Mund an meine Eier, die sie sofort wie einen Knebel im Mund hält.

Als ich so weit bin, ziehe ich die Magd an den Haaren ein Stück von mir weg und spritze ihr ins Gesicht. Vielmehr auf die Stirn.

Nobody's perfect.

«Jahahaaa», stöhne ich.

Anna schaufelt sich mein Sperma mit den Händen in den Mund. Dabei lässt sie ihre Zunge keinen Moment in den Mund zurück.

Professionell schiebt sie sich alles noch mehrmals über die Lippen, bevor sie es endgültig schluckt.

«Perfekt, danke», ruft Markus.

Ich helfe Anna auf, und wir setzen uns auf die Bank.

«Okay. Jürgen und Nemo, ihr bleibt bitte hier», und zu uns: «Euch sehe ich dann heute Abend.»

«Alles klar», sagen Anna und ich.

«Dein Zeug schmeckt aber tierisch bitter, was hast'n gegessen? Spargel oder so was? Ist ja eklig.»

«Eklig?», frage ich.

«Ein bisschen. Nimmst du Medikamente?»

Ich schüttle energisch den Kopf.

«Dann trink Saft. Das Zeug geht ja gar nicht», sagt Anna und wischt sich mit einem Taschentuch über die Zunge.

Ein bisschen sensibel, die Kleine, denke ich, obwohl mir ihre Bemerkung peinlich ist.

Das Beste wird sein, wenn ich ein paar Liter Ananassaft kippe, bevor ich nachher wieder ranmuss. Macht das Sperma ja angeblich süß.

Wir werden sehen.

Die entscheidende Schlacht

Ray betritt unser Zimmer, als ich gerade eine Zigarette in einer ausgehöhlten Ananashälfte ausdrücke.

Ohne mir weiter Beachtung zu schenken, holt er eine Flasche Bodylotion aus seinem Koffer und schmiert sich mit dem Zeug ein.

Unser Schätzchen fürchtet sich wohl vor trockener Haut.

«Na, geht's gleich wieder los bei dir?», frage ich und fühle meine Zunge bleischwer in meinem Mund liegen.

Ray sieht kurz abfällig über seine Schulter, cremt aber ohne Unterbrechung weiter an sich rum.

«Hast du das mitbekommen? Was Max gesagt haben soll?», frage ich.

«Was denn?», fragt Ray ohne jede Neugier in seiner Stimme.

«Na ja», beginne ich, «Max hat da wohl etwas zu Cem gesagt. Keine Ahnung, ob's stimmt ...»

Vor allem bin ich mir nicht mehr sicher, ob ich Cem richtig verstanden habe.

Ray hebt gelangweilt die Arme.

«Willst du jetzt mit mir tratschen, oder was soll der Zirkus?»

«Nein. Ich will nur sagen, dass der Film hier wohl wichtig ist», sage ich bedeutungsschwanger.

Scheinbar nicht bedeutungsschwanger genug, denn Ray dreht mir wieder den Rücken zu und cremt seine Oberschenkel.

«Aha», ist seine knappe Antwort.

«Ja, einer von uns wird scheinbar der neue Stern am Himmel von *DiViDiA*. Abgefahren, oder?»

Auch wenn ich versuche, möglichst gleichgültig zu klingen, sprudeln die Sätze nur so aus mir heraus. Das verdammte Speed.

«Dann streng dich an, vielleicht hast du ja Glück.»

Schon wieder dieser Ton. Als ob ihm das alles am Arsch vorbeiginge.
«Ach ... na ja», sage ich und klinge dabei so desinteressiert, dass ich es mir selber nicht abkaufe.
«Wird toll für dich. Kannst dich zum Star ficken. Vielleicht gibst du irgendwann sogar Autogramme», sagt Ray.
Sein Sarkasmus dringt sogar durch meine betäubten Ohren.
«Oder du», kontere ich so schlagfertig wie möglich.
Ray streift sich eine Jogginghose und ein Shirt über.
«Du machst das schon», sagt er. «Im Gegensatz zu dir ist das hier nicht mein Leben.»
«Was soll das denn heißen?», rufe ich und springe beinahe vom Bett auf.
«Hast mich schon verstanden.»
«So ein Scheiß.»
«Natürlich», sagt Ray ruhig.
«Natürlich am Arsch.»
Ray setzt sich auf sein Bett und sieht mich irgendwie traurig an.
«Und guck mich nicht so behindert an!», schreie ich.
Ray hat es geschafft, mich mit einem einzigen Satz zum Kochen zu bringen.
Was bildet der Typ sich ein? Glaubt der, der kenne mein Leben, bloß weil wir ein paar Mal was zusammen getrunken haben?
«Wie soll ich dich denn angucken, Mann? Es ist noch heller Tag, und du bist schon auf irgendwas drauf.»
Auch Ray wird jetzt lauter.
Ich lache künstlich und winke ab.
«Du hast jetzt endgültig 'nen Knall, oder? Glaubst du, ich bin besoffen?»
«Nein, glaube ich nicht», sagt er.
«Also ...?», frage ich.
Ray steht ohne ein weiteres Wort auf und geht zur Türe.
«Ach, da fällt dir nichts mehr ein», lache ich.
Er dreht sich noch einmal zu mir um.

«Guck dich doch mal an. Du siehst aus wie'n Freak. Das hat doch mit Spaß nix mehr zu tun.»

Ray verlässt den Raum, ich springe hinterher.

«Ich bin ein Scheiß-Gespenst, wie würdest du da aussehen? Hä? Pisst dich an, dass ich die Hauptrolle habe? Ich bin das Gespenst, du nicht. Das stört dich, hab ich Recht?»

«Leck mich, du neuer Stern», sagt Ray und geht die Stufen hinab.

Ich bemühe mich, die Türe leise hinter mir zu schließen, als ich wieder ins Zimmer komme.

Dieses Arschloch hat mich lange genug genervt.

Immer bin ich es, der auf ihn zugeht und ein halbwegs vernünftiges Gespräch sucht. Und immer ist er es, der mich abfahren lässt und mich mit hirnverbrannten Beschuldigungen überschüttet.

Ich spüle zwei Pillen mit meinem vorletzten Wodka herunter.

Neid. Das muss es sein.

Wann hat Ray denn angefangen, sich so zu verändern. Als man uns gesagt hat, dass wir diesen Film zusammen machen würden. Und nicht ER das titelgebende Gespenst ist, sondern ICH.

Natürlich, das passt perfekt zusammen.

Vorher waren wir beide beinahe unzertrennlich, aber sobald Guido uns die Verträge hatte unterschreiben lassen, war er wie ausgewechselt.

Familie? Am Arsch. Der Penner war eifersüchtig.

Ich bin kurz davor, 'ne richtig große Nummer zu werden, obwohl Ray doch schon viel länger dabei ist als ich.

Es frustriert ihn, dass ich bald mit den bekanntesten Leuten arbeite, die es in der Branche gibt, während er weiter irgendwelche Chantals aus Mönchengladbach ficken muss.

Ich lege mich wieder auf mein Bett und ziehe die Armbanduhr unter dem Kopfkissen hervor.

Ich bin erst in knapp drei Stunden wieder dran. Bleibt also noch genug Zeit, mich anzuziehen und ein wenig die Gegend zu erkunden.

Ich stopfe die Plastiktüte in meinen Nachttisch, als ich wieder zurück bin.

Da hat man uns aber in eine ziemliche Einöde verschleppt. Ich bin eine knappe Stunde einer Landstraße gefolgt, bis sich die ersten Häuser am Horizont abgezeichnet haben.

Wenn ich wieder zu Hause bin, will ich nie wieder einen Wald sehen.

Über die heruntergekommene «FINA»-Tankstelle am Rand des Dörfchens hab ich mich gefreut wie über eine Oase in der Wüste.

Oder auf dem Mond.

Nach einigen Versuchen gelingt es mir, die überquellende Schublade zu schließen.

Ich zünde mir, erschöpft von der Wanderung, eine Zigarette an und sehe auf die Uhr.

Noch genügend Zeit, bis ich mich wieder in das Schlossgespenst verwandeln muss.

Mein Magen gibt ein beunruhigendes Knurren von sich, und ich bin nicht sicher, was es zu bedeuten hat. Hunger habe ich jedenfalls keinen. Glaube ich jedenfalls. Um mich zu entspannen, lege ich mich auf das Bett, als es an der Türe klopft.

«Herein, wenn's kein Eierschneider ist», lache ich und finde das wirklich lustig.

Max betritt gewohnt fröhlich den Raum, setzt sich auf die Bettkante und bricht mir mit einem Schlag den Oberschenkelhals.

So fühlt es sich jedenfalls an.

«Na, Pause, was?», fragt er.

Ich nicke.

Max blickt sich in dem Zimmer um, als müsse er jeden Winkel einer Kathedrale besichtigen.

«Dein Freund ist gerade nicht da? Gut.»

Max' Verschwörermiene macht mich neugierig, weswegen ich mich setze.

«Die Sache ist die ...», beginnt Max. «Ich hab mir mit Marcus gerade deine erste Szene angesehen.»

«Und?», frage ich.

«Na ja, was soll ich sagen ...»

Großartig. Was kommt denn jetzt? Ist es nicht schlimm genug, dass mein Sperma nach Sondermüll schmeckt?

«Du warst super. Wir hatten erst ein bisschen Sorge, ob das mit dem Geisterkostüm nicht ein bisschen ...»

Bescheuert? Albern? Zurückgeblieben?

«... sonderbar aussehen könnte. Aber hey, du hast echt gut ausgesehen vorhin.»

«Danke», sage ich erleichtert.

«Ja, und die Sache ist, dass der Marcus gerne noch öfter mit dir arbeiten würde.»

«Hm. Klar, warum nicht.»

«Oh Mann, das ist riesig», freut Max sich, als habe er mich überredet, ihm eine Niere zu spenden.

«Gut, dann kriegen wir das ja noch alles hin für dich», sagt er dann.

«Was kriegt ihr für mich hin?»

«Filme natürlich. Du hast bis jetzt einen ganz guten Ruf und Namen. Zusammen mit Marcus bauen wir das noch ein bisschen aus, und bis Oktober bist du dann ganz oben. Das wird toll, was?»

Ich lächle freundlich, wie man jemanden freundlich anlächelt, der mit einer laufenden Kettensäge in der Hand fragt, ob man sich die Geschichte seiner schlimmen Kindheit anhören mag.

Max boxt mich vor die Schulter.

«Irre. Da laufen wir dann ganz groß auf. Wir werden 'ne richtige Macht, wenn wir alles richtig anstellen.»

«Was soll ich denn persönlich anstellen?», frage ich, um zumindest eine Ahnung zu bekommen, wovon der Große wieder spricht.

«Du? Gar nichts. Du machst einfach, was du bis jetzt auch gemacht hast: einen richtig geilen Job. Den Rest überlass einfach mir.»

Super. Je weniger ich tun muss, desto besser.

«Alles klar», sage ich.

«Okay, dann kann ich Marcus sagen, dass du bei seinen nächsten Projekten dabei bist?», fragt Max.

«Von mir aus gerne.»

Max springt auf und erreicht in einem Schritt die Türe.

«Toll. Oh, und noch was ...»

Seine Gesichtszüge spielen wieder James Bond.

«... ist vielleicht ganz gut, wenn du Mike nichts davon erzählst. Ich glaub zwar nicht, dass er deinen Ehrgeiz hat und den Neider spielt, aber im Oktober erfährt er es ja früh genug, wenn es so weit kommen sollte.»

«Absolut», sage ich.

«Gut, ich mag nämlich gerne ein unbelastetes Arbeitsklima.»

Den letzten Satz sagt Max in einer Ernsthaftigkeit, die nichts mit seinem üblichen Jungunternehmer-Ton zu tun hat.

Ich nicke und mache ebenfalls ein ernstes Gesicht.

«Cool, dann bis später. Spätestens beim Essen», sagt Max und schließt die Türe hinter sich.

Als ich sicher bin, dass Max nicht wieder mit einem lauten «Hey, hey» in den Raum zurückgesprungen kommt, zupfe ich ein Loch in die Tüte, die meine Nachttischschublade ausfüllt, und hole eines der Mini-Wodkafläschchen heraus und leere es in einem Zug.

Ich wusste es!

Ray ist neidisch auf mich.

Deswegen benimmt er sich wie ein Arsch.

Ich werfe das leere Fläschchen aus dem Fenster und lege mich wieder hin.

«Was ist denn im Oktober?», frage ich mich laut.

Ich trage wieder mein Gespensterlätzchen und habe mich von Sabine noch einmal schminken lassen.

Die Wodka-Ananas-Verbindung in meinem Magen fühlt sich sehr tropisch an. So, als hätte ich ein paar Cocktails gehabt.

Marcus erläutert gerade Tillmann, Tanja und Kyra die nächste Szene.

Wir befinden uns jetzt in dem großen Saal, in dem wir heute Morgen noch gefrühstückt haben. Jetzt schlängeln sich Kabel über den Boden, und eine der Wände wurde mit einer riesigen Pappe abgehängt, auf die Mauerwerk gemalt wurde. Allerdings ist das Papier so stümperhaft bemalt, dass ich kaum glauben kann, dass das hier echt während des Drehs hängen soll.

Ich kann mich glücklich schätzen, dass ich das Gespenst bin, denn Tillmann haben sie nun in eine Ritterrüstung gestopft, aus der er ein wenig unglücklich herausschaut.

Die Scheinwerfer sorgen wahrscheinlich auch nicht gerade für angenehme Kühle.

So ist das, Komparsen müssen immer leiden.

Während Marcus uns sagt, wer wo zu sein hat, lese ich mir noch einmal durch, worum es gehen soll. Ich habe relativ viel zu sagen diesmal, da darf ich den Faden nicht verlieren.

Leider hat sich das tropische Gefühl bereits von meinem Magen bis in meinen Kopf vorgearbeitet, und so muss ich jede Zeile mehrmals lesen, um mir den dafür passenden Text zurechtzulegen.

«Alles so weit klar?», fragt Marcus plötzlich und knibbelt wieder nervös mit den Augen.

«Aber klar.»

Auch der Rest der Mannschaft signalisiert, dass er so weit ist.

«Wie gesagt, du läufst dann einfach ins Bild. Sieht dann später so aus, als kämst aus der Wand», sagt Marcus zu mir.

«Okay», sage ich.

Tanja und Tillmann setzen sich an den gedeckten Tisch. Das Essen auf den Tellern ist offensichtlich kalt, aber das wird hier schließlich nicht «Alfredissimo».

«Und bitte», ruft Marcus, worauf ich mir automatisch am Schwanz spiele.

«Herr, ich kann Euch kaum glauben», sagt Tanja, das Burgfräulein. Tillmann gibt sich empört.

«Wenn ich es Euch doch sage. Ein Geist, fürwahr!»

«Schwört Ihr es?»

«Bei meiner Ehre», gelobt der Ritter.

«Ich sehe Euch sehr aufgeregt. Keinen Bissen habt Ihr herunterbekommen.»

«Ich fürchtete um mein Leben, versichere ich Euch.»

Dass der feine Herr Ritter getürmt ist, verschweigt er natürlich.

Tanja legt ihre Hand auf die des Ritters.

«Einer der Tapfersten des ganzen Reiches, und nun muss ich Euch zu Tode erschrocken sehen. Vielleicht ist es ja wahr, was Ihr erzählt.»

Tillmann springt entrüstet auf.

«Potz Blitz. Sollte ich die Unwahrheit sagen, möge mich auf der Stelle der Teufel holen.»

«Herr Ritter, lasst mich Euch beruhigen.»

Das Burgfräulein kniet sich vor den Ritter und fummelt umständlich seinen Schwanz aus der Rüstung.

«Ja, so ist es gut», stöhnt Ritter Tillmann.

«Ich werde Euch Entspannung verschaffen», sagt Tanja gelegentlich, wenn sie den Mund frei hat.

Ich spiele weiter an mir herum und beobachte Tillmanns Gesicht, das aussieht, als explodiere es gleich.

Tanja legt sich nun bäuchlings auf den Tisch, der Ritter nimmt sie von hinten, im rhythmischen Gequietsche der Rüstung.

«Oh ja», schnauft das Burgfräulein und krallt sich an den Tischkanten fest.

Quietsch.

«Nehmt mich, Herr Ritter!»

Quietsch, quietsch, quietsch.

«Stoßt mir Eure Lanze in den Rumpf! Ich bin die Eure!»

Quietschquietschquietschquietschquietsch.

Der arme Tillmann. Ich persönlich hasse es schon, wenn mein Bett im Takt klappert. Wie unendlich nervig muss dann so eine Rüstung sein?

Wenigstens muss er darin keine Akrobatik zeigen. Das wäre wohl sein Ende.

Kyra betritt die Szene, sie trägt ein wallendes Baumwollkleid. Könnte eine Magd sein.

Schweigend nimmt sie einen Teller vom Tisch und will bereits wieder gehen, als der Ritter sie anfährt.

«Weib! Hierher! Sei auch du mir zu Diensten!»

«Aber Herr ...», beginnt Kyra, deren Oberarmtätowierung nur sehr notdürftig überschminkt wurde.

«Tu, was man dir sagt, freches Ding», schnauft die Hausherrin und erhebt sich langsam von der Tischplatte.

Kyra stellt den Teller zurück auf den Tisch und geht mit gesenktem Haupt zum Ritter. Der schubst sie gleich auf die Tischplatte und wirft den Rocksaum über ihren Kopf.

«Mal sehen, was Eure Angestellten so zu bieten haben», lacht der Ritter und lässt sein Ding in der Magd verschwinden.

«Stop!», ruft Marcus.

Wir sehen ihn überrascht an. Sah doch alles ganz nett aus.

«Sag nicht *Angestellte* zu ihr. Du bist nicht von der Gewerkschaft, du bist'n Ritter.»

«Fuck. Stimmt», lacht Tillmann.

«Dann die Szene auf Anfang», lacht Marcus.

Kyra geht wieder mit hängendem Kopf zum Ritter.

Ob ich der Einzige bin, der merkt, dass sie jetzt von der anderen Seite des Tisches kommt? Bin gespannt, wie das im Film aussieht. Nennt man wohl Folge-fehler.

Kyra landet wieder auf dem Tisch, und der Ritter lacht höhnisch.

«Nun, ich bin neugierig, was Eure Bediensteten zu leisten vermögen.»

Marcus zeigt Tillmann den erhobenen Daumen.

Der zweite Kameramann kriecht auf den Knien zwischen die Metallbeine des Ritters, wechselt dann nach oben zum Tisch und hockt sich schließlich wieder hin, um das Burgfräulein zu erwischen, das eifrig die Magd leckt, während sie gevögelt wird.

Marcus wirft erst meinem Schwanz, dann mir einen fragenden Blick zu.

Ich nicke.

Er gibt mir das Zeichen, dass ich mich bereit machen soll, und ich stelle mich an meinen Platz vor die gemalte Mauer, aus der ich dann hinterher kommen werde.

Als der Ritter sich auf den Tisch legt und die Magd sich auf ihn hockt, kriege ich das Signal.

Ich geselle mich jetzt zu der Mini-Orgie.

«Was geht hier vor?», frage ich mit drohender Stimme.

Magd, Burgfräulein und Ritter sind vor Schreck wie gelähmt.

«Weshalb verwandelt Ihr mein prachtvolles Anwesen in ein Hurenhaus?», frage ich.

Das Fräulein findet als Erste ihre Sprache wieder.

«Seid Ihr es, Großvater?»

«Ich bin der Geist desjenigen, der dieses Schloss einst sein Eigen nannte. Wer seid Ihr?»

Tanja erklärt mir rasch, dass sie jetzt mit ihrem Gemahl hier wohne und ich mir keine Sorgen machen müsse, dass das Schloss verlottere.

Toll. Tim Burton hätte dafür 90 Minuten gebraucht. Hier herrscht bereits nach wenigen Minuten wieder eitel Sonnenschein.

«Wenn das so ist», sage ich, «nehmt mich in Eure Runde auf.»

Der Magd, die noch immer auf dem Ritter reitet, schiebe ich meinen Schwanz in den Mund, was sie mit einem dankbaren Schnurren quittiert.

Meine Enkelin (igitt!) begnügt sich vorerst damit, mir die Zunge in den Hintern zu schieben, was mich ziemlich nervös macht, da mein Magen wieder etwas rebellisch wird.

Obwohl ich im Grunde nackt bin, schwitze ich bereits jetzt wie verrückt.

Vielleicht hat Tillmann es doch nicht so schlecht getroffen. Der liegt nur auf'm Tisch und rührt sich kaum.

Der Ritter zieht nun die Magd eng an sich, und ich steige hinter sie. Das Burgfräulein knetet mir noch ein wenig mein Ding und schiebt es schließlich der Magd in den Hintern.

Tillmann und ich bearbeiten Kyra nun im Doppelpack, Tanja schlägt ihr dabei lachend auf den Arsch.

Die Hitze, die von Tillmann und Kyra nach oben strömt, lässt mich schwer atmen.

Eigentlich soll ich noch etwas sagen, aber neben der Tatsache, dass mir nicht einfällt, was, bin ich auch nicht mehr in der Lage, vollständige Sätze zu sprechen.

Tanja legt sich jetzt mit dem Rücken auf Kyra.

Ich nehme sie bei den Schenkeln, ziehe meinen Schwanz aus Kyras Hintern und nehme sie mir nun vor.

Obwohl Tanja eine zierliche Frau ist, liegen ihre Beine tonnenschwer in meinen Armen.

Meine Knie zittern und ich bekomme kleine, krampfartige Schübe in meinem Magen.

Als Tanja bemerkt, dass meine Erektion nachlässt, rollt sie sich von Kyra herunter und bläst ihn.

Nach dieser kleinen Pause geht es mir wieder etwas besser, und ich lege mich neben Tillmann auf den Tisch. Tanja setzt sich auf mich.

Die Mädels springen jetzt im Gleichtakt auf uns herum und küssen sich dabei.

Marcus macht eine Handbewegung, die sagt, dass Tillmann und ich jetzt zum Ende kommen können.

Endlich!

Die Mädchen knien auf dem Tisch, flankiert von einem schwitzenden Ritter und einem hyperventilierenden Gespenst.

Tillmann kommt als Eerster. Er erwischt Kyras Mund, während ich es bei Tanja immerhin noch bis auf die Wange schaffe.

Beide klimpern mit den Augenlidern, als breche eine Flutwelle über sie herein.

Die Kameras halten groß auf die Gesichter der Mädchen, die sich jetzt küssen und sich gegenseitig das Zeug in die Münder spucken.

Ich kann da gar nicht hinsehen ...

«Und ... vorbei», sagt Marcus.

Irgendwer verteilt Zewa-Rollen an die Frauen, und ich klettere langsam vom Tisch, bemüht, mir nichts anmerken zu lassen.

«War wieder super. Dann hast du jetzt Ruhe bis morgen», lacht Marcus und klopft mir auf die Schulter.

Ich bedanke mich und verabschiede mich von Kyra und Tanja mit je einem Bussi.

Die Treppe zu meinem Zimmer scheint sich unter mir zu bewegen, als laufe ich einen riesigen Tausendfüßler hinauf.

Ich habe Herzrasen und mein Magen brennt, als habe ich Säure getrunken.

Im Zimmer bin ich zum Glück alleine. Ich setze mich keuchend auf das Bett. Panik kriecht in mir hoch.

Bekomme ich jetzt einen Herzinfarkt? Einen Schlaganfall?

Ich schwitze so stark, dass ich das Wasser an meinen Armen herunterlaufen sehe.

Oh Gott, ich sterbe!

Ich atme durch den Mund, kriege aber dennoch kaum Luft.

Ich will mich hinlegen, fürchte mich aber davor, dass das Gewicht meines Brustkorbes mein Herz zum Stillstand bringen könnte.

Ich will nicht sterben, ich will nicht sterben ...

Als Ray unser Zimmer betritt, habe ich mich seit etwa einer Stunde wieder im Griff.

Wie lange mein kleiner Anfall gedauert hat, weiß ich nicht. Kann aber nicht länger als ein paar Minuten gedauert haben.

Man steigert sich ja auch schnell in Dinge rein.

«Hoheit», lache ich zum Gruß, als Ray seine kleine Krone abnimmt und sie auf sein Bett wirft.

Eine Antwort bekomme ich nicht.

Ach ja, wir reden ja nicht mehr miteinander. Der König ist fertig mit dem Gespenst.

Da ich noch immer in meinem eigenen Schweiß liege und mich kaum bewegen kann, schaue ich Ray möglichst unbeteiligt dabei zu, wie er sich auszieht.

Langsam scheint sich die Sache zwischen uns beiden zu einer ausgewachsenen Rivalität zu entwickeln.

Morgen ist unsere große Szene, die wir zusammen bestreiten. Da muss ich fit sein. Nicht, dass Max am Ende doch noch auf das schmale Brett kommt, unseren Ray Steel zum neuen Stern aufzubauen, bloß, weil ich ein bisschen schwächlich bin.

Scheiße, das muss aufhören.

Vielleicht geh ich mal zum Arzt, wenn wir hier fertig sind. Der kann mir dann was für meinen Kreislauf verschreiben. Irgendwie so was.

Ray verzieht sich unter die Dusche, und ich starte einen Versuch, aufzustehen.

Als mir schwindelig wird, obwohl ich nur auf der Bettkante sitze, lasse ich mich wieder in die trocknende Pfütze aus Schweiß und Gleitcreme fallen, die sich auf meiner Bettdecke gebildet hat.

Oh Mann.

Als ich Ray auf dem Flur höre, stelle ich mich schlafend.

Nur keine Schwäche zeigen.

Ich bin hier der Star, da darf der Herr ruhig meine Gelassenheit spüren.

Auch wenn er sich nichts anmerken lässt, weiß ich, wie sehr ihn das fuchst.

Es ist bereits dunkel draußen, als ich das Bett verlassen kann.

Meine ersten Schritte sind ein wenig wackelig, aber nach ein paar Minuten geht es mir wieder gut.

Ich wasche den Rest der Farbe, der noch übrig ist, von meinem Gesicht und werfe den Gespensterlatz unter das Bett. Auch wenn ich keinen großartigen Hunger habe, hört sich mein Magen an wie ein alter Diesel. Vielleicht sollte ich doch eine Kleinigkeit essen.

Ich dusche mich und springe in meinen Jogginganzug. Auch wenn es schon etwas später ist, sollte sich im Speisesaal noch etwas zu futtern finden lassen. Zumindest ein bisschen Obst.

Die Pappmauer hängt noch immer an der Wand, sonst ist von unserer Schändung des Raumes nichts mehr zu erkennen.

Vereinzelt sitzen Leute an den Tischen und unterhalten sich, manche sitzen für sich allein und lesen.

Das Kerzenlicht verleiht dem Raum eine ruhige, angenehme Atmosphäre und lässt ihn sehr viel kleiner wirken, als er ist.

So wird es wohl im Mittelalter ausgesehen haben.

Die Anwesenden hier wirken, als hätten sie das Wort «Termin» noch nie gehört, so viel Entspannung verbreitet jeder Einzelne von ihnen. Ich greife mir im Vorbeigehen eine Banane und habe sie bereits verschlungen, noch bevor ich Max erreiche.

Mit ihm am Tisch sitzt Tira, die gerade extrem unappetitlich Gulaschsuppe in sich hineinschaufelt.

«Na, genießt die Ruhe vor dem Sturm, ja?», begrüßt mich Max.

Auch wenn ich nicht weiß, was er meint, bejahe ich seine Frage und nehme ihm gegenüber Platz.

«Du legst dich ja richtig ins Zeug», kichert Max und stupst Tira in die Seite.

Die schleckt sich einen Rest Soße vom Mund und lacht ebenfalls.

«Ey, sorry, das mit der Einlauf-Party ist mir voll rausgerutscht», sagt sie dann.

«Ach so», lächle ich. «Man muss ja alles mal probiert haben.»

«Sonst alles fit? Bist ein bisschen blass um die Nase. Nicht dass du morgen auf mir zusammenbrichst», lacht Tira wieder.

Ich erschrecke. «Wieso sollte ich?»

«Hey, war doch nur'n Gag.»

Tira kratzt an einer ihrer Brustwarzen herum, dass sich das Piercing deutlich durch ihr T-Shirt drückt.

Ich zünde mir eine Zigarette an.

«Wo ist denn der König?», frage ich Max.

«Mike? Der ist draußen und telefoniert. Familie oder so.»

«Verstehe», sage ich und blase Rauch durch die Nase.

«Wie'n Drache», sagt Tira.

«Bitte?», frage ich.

«Wenn du das machst, siehst du aus wie ein Drache. Hättest vielleicht den Drachen spielen sollen.»

«Wir haben hier 'nen Drachen?», frage ich erstaunt.

«Nö», antwortet Tira. «Warum?»

Hier sind doch alle bescheuert.

Ich drücke meine Zigarette aus und verabschiede mich. Morgen muss ich noch einmal ran zum großen Finale, dann geht's endlich wieder nach Hause.

Langsam fühl ich mich hier wirklich wie'n Scheiß-Gespenst.

***

Der nächste Morgen läuft wie am Schnürchen.

Nach einem Einlauf, einem Guten-Morgen-Wodka und einer kleinen Dosis guter Laune sitze ich im Schneidersitz auf meinem Bett, lese das Drehbuch und schaue gelegentlich freudig auf mein flaches Bäuchlein herunter, das sich still und friedlich verhält.

Recht so.

Auch wenn ich in den Tiefen meines Herzens gegen eine solche Wettbewerbsverzerrung bin, habe ich mir von Mario eine Viagra-Tablette geliehen. Schließlich geht es heute für mich ums Ganze, da wäre ein Patzer der Super-GAU.

Ray hat sich gleich nach dem Aufstehen aus dem Staub gemacht und seitdem nicht mehr blicken lassen.

Aber ich bin entspannt, in wenigen Stunden werden sich Geist und König auf dem Schlachtfeld gegenüberstehen. Und dann wird sich ja zeigen, wer der Herr im Hause ist.

Wobei das «Schlachtfeld» das Untergeschoss ist, das Marcus ein bisschen auf Folterkeller hat trimmen lassen, in dem es aber zum Glück nicht zum großen Kettenrassel-Kerzenwachs-Sado-Maso-Mumpitz kommen wird.

So was hab ich einfach nicht drauf, wenn ich dabei ernst bleiben soll. Nein, in Pornos wird gevögelt. Basta.

Oha, aber es gibt einen Pranger, lese ich.

Ich bin gespannt.

Mit dem Messer, das ich mir aus der Küche geliehen habe, halbiere ich eine Ananas.

Mittlerweile bin ich richtig süchtig nach den Dingern.

Ich esse die Frucht komplett auf und gehe duschen, bevor ich mich auf den Weg zu Sabine mache, die mich wieder in ein vorzeigbares Schlossgespenst verwandeln wird.

Obwohl «vorzeigbar» heute nicht ausreicht. Ich muss fantastisch aussehen.

Ich werde Ray heute vor aller Augen demütigen und ihm und Max beweisen, dass ich zu Recht der neue Star von *DiViDiA* bin.

Ich fühle mich wie einer dieser Jungs, die in den Football-Filmen immer während eines wichtigen Spiels um ihren Trainer herumwuseln und «Coach, lassen Sie mich ins Spiel» flehen, als Marcus uns den Ablauf der Szene schildert.

Der Unterschied ist nur, dass hier jeder genau weiß, was ich kann, und ich deswegen selbstverständlich ins Spiel gehe.

Wir werden gleich die letzte große Szene des Films drehen, die deswegen so wichtig ist, wie Marcus erklärt, weil der Zuschauer hier den entscheidenden Eindruck des Filmes bekommt. Mit dieser Szene entscheide sich, ob er beim nächsten Mal wieder einen Film von oder mit uns ausleihe.

Bitte, an mir soll's nicht liegen.

Als Cem, Tira und Mario in Position sind und auch die Technikmenschen grünes Licht geben, geht der Zauber los.

Ich stehe hinter Marcus und sehe entspannt zu.

Das Viagra tut seinen Dienst, denn ich habe jetzt bereits eine prachtvolle Latte, obwohl ich mir das Treiben eher nüchtern anschaue.

Sandra lässt sich von zwei Rittern (diesmal ohne die tonnenschwere Rüstung) bedienen, die ächzend und keuchend alles geben.

Die kleine Rede von Marcus hat scheinbar ihre Wirkung nicht verfehlt, denn so emsig waren die beiden vorher noch nicht bei der Sache.

Tatsächlich sieht der kleine Raum jetzt aus wie ein mittelalterlicher Folterkeller.

Oder eher wie ein Folterkeller mit Serienausstattung, ohne Extras.

Die Ritter treiben es gerade auf einem langen Tisch, der mit ein paar Seilen in eine Streckbank verwandelt wurde. Daneben steht der im Drehbuch bereits erwähnte Pranger, und an einer Wand lehnt ein Käfig, der aber bereits von hier aus als Pappattrappe zu erkennen ist.

Ray steht einige Meter von mir entfernt auf seiner Position und spielt an seinem Pimmelchen.

Dabei trägt er sein goldenes Krönchen.

Ein erbärmlicher Anblick.

Kein Wunder, dass er hier nur die zweite Geige spielt, verbreitet er doch den Charme eines Kegelbruders an Karneval.

Der Regisseur gibt das Zeichen, und der König betritt die Szene.

«Was soll dieses Treiben?», fragt Ray schroff, was die Anderen augenblicklich innehalten lässt.

«Mein König, diese Hure verführte uns», entschuldigt sich Ritter Cem unterwürfig, und Ritter Mario nickt hektisch.

Der König geht zur Streckbank und schiebt Tira den Mittelfinger in den Hintern.

«Du wieder, du intrigantes Weib?», fragt Ray zornig.

Tira stöhnt auf und fixiert ihn herausfordernd mit ihrem Blick.

Sie besitzt schauspielerisches Talent, das muss man neidlos zugeben. Dieser Blick allein macht mich schon scharf.

«Gesinde!», ruft Ray in scharfem Ton.

Das Zeichen für Sharon und Anna.

Die Mägde betreten schüchtern den Folterkeller und warten auf königliche Anweisungen.

«Amüsiert euch hiermit», sagt Ray und schubst die beiden zu den Rittern.

Die sehen sich zuerst verwirrt an, machen sich dann aber dankbar über das Hauspersonal her.

Der König widmet sich wieder der intriganten Tira.

«Dich werde ich lehren, deinen König zu hintergehen», faucht Ray und zieht Tira an den Haaren zum Pranger.

Scheinbar habe ich einige Elemente der Story verpasst ...

Tira zappelt wild und wehrt sich, wird aber schließlich doch von Ray an Hals und Armen in das Gerät gespannt.

«Nein, bitte nicht», fleht sie. Der König lacht auf.

Ich beuge mich ein wenig vor und sehe, dass die Löcher, in denen Tiras Arme stecken, viel zu groß für sie sind. Sie muss sich regelrecht am Pranger festhalten, damit ihr die Hände nicht herausrutschen.

«Ist ja trotzdem ein hübsches Bild», sage ich.

Marcus sieht mich irritiert an und legt sich den Finger auf die Lippen.

«Entschuldigung», forme ich lautlos mit den Lippen.

Marcus sieht wieder durch seinen Sucher.

Der zweite Kameramann entfernt sich langsam von den Rittern und Mägden.

Zusammen schleicht er sich jetzt mit Marcus an Ray und Tira heran.

Ray vögelt sie gerade, dass der Pranger an allen Ecken knarzt und wackelt. Würde das Ding jetzt nach vorne kippen, wäre Tiras Genick sofort gebrochen.

Auch keine schöne Art zu sterben.

Vor meinem inneren Auge entsteht die Show «Die einhundert kuriosesten Arbeitsunfälle». Moderiert von irgendeinem nichtsnutzigen Fettsack. Wie diesem komischen Elton von Stefan Raab.

«Ha ha, war das aber lustig, wie der Gärtner in den Laubschredder gefallen ist. Und jetzt zu der Erotikdarstellerin Tira Bangs ...»

«Okay, danke», ruft Marcus.

Mägde und Ritter ziehen sich zurück, König Ray zieht sich aus Tira.

«Okay, ihr beide macht dann jetzt einfach normal weiter», sagt Marcus dann.

Tira schielt aus ihrer Position zum Regisseur hoch und nickt.

«Und ihr vier könnt im Grunde machen, was ihr wollt, solange wir euch im Hintergrund sehen. Ihr seht die Kamera ja dann.»

Mägde und Ritter nicken, Ritter Mario zieht an der Zigarette, die ihm ein Techniker geliehen hat.

Marcus wendet sich an mich.

«Und du weißt Bescheid?», fragt er.

«Absolut», lache ich.

Tatsächlich habe ich das Drehbuch genau studiert und mir die entsprechenden Sätze zurechtgelegt.

«Okay», sagt Marcus.

Mir fällt auf, dass ich noch immer einen Ständer habe.

Verdammtes Viagra-Teufelszeug! Hätte ich das gewusst, hätte ich das schon viel früher genommen.

Leben heißt lernen, wie wir Gespenster so sagen.

«Und weiter», höre ich Marcus, als alle wieder auf ihren Positionen sind.

Der Vierertrupp treibt es nun völlig ungehemmt auf dem Foltertisch, während Ray weiter Tira bearbeitet, die nun doch Gefallen an ihrer Lage gefunden zu haben scheint.

«Weiter, mein König», schnauft sie.

Ich stelle mich nun zu Ray an den Pranger.

Dil Doh erscheint hinter dem König, steht im Skript. Ich erscheine.

«Halt!», gebiete ich.

Der König dreht sich erschrocken um.

«Ihr ... Ihr seid es?», stammelt er.

«Wie ich sehe, vergeht Ihr Euch an der wahren Herrin dieses Schlosses», brumme ich erzürnt.

Die Leute auf der Streckbank werden langsamer, hören aber nicht auf.

«Ihr kennt diese Dirne nicht, Herr», verteidigt sich der König.

«Was werft Ihr ihr vor?», frage ich, ganz gütiger Gebieter.

König Ray erzählt mir von dem Intrigengeflecht, dass Tira scheinbar gesponnen hat, um das Schloss möglichst schnell verkaufen zu können.

Ich bin in einem richtigen Thriller, wie ich feststelle. So ein Verhalten schreit ja geradezu nach einer Strafe.

«Wenn dies so ist, habt Ihr natürlich ganz in meinem Sinne gehandelt», sage ich zufrieden und gebe Tira einen Klaps auf den Arsch.

Ich gehe um den Pranger herum und packe die Verräterin am Schopf.

«So, Ihr wolltet mein geliebtes Anwesen also billig verschachern?», frage ich säuerlich.

«So war es nicht, Herr», jammert sie.

«Ha! Ersticken sollst du an deinen Lügen», sage ich und schiebe Tira meinen Schwanz in den Mund.

Ray hat seine Arbeit bereits wieder aufgenommen.

Tira röchelt und gluckst. Als ich herunterschaue, sehe ich, wie ihr Tränen die Wangen herunterrinnen.

Ich sehe Ray an, der ernst zurückschaut.

Ich grinse und erhöhe mein Tempo.

Tira hat ihre Hände zu Fäusten geballt.

Auch Ray wird schneller. Zusätzlich schlägt er auf Tiras Hintern. Wie ein Reiter, der sein Pferd anspornt.

«Na los, mach schon», sage ich und gebe der Kleinen eine leichte Ohrfeige.

Rays Augen verengen sich und er greift über Tiras Rücken, um sich am Pranger festzuhalten.

Das Holzgerüst wackelt lautstark, Tira röchelt und verdreht die Augen.

König Ray will's also wissen. Als ob er nicht schon verloren hätte.

Eine der Kameras, ich weiß nicht, welche, sitzt nun schräg unter meinem Hintern.

Ich greife Tira mit beiden Händen in die Haare und vögle sie nun, bis sie kaum noch Luft bekommt. Sollte sie jetzt ersticken, dann sicher nicht an ihren Lügen. Ray nickt Marcus zu, der sich ihm nun mit seiner Kamera nähert.

Ich höre Tira aufstöhnen und spüre dabei die Vibrationen ihrer Stimme.

Scheinbar hat Ray sich jetzt ihren Hintern vorgenommen.

Beide Kameras sind nun bei Ray, der mich angrinst.

Bitte, wenn er Krieg will, kann er ihn haben.

«Komm, du Miststück», knurre ich und ohrfeige Tira wieder.

Ich lege mein rechtes Bein über den Pranger und schiebe ihr mein Ding beinahe bis in die Speiseröhre.

Tira will sich mit ihren Armen abstützen und husten, aber ich lasse sie nicht.

Marcus und die zweite Kamera kommen auf Knien zu mir herüber. Diese kleine Einlage wollen sie nicht verpassen.

Ich lache Ray schief an.

Marcus zeichnet mit dem Finger einen Kreis in die Luft.

«Wohlan, lasst uns die Seiten wechseln», sagt Ray knapp.

Tira hustet und würgt, und ich höre sie kurz «Mein Gott» keuchen, als Ray schon in ihrem Mund verschwindet.

Ich vögle sie und stecke ihr dabei meinen Daumen in den Hintern. Auf ihrem Rücken hat sich eine kleine Schweißlache gebildet.

Tira japst beinahe panisch nach Luft, und die Kameras gehen nah an ihr Gesicht.

Oh nein, kampflos ergebe ich mich nicht.

Mit meinem Fuß angele ich mir Tiras linkes Bein und ziehe es weit zu mir hoch.

Ihre Wirbelsäule gibt dabei ein kleines Knacken von sich.

«Verdammte Metze!», stöhne ich und ramme ihr meinen Schwanz in den Arsch.

Sofort habe ich die Kameras zurück.

Als ihr anderes Bein zweimal beinahe einknickt, lasse ich sie los.

Ray versucht sich an einem überheblichen Gesichtsausdruck. Und scheitert.

Gewonnen!!!

Ich kralle mich in Tiras Hüften und ficke sie jetzt, so schnell ich kann. Jeder Stoß lässt ihre Schultern an den Pranger knallen, sodass sich das Teil jedes Mal ein Stück nach vorn schiebt. Ray muss mehrere Male einen Schritt zurückgehen.

Ja, wer ist hier der König!!!

Ray gibt zwar ebenfalls noch einmal alles, aber die Kameras bleiben, wo sie sind.

Das einzige Geräusch, das Tira noch von sich gibt, ist ein andauerndes Brummen.

Marcus gibt ein kurzes Zeichen, worauf sich die zweite Kamera auf den Weg zur Streckbank macht.

Rays Gesicht läuft knallrot an.

Marcus kriecht zu ihm und signalisiert mir, ihm zu folgen.

Ich springe um das Holzgerüst herum, und Ray und ich spritzen ihr beinahe synchron ins Gesicht.

Sie hat rote Augen, und überhaupt wirkt ihr Gesicht ein wenig aufgequollen.

Sie versucht, ihre Zunge herauszustrecken, um die Flüssigkeit aufzufangen, aber ihr Husten lässt sie nicht, und so landet unser Sperma auf ihren Wangen.

«Okay», sagt Marcus und steht auf.

Ich gönne Ray einen langen Blick auf die strahlenden Schneidezähne des eindeutigen Siegers.

«Macht dieses Scheißding von mir los», röchelt Tira.

Als Marcus den Pranger öffnet, versagen ihre Beine und sie plumpst auf den Boden.

«Wolltet ihr Penner mich umbringen?», faucht sie.

Ihre Augen sind blutunterlaufen, ihre Haare verklebt und um ihren Hals hat sich ein feuerroter Ring gebildet.

Marcus und Ray sehen ratlos auf Tira hinunter.

Ich habe noch immer eine herrliche Erektion und grinse.

Für den «Star» des Filmes ist sie aber doch sehr empfindlich, meine ich.

Wackelig richtet sich Tira auf und verlässt fluchend den Raum.

Marcus und Ray folgen ihr, irgendwelche Beschwichtigungen stammelnd.

Numero Uno, jubiliere ich innerlich.

Rods Ende

Ich schiebe die Wohnungstüre mit dem Fuß zu, lasse die Reisetasche im Flur fallen und gehe direkt in das Wohnzimmer.

Die Abreise aus dem Waldschloss kann man getrost als Flucht bezeichnen.

Als um fünf Uhr früh die Besitzer des Gebäudes vor der Türe standen, hatte Max alle Mühe, sie davon abzuhalten, den ganzen Schuppen zusammenzukreischen.

Scheinbar hatten wir das Schlösschen nur bis zum vorherigen Abend gemietet.

Nach einer kleinen Besichtigung einigten sich das Ehepaar und Max aber darauf, dass die Firma für die Handwerker aufkommen wird, die man nun bestellen müsse, um die Pappmauer, den Pappkäfig und diverse andere Teile der Dekoration entfernen zu lassen.

Was geht's mich an.

Wer nicht zur Technik oder den Helfern gehörte, hat sich das Treiben aus dem Bus heraus angesehen, nachdem alles, so schnell es ging, zusammengepackt wurde.

Ray hat sich während der gesamten Rückfahrt mit niemandem unterhalten. Hat nur hinten gesessen und geschmollt.

Tira hatte zwar auf das Grab ihrer Tante geschworen, nie wieder mit Marcus zu drehen, aber im Bus war sie bereits wieder bester Laune und hat ihm gestanden, dass sie vielleicht ein wenig überreagiert habe.

Ich setze mich auf das Sofa und sehe mich um.

Sieht ganz schön verlottert aus hier.

Meine X-Box hat bereits ein wenig Staub angesetzt, und das, obwohl ich noch nicht einmal dazu gekommen bin, die Verpackung wegzuwerfen.

Alte Tassen und Gläser stehen im Raum verteilt, und in manchen von ihnen erkenne ich Zigarettenkippen.

Ich hole mir aus der Küche ein Bier und stelle den Fernseher an.

Nichts ist so dringend, dass es durch ein bisschen Warten nicht noch dringender werden könnte.

Aufräumen kann ich also später noch.

Ich trinke die erste Flasche in drei großen Schlucken leer und hole mir eine zweite.

Morgens um acht läuft nicht viel in der Glotze: Teleshopping, Zeichentrick-Schwachsinn aus Amiland und eigenartige Serien, deren Inhalt ich nicht begreife, selbst wenn ich mir zehn Minuten einer Folge ansehe.

Ich trinke noch einen Schluck und lasse meinen Blick noch einmal durch den Raum wandern, als er plötzlich auf dem Wohnzimmertisch gestoppt wird.

Zwischen den Abfällen und den Aschenbechern steht ein kleines, gelbes Blumentöpfchen. Darin steckt ein brauner, verdörrter Ast.

Rod!

Ich springe auf, knie mich vor den Tisch und nehme das Töpfchen in die Hände.

Nein, das darf nicht sein!

«Nein», sage ich und drücke mit einem Finger auf den Kaktus.

Ich drehe und wende den Topf auf der Suche nach einer grünen Stelle auf Rod. Nichts. Alles an ihm ist braun und trocken.

Rod piekst nicht mehr, selbst, wenn ich ihn zwischen Daumen und Zeigefinger drücke.

«Mach das nicht, Dicker!», rufe ich.

Alles Schütteln bewirkt nur, dass sich die Blumenerde aus dem Topf über den Tisch verstreut.

«Scheiße, Scheiße, Scheiße ...»

Ich stelle Rods Töpfchen wieder auf den Tisch und starre ihn fassungslos an.

Ich hab ihn alleine gelassen. Ohne Wasser, ohne Licht und ohne jede Zuwendung.

Mit wem soll ich jetzt reden? Soll ich jetzt den ganzen Tag alleine zu Hause sitzen?

Ich sacke innerlich zusammen und starre auf den braunen Klumpen, der mal mein Freund war.

Ich habe meinen einzigen Freund sterben lassen.

Als ich durch den Raum wanke, um in die Küche zu gehen, stoße ich mit meinem Fuß an die Spielkonsole.

Dieses verdammte Drecksding.

Dieses elende Stück Schrott ist schuld.

Tagelang habe ich vor diesem Ding gehockt, während Rod nur einen Meter hinter mir verrottet ist.

Ich trete auf die Konsole, und jetzt verläuft ein langer Riss quer über das Gehäuse.

Mein Fuß trifft das Ding noch einmal und noch einmal. Immer wieder stampfe ich auf den Kasten ein, bis er endlich auseinanderbricht.

Mein Herz schlägt mir bis zum Hals.

Ich will, dass dieses Vieh auch stirbt. Ich reiße an den Kabeln. Sofort löst sich das Gerät vom Fernseher. Dann werfe ich es an die nächstbeste Wand, wo es laut in hundert Teile zersplittert.

Schwer atmend stehe ich vor den Trümmern, die überall auf dem Boden verteilt liegen, und muss lachen.

Ich torkele in den Flur und wühle aus meiner Tasche die Pillendose. Ich schlucke zwei von den Kapseln sofort und gehe zurück ins Wohnzimmer, wo meine Bierflasche gerade auf dem Sofa ausläuft.

Ich hole mir eine neue aus der Küche und hocke mich auf den Fußboden.

Ich sehe mir wieder Rods Leiche an, und mir schießen Tränen in die Augen.

«Es tut mir leid», schluchze ich.

Berlin, Berlin, wir fahren nach Berlin!

Ich sitze im *Matrix* und höre der Musik zu, während sich Cem und Dennis auf der Tanzfläche abschwitzen.

Trotz meines kleinen Auftrittes hier vor einiger Zeit bin ich ein gern gesehener Stammgast.

Kathie kommt an den Tisch und stellt unsere Drinks ab. Dann setzt sie sich kurz zu mir und gibt mir einen Kuss.

«Hast gerade ein bisschen Zeit, Süße?», frage ich.

«Ein bisschen ...», antwortet sie augenzwinkernd.

Ich gebe ihr zweihundert Euro und schicke sie einkaufen.

An Tagen wie heute darf man nicht knauserig sein, immerhin habe ich meine Nominierung als «Bester Newcomer» zu feiern.

Und wenn das stimmt, was Max sagt, müsste schon eine Menge passieren, dass ich das Ding nicht abräume.

Ich nippe an meinem Wodka-Tonic und sehe Cem auf mich zu wanken.

«Meine Fresse, da tanz ich jetzt fast 'ne halbe Stunde mit der Dose und dann sagt die mir, dass sie 'nen Freund hat.»

«Besser spät als nie», lache ich.

«Zum Kotzen», mault Cem und breitet seine Arme auf der Lehne aus.

Nach dem *Schlossgespenst* habe ich mit Cem noch drei weitere Filme gemacht, und irgendwann in den letzten Monaten habe ich ihn dann gefragt, ob er nicht Lust hätte, mal diesen Laden auszuprobieren.

Ein lustiger Kerl, der auch weiß, wie man 'ne ordentliche Party feiert. Und dass er erst fünfundzwanzig ist, fällt gar nicht weiter auf. Abgeklärt ist er zumindest wie'n Hundertjähriger. Bringt wohl der Job mit sich.

«Hast was dabei?», fragt er.

«Bestellung läuft.»

Dennis ist erst vor ein paar Wochen zu uns gestoßen. Cem kennt ihn schon länger, und er spielt in irgendeiner Soap mit, deren Namen ich ständig vergesse. Wenn man Dennis reden hört, könnte man glauben, dass diese «Schauspieler» in den Seifenopern mindestens genauso viel vögeln wie wir. Nur nach Drehschluss halt.

Dennis ist da noch'n bisschen härter drauf.

Er säuft, kokst und vögelt, als gäb's kein Morgen, und am nächsten Wochenende spielt er wieder Doofi Sonnenschein, den freundlichen Floristen, der sich nicht traut, seine große Liebe, Susi Modermaus, anzuquatschen.

«Und was?», fragt Cem.

«Du nervst. Koks gibt's. Ist das in Ordnung für den Herrn?»

«Supi.»

«Und sag nicht immer *Supi.* Du klingst als würd' dir'n Chromosom fehlen.»

«Entschuldigung.»

«Hm», mache ich.

Kathie kommt wieder zurück und überreicht mir zwei Briefchen. Ich winke ab, als sie mir mein Restgeld geben will. So furchtbar viel dürfte das sowieso nicht sein.

«Na also», freut sich Cem und rückt näher an mich heran.

Über die Schulter werfe ich ihm einen Blick zu, der ihm signalisiert, dass er aufdringlich wird.

Cem rutscht wieder ein Stück zurück.

«Danke», sage ich.

Dennis steht plötzlich breit grinsend vor dem Tisch.

«Koks? Mann, fett!», schreit er gegen die Musik an.

Ich schreie zurück.

«Schreib's doch draußen an die Wand. Auf dem Platz weiß das vielleicht noch nicht jeder.»

Für einen Moment wird mir übel, und mein Sodbrennen scheint mir den Kehlkopf zu zerfressen.

«Sorry, war nur so überrascht», sagt Dennis und setzt sich zu uns.

«Komm ruhig ein bisschen näher», sage ich zu Kathie, die sich jetzt enger an mich drückt.

Ich bastle für die beiden Clowns und mich je eine schöne Line. Kathie muss noch arbeiten, weswegen sie verzichtet.

«Oh Mann! Geil!», quiekt Dennis und wirft den Kopf theatralisch in den Nacken, nachdem er seine Line gezogen hat.

«Gutes Zeug, richtig gut», schnaubt er dann, obwohl ich mir sicher bin, dass er auch Backpulver für richtig gutes Zeug halten würde, wenn man es ihm schön anrichtete.

Cem nickt nur zustimmend und wischt sich eine Träne aus dem Auge.

Ich schnupfe meinen Teil und warte, dass sich die angenehme Taubheit in meinem Kopf einstellt.

Oh, ja ..., denke ich. Mein Magen hört auf zu stechen, und mein Sodbrennen spüre ich fast auch nicht mehr.

Großartig.

Ich lege meinen Arm um Kathies Schulter.

«Bis drei heute?», frage ich.

Kathie nickt und legt ihre Hand in meinen Schritt.

«Ja, und dann feiere ich ein bisschen mit, okay?»

«Das wird riesig», sage ich.

«So riesig ja nun auch wieder nicht», sagt Kathie grinsend und drückt fester zu.

Ich gebe ihr einen Kuss auf die Wange, und sie verschwindet wieder hinter der Theke.

Irgendwelche Saufköpfe verlangen nach ihr.

Kathie ist eine Frau, wie man sie sich nur wünschen kann: sieht gut aus, fickt gut und macht vor allem kein Theater, wenn man mal was anderes zum Vögeln braucht.

Ich frage mich, ob wir zusammen sind oder nicht. Schließlich geht das schon einige Zeit mit uns.

Ach, kein Stress. Wir werden sehen.

«Und? Freust du dich schon?», fragt Cem plötzlich.

«Worauf? Bläst du mir einen?»

«Soll ich?»

Der Spinner wäre dazu imstande.

«Was meinst du?», frage ich und trinke den Rest aus meinem Glas.

«Berlin. Die Venus.»

«Berlin, Berlin, wir fahren nach Berlin ...», beginnt Dennis einen Fangesang im Kokainrausch.

«Ach, mal sehen», gebe ich mich bescheiden.

Natürlich freu ich mich riesig. Ich war noch nie in Berlin, und auf der Venus-Messe sowieso nicht. Abgesehen davon, dass man mir einen wichtigen Erotikpreis verleihen wird.

«Ich war noch nie in Berlin», sagt Cem.

«Hast nicht viel verpasst. Ist 'ne Stadt wie jede andere auch», lächle ich.

«Berlin, Berlin, wir fahren nach Berlin ...»

Ich sehe zu Dennis rüber und schüttle den Kopf.

«Kein Koks mehr für den Hooligan. Ich geh pissen.»

Ich stehe vor dem Pissoir und beobachte meinen Strahl, der noch immer eine zartrosa Färbung hat. Vielleicht sollte ich echt mal zum Arzt damit, immerhin habe ich das schon ein paar Wochen.

Hoffentlich nicht schon wieder so eine Scheiß-Infektion, wie die, die ich mir bei der Schlampe aus Bayern geholt hab. Konnte danach zwei Wochen nicht arbeiten.

Na ja, der Herr hat's gegeben, der Herr wird's nehmen.

Als ich mir die Hände wasche, vermeide ich es, in den Spiegel zu sehen. Den blondierten Zombie mit dem Selbstbräuner im Gesicht muss ich oft genug ertragen.

Mit den Händen schöpfe ich mir Wasser in den Mund und ins Gesicht.

Das Gewummer der Musik, das durch jede einzelne Kachel kommt, nehme ich erst jetzt wahr.

Vielleicht sollte man aufhören, wenn es am schönsten ist.

Vielleicht fahre ich noch zur Venus, nehme den Preis, feiere die Party und höre auf.

Vielleicht mache ich mich selbstständig.

Ich könnte ja selber anfangen, Filme zu produzieren. Oder als Regisseur zu arbeiten. Ich wäre ja nicht der Erste, der hinter die Kamera wechselt. Geld hab ich eigentlich jetzt auch genug.

Kein Vermögen, aber für ein kleines Geschäft sollte es reichen.

Natürlich würde ich später expandieren, aber am Anfang muss man es ja klein halten.

Guido könnte mir sicher ein paar Tipps geben. Oder Max.

Ich atme tief durch.

Nichts würde mich jetzt weniger reizen, als zu diesen beiden Idioten zurückzugehen, aber sie sind in meinem Fall leider das, was man ein soziales Umfeld nennen könnte.

Zur Not bleibt ja noch Kathie, die in einer Stunde Feierabend macht.

Plötzlich schießt mir das Bild in den Kopf, wie ich mit Kathie in dem türkischen Restaurant sitze, in dem ich mit Jasmin gewesen bin. Wir sitzen auf dem Boden und rauchen Wasserpfeife.

Ich schüttle das Bild aus meinen Gedanken und verlasse die Toiletten.

Als ich zurück bin, sitzt Kathie bereits neben Cem und Dennis.

«Ich hab Schluss gemacht für heute. Kann's nicht mehr erwarten.»

Ihr Blick wandert meine Beine hoch und verharrt unter meinem Gürtel.

Ich muss lachen.

«Wer baut mir 'ne schöne Line?», frage ich und lasse mich in den Sitz fallen.

Auf der *Venus*

Die Sonnenbrille, die ich während des ganzen Tages getragen habe, lasse ich auch in den Messehallen auf.

Ich bin – zugegeben – ein wenig beschwipst, als ich mich hier in Ruhe umsehe.

Max' erste Amtshandlung, als wir gestern Nachmittag in Berlin eingetroffen sind, war, mich an einen italienischen Pornokabelkanal zu verscherbeln, der einen Bericht über die Venus dreht. Zum Glück musste ich nicht viel tun, außer mir auf dem Rücksitz einer gemieteten Limousine von zwei «Messe-Hostessen» einen blasen zu lassen.

So sieht es aus, wenn sich in Berlin die Größen der Erotikbranche treffen.

Aber natürlich ...

Auf den ersten Blick geht es hier zu wie auf jeder anderen Messe auch, was ich relativ enttäuschend finde. Hatte wohl auch gehofft, dass es hier so zugeht wie in der Reportage, in der ich einen Gastauftritt haben werde.

«Interessiert Sie das?», fragt mich ein pummeliger Kerl um die vierzig, als ich mir einen Gummikegel von der Größe eines Kleinwagens näher betrachte.

Solche Dinger kenne ich in rot-weiß gestreift, um Fahrbahnen zu markieren ...

«Schieben sich das Leute tatsächlich in den Hintern?», frage ich erstaunt.

«Natürlich. Das benötigt sicher Zeit und Geduld, kann aber dann ein großer Lustgewinn sein», antwortet der Vertreter freundlich, als handele es sich lediglich um einen Küchenmixer.

«Ganz?», frage ich nach.

Der Mann lächelt milde.

«Wenn Ihnen das zu extrem ist, haben wir auch andere Größen.»

Sofort legt er mir einen farbigen Katalog in die Hände, in dem er wild zu blättern beginnt.

Ich höre einen Vortrag über Gummi, Latex, Silikon und neuartige andere Kunststoffe, die erst in dieser Kollektion Verwendung finden. Dazu gebe es natürlich entsprechende Gleitcremes oder Gels, die angewendet werden müssen oder können.

Da ich auf das ständige «in das Rektum einführen» nicht reagiere, blättert der Typ hastig weiter und hält mir seine Rede in abgewandelter Form noch einmal, nur dass diesmal die Wörter «Vagina» und «Partnerin» fallen.

«Probieren Sie die Sachen, die Sie verkaufen, auch selber aus?», frage ich ihn in einer Redepause.

«Bitte?»

«Ob Sie sich die Pöller auch in das Rektum schieben. Oder in das ihrer Partnerin.»

«Nun ja, das ist wohl eher Privatsache. Entschuldigung», antwortet er gelassen.

«Ich frag ja nur.»

«Natürlich. Aber um auf das Material zurückzukommen ...», der Vertreter blättert wieder in dem Katalog. «Das ist vom Komfort etwas völlig Neues. Einfach großartig.»

Komfort? Klingt wie bei Tampons.

Die Agentur möchte ich sehen, die es schafft, in einem Werbespot über ein Fünf-Kilo-Latex-Tampon das Wort «Komfort» zu verwenden.

«Danke, ich schau mich noch ein wenig um», sage ich freundlich und gebe dem Mann seinen Prospekt zurück.

Der Vertreter zieht sich mit einer höflichen Geste zurück.

Ich schlendere weiter, in der Hoffnung, irgendwo eine Bar zu finden, an der ich einen kleinen Martini bekommen kann.

Ich passiere noch einige Stände, die so aufregend sind wie die Unterwäscheabteilung bei H&M.

Oha.

Mein Blick wird gestoppt von einer Frau, die gefesselt von der Decke pendelt.

Ich kämpfe mich durch eine Kompanie Anzugträger, schaffe es aber dennoch nicht bis ganz zur Bühne.

Offensichtlich findet hier gerade eine kleine Bondage-Vorführung statt.

Der tätowierte Glatzkopf unter der Frau wirft seelenruhig kleine Schlingen, bindet sie zu verschieden großen Knoten und legt diese seiner schwebenden Assistentin an.

Da kann sich so manch alter Seebär aber noch was abgucken.

Da die Szene von elektronischen Harfenklängen begleitet wird, bekommt das Spektakel beinahe etwas Poetisches, und ich könnte noch stundenlang zuschauen.

Getrübt wird das Erlebnis nur von den sabbernden Anzugträgern im Zuschauerbereich, bei denen sich in der einen oder anderen Hose eine unübersehbare Erektion abzeichnet.

Minuten später glaube ich alles gesehen zu haben: selbstgebaute S/M-Möbel, Dildos, Wäsche und natürlich die Stände, an denen verschiedene Kolleginnen von mir fleißig Autogramme verteilen.

Einen Moment lang habe ich an dem Stand eines Holländers mit der Idee gespielt, mir diese grüne Kaktusmaske zu kaufen.

Oh ja, bestraft mich, Meister Kaktus!

Aber mir ist niemand eingefallen, dem ich sie hätte zeigen können.

Nur eine Bar habe ich natürlich keine gefunden.

Ich kämpfe mich durch die Hallen zurück nach draußen, wo ich einem Taxifahrer knapp mitteile, dass ich neu in der Stadt bin und nicht vögeln, sondern trinken will.

«Hier, det is inoffiziell, lohnt sich aber. Zwölffuffzich», sagt der kleine Mann im Perlensitz, als wir an einer Toreinfahrt halten.

Inoffiziell?

Eigentlich ist mir egal, was das heißen soll, deswegen frage ich erst gar nicht.

Ich gebe dem Fahrer einen Zwanziger und steige aus.

Durch den Torbogen gelange ich auf einen dicht bewachsenen Hinterhof, und von irgendwoher ist leise Musik zu hören. Ich halte auf eine schmutzige Brandschutztüre zu und klopfe.

Die Türe macht ein Geräusch, als würde dahinter ein schwerer Riegel bewegt.

Als sie sich öffnet, begrüßt mich ein junger Kerl mit Irokesen-Haarschnitt, Nadelstreifenanzug und schwarzen Latexhandschuhen.

«Tagchen, mein Taximann hat mich hier abgesetzt», sage ich freundlich.

«Ach, 'ne Rheinländer. Immer rein mit dir», sagt der Gummi-Indianer und macht eine einladende Geste.

Anders als der Empfang an der Türe es hätte vermuten lassen können, geht es in der Bar doch eher gediegen zu. Ganz normale Leute sitzen an ganz normalen Tischen und betrinken sich mit ganz normalen Alkoholika.

Mir gefällt das gleich.

Ich bestelle mir an der Theke zwei Whisky-Sour und nehme an einem der freien Tische Platz. Ich warte auf meine Drinks und betrachte das Lokal: raue Betonwände ohne Bilder, keine Pflanzen oder sonstige Dekorationen.

Hier hat man nur das Nötigste aufgebaut. Möglicherweise wird der Schuppen nur tagsüber als Bar betrieben und verwandelt sich nachts in eines dieser üblen Techno-Höllenlöcher, die es ja in Berlin noch geben soll, obwohl der Mist seit den Neunzigern eigentlich keine Sau mehr interessiert.

Aber irgendwo muss man ja hin, wenn man seine Gasmaske, Trillerpfeife und Neonweste ausführen möchte.

Der Barmann, der zu meiner Überraschung nicht größer als ein Jockey ist, bringt meine Getränke.

«Zwei Whisky-Sour?», fragt er, als er mich alleine am Tisch vorfindet.

«Ja. Einer für den Durst und einer für den Geschmack», antworte ich.

Der Zwerg grinst breit und stellt die Gläser vor mir ab.

«Wohl bekomm's.»

«Seh'n wir dann», sage ich und schütte den ersten Drink in mich hinein.

Jetzt geht es mir schon besser. Dieses Messegetümmel hat mich schon nach zehn Minuten völlig kirre gemacht. Da ist's hier doch schon viel gemütlicher.

Sollen die anderen Deppen sich doch da die Hacken abrennen, ich erkunde am liebsten erst einmal in Ruhe die Stadt.

«Ich nehm noch so einen», rufe ich dem Kleinen an der Bar zu, er nickt.

Die Musik, die aus den kleinen, im Raum verteilten Lautsprechern kommt, kenne ich nicht. Die einzige Textzeile, die ich verstehen kann, ist «Dance, Dance, Dance». Könnte aber auch «Dead, Dead, Dead» sein.

In meiner Hosentasche vibriert mein Handy. Ich ignoriere es.

Auf einem schwarzen Tablett schwebt mir mein dritter Whisky entgegen.

«Und? Das erste Mal in der Stadt?», fragt mich der Hobbit.

«Ja.»

«Und gefällt's dir hier?»

«Hab noch nix gesehen.»

Der Kellner spielt den Entrüsteten.

«Was? Na, aber. Wo's doch hier so viel zu kieken gibt.»

Ich sehe in mein Glas.

«Was habt ihr denn hier, was es nicht in jeder anderen beschissenen Stadt auch gibt?»

Er überlegt kurz und zuckt dann mit den Schultern.

«Eben», sage ich.

«Oh Mann. Du ziehst einen ja richtig runter.»

Der Typ verschwindet von meinem Tisch, und ich winke ihm mit meinem leeren Glas nach.

* * *

«Was ist denn los mit dir? Warum verpisst du dich einfach? Geht's dir noch gut? Wie kannst du mich so hängenlassen?»

Max' Geschrei lässt meinen ohnehin noch brummenden Schädel beinahe platzen.

«Muss das so laut ...», sage ich.

«Ja, das muss so laut, was? Du hörst ja sonst scheinbar nicht zu. Was glaubst du, wie viel Arbeit dahintergesteckt hat, 'nen Fototermin für uns zu bekommen?»

«Ich weiß nicht ...?», sage ich.

«Richtig viel Arbeit. Ich hab keine Ahnung, was du dir einbildest, aber das war kein Spaß, sag ich dir.»

«Tut mir leid», lüge ich.

«Das erzähl mal besser Guido, der ein Vermögen bezahlt hat für wertlose Publicity. Wir haben jetzt einen schönen Batzen Fotos von Cem.»

«Is doch auch gut.»

«Gut? Das ist Scheiße. Cem hat mit der Firma nichts am Hut. Du bist derjenige, den die Leute wiedererkennen sollen. Nicht Cem. Cem ist nur'n ganz kleiner Ficker.»

«Muss das sein? Ich kann jedes Wort verstehen», hören wir Cems Stimme durch die dünne Hotelwand.

Max presst sich die Hand vor die Stirn. Jetzt sieht er so aus, als explodiere sein Schädel gleich.

«Okay, okay, okay ... Noch ist die Welt ja nicht untergegangen», sagt er dann.

Jetzt doch nicht?, möchte ich fragen, verkneife es mir aber.

«Heute Abend wird es noch genug Fotos geben. Hat sich 'ne Menge Journaille versammelt, um das hier zu sehen.»

«Na also. Alles halb so wild», lache ich, so gut mein Kater es erlaubt. Max wirft mir einen strafenden Blick zu und widmet sich dann wieder seinen eigenen Gedanken.

«Wir fragen einfach ganz unverbindlich nach einigen Abzügen, mischen die unter die anderen Aufnahmen und überreichen Guido schließlich eine schöne, bunte Fotomappe. Ja, so wird's gehen.»

«Klingt doch gut», sage ich.

«Ja, wenn es klappt. Wenn nicht, reißt Guido dir den Arsch auf, nicht mir.»

Irgendwas sagt mir, dass es unser beider Ärsche sein werden.

«Ach, warum denn nicht?», frage ich. «Bei so einem Event wie heute werden doch sicher 'ne Million Bilder geschossen.»

Max zwingt sich ein Grinsen ab.

«Klar, aber sicher nicht von dir. Bester Newcomer ist schön, interessiert aber nur bedingt.»

Was? Will der mir jetzt meinen Preis madig machen?

«Jetzt auf einmal? Was ist denn aus dem ganzen Neuer-Stern-Gequatsche geworden?»

«Du bist nun einmal keine Frau. Das ist schon der ganze Grund», sagt Max.

«Und wieso ist es dir dann so wichtig, was ich treibe? In dem Fall kann ich doch auch machen, was ich will. Bin doch auch nur ein ganz kleiner Ficker wie Cem.»

«Ach Leute ...», stöhnt die Wand.

Max ignoriert, was ich gesagt habe.

«Und selbst wenn du 'ne Frau wärst ...», setzt er an.

«Was?», frage ich.

«Selbst wenn, dann hättest du noch lange nicht das Recht, Termine platzen zu lassen, um dich zu besaufen oder dir irgendeine Scheiße reinzupfeifen.»

Ich sehe Max überrascht an.

«Nicht dass mir deine Gesundheit über Gebühr am Herzen läge, aber du scheißt damit auf deinen Vertrag. Du erinnerst dich? Keine Drogen, kein Alkohol ...»

Ich hocke sprachlos auf meinem Bett.

«Hast du gedacht, ich wär unter irgendwelchen Steinen aufgewachsen? Ich hab schon Säufer und Drogenbabies rausgeschmissen, als du noch gar nicht wusstest, wie man das Wort «Ficken» überhaupt schreibt. Aber, hey, solange er seinen Job gut macht, hab ich mir gedacht, ist ja alles in Butter.»

Irgendwie fühle ich mich gerade gar nicht mehr wie ein aufgehender Stern.

Max beruhigt sich ein wenig und setzt sich neben mich.

«Das meine ich jetzt wirklich ernst: Was du in deiner Freizeit veranstaltest, geht mir komplett am Arsch vorbei, solange du vernünftig arbeitest. Aber wenn du das heute Abend versemmelst, brauchst du mir nie wieder unter die Augen zu kommen.»

Ich nicke langsam.

«Also», sagt Max und klopft sich auf die Schenkel, «ich sammle euch um sieben heute Abend ein. Ihr tragt Anzüge und seid gut drauf. Dann bringt uns ein Shuttle zur Venus.»

«Okay», sage ich.

Max verlässt das Zimmer.

«Geht klar, Chef», sagt Cem durch die Wand.

Wie verabredet stehen Cem und ich in den besten Anzügen, die C&A zu bieten hatte, vor dem Hotel und warten auf Max, um uns von ihm abholen zu lassen.

Ich rauche wortlos eine Zigarette und genieße die Wärme, die meinen Körper durchflutet.

Drei kleine Wodka und ein kleines Näschen Koks lassen mich dem Abend zuversichtlich entgegengehen.

Ein silbergrauer Mini-Van hält direkt vor dem Eingang. Eine Schiebetüre öffnet sich, und wir sehen Max in Begleitung von Guido und zwei seiner Mädels darinhocken.

«Kann losgehen. Kommt», sagt Max.

Cem und ich quetschen uns in den Wagen.

Bevor Cem und Max mich zwischen sich zu einem Diamanten quetschen können, erreichen wir schon das Messegelände und steigen aus.

Überall wimmelt es von Fotografen und Infotainment-Schlampen, die versuchen, möglichst vielen Leuten ihre Kamera oder ein Mikrofon ins Gesicht zu halten.

Ein besonderer Andrang herrscht bei Christoph Clark.

Mein lieber Mann, der hat sich aber gut gehalten. Ob es unhöflich wäre, ihm zu sagen, dass ich schon als Jugendlicher auf seine Filme onaniert habe? Er könnte sich alt vorkommen.

Ich verwerfe die Idee. Clark steht da in seinem Armani-Anzug wie Brad Pitt und hat auch allen Grund dazu. Was sollte der schon mit mir reden?

Cem und ich gelangen relativ unbehelligt ins Innere. Vielleicht ändert sich das im nächsten Jahr. Für mich, nicht für Cem.

Wir betreten eine riesige Lobby, an deren Seiten verchromte Bars aufgebaut wurden, die ich wohlwollend zur Kenntnis nehme.

«Denk nicht mal dran», zischt Max.

«Jetzt übertreib aber nicht», sage ich und halte auf den nächstgelegenen Tresen zu.

Nach einer älteren, üppigen Blondine im Latexkostüm, die mir ebenfalls aus meiner Jugend sehr bekannt vorkommt, bin ich an der Reihe und bestelle mir einen Manhattan.

Wie gesagt, passendes Getränk zum Ambiente.

Ich stürze ihn herunter und bestelle gleich einen zweiten.

«Das wird noch ein langer Abend, kannst dir ruhig Zeit lassen mit dem Feiern», lacht Guido.

Max dagegen sieht sehr ernst aus.

Mit dem Whisky in der Hand schlendere ich zu Cem hinüber.

Buenos dias, Messias, auch wenn's dir nicht passt, du bist nur Gast hier, du fasst hier nichts an, kommt aus den Lautsprechern.

Oh ja, wann wäre der Satz je passender gewesen. Ob Fanta Vier wissen, wo man sie überall spielt?

«Na, ist doch schön hier. Alles voll mit Top-Stars», lache ich.

Cem freut sich wie ein kleines Kind.

«Superkrass. Die Hälfte von den Leuten hier hab ich schon x-mal auf DVD gesehen.»

«Wer nicht», sage ich augenzwinkernd.

Groovige Musik im Hintergrund, schmeichelndes Licht und ein Cocktail in der Hand; ich fühle mich hier wie zu Hause.

Nur dass es hier nicht miefig und verdreckt ist.

Nach einer halben Stunde Plauderei und zwei weiteren Manhattan deutet Guido an, dass es gleich losgehe und wir nun Platz nehmen sollen.

Der Saal, in dem Show und Preisverleihung stattfinden, ist sehr viel kleiner, als ich erwartet hatte.

Sieht aus wie ein größerer Kinosaal.

Als ich mich in meinen Sessel gesetzt habe, sehe ich mir die Prominenz an.

So viele Pornoproduzenten, Regisseure und Darsteller sieht man wahrscheinlich sonst nirgends auf einem Haufen.

Hätte Osama seine Flugzeuge nicht ins World Trade Center, sondern hier reingehetzt, wäre Afghanistan binnen zehn Minuten vollständig ausradiert worden. Und zwar allein von pubertierenden Teenagern.

Da wir relativ weit hinten sitzen, erkenne ich nicht ganz genau, wer den heutigen Abend moderiert. Irgendeine Frau, die auf extrem hohen Stiefeln über die Bühne läuft.

Die Sitzreihen werden von Kameras flankiert, die das Mädel auf Schritt und Tritt filmen. Dann kann ich mir den heutigen Abend bestimmt irgendwo im Fernsehen anschauen.

«Wie geht's dir? Nervös?», fragt Guido und legt seine Hand auf meinen Arm.

«Ach was», sage ich. «Kein Problem.»

«Dann ist's ja gut. Ist für uns 'ne richtig, richtig gute Sache.»

Ich nicke.

Es ist tierisch heiß hier drin.

In meinem Kopf beginnt sich alles zu drehen, was sich aber gleich wieder legt.

«Bin gleich wieder da», flüstere ich und gehe zu den Toiletten.

Am Becken neben mir steht ein schwarzer Hüne und pieselt pfeifend vor sich hin.

Lexington Steele! Der größte Schwanz der Welt!

Ich kann mir einen kleinen Seitenblick nicht verkneifen.

Leider war der Blick wohl gar nicht so klein.

«Wanna take a picture?», grinst Lexington und präsentiert mir neben einer gewaltigen Zahnlücke auch seinen noch gewaltigeren Prügel.

«Äh, nö. No, I'm sorry. It was only ...», sage ich.

Lexington drückt die Spülung und packt sein Ding wieder ein.

«Chill, man. Just kidding», lacht er und verschwindet.

Wie peinlich ...

Ich verdrücke mich in eine der Kabinen und fummle das kleine Briefchen mit dem Kokain aus meiner Sakkotasche. Ich schaufle mir ein klein wenig davon auf den Finger und schniefe es.

Ich malme bereits jetzt schon ein bisschen mit dem Unterkiefer. Ich muss versuchen, das zu unterdrücken, bevor mir Max, der Drogenhund, wieder nachstellt.

An der Bar stürze ich noch schnell zwei Wodkas hinunter.

«Hab ich was verpasst?», frage ich, als ich zu meinem Platz zurückkomme.

«Nur die Venus für die beste Produktion», sagt Guido.

«Na denn», sage ich.

«Du sollest aber den Kaugummi herausnehmen, bevor du nach oben gehst. Sieht nicht gut aus.»

«Mach ich.» Ich muss mit dem Gemalme aufhören. Muss mir ja nicht jeder ansehen, dass ich drauf bin.

Ich versuche, so ruhig wie möglich zu wirken, und lasse einige Preisträger an mir vorbeiziehen.

In meinem Kopf dreht sich wieder alles ein bisschen, und ich kann das Mädchen auf der Bühne kaum noch erkennen.

Schließlich ist es so weit.

Ein neunzehnjähriges Gör hat gerade die Venus als beste Newcomerin eingeheimst und stöckelt von der Bühne.

Jetzt bin ich dran. Ich atme durch und spüre die Blicke von Cem, Max, Guido und seinen beiden Mädchen auf meinem Gesicht.

Mit dem Ärmel wische ich mir den Schweiß von der Stirn. Wie bescheuert muss man sein, um vor so einem Abend Whisky zu saufen und Koks zu nehmen ...

«Die nächste Venus wird verliehen an einen Mann, der sich innerhalb kürzester Zeit einen Stammplatz in verschiedenen, aufwändigen Produktionen erarbeiten konnte.»

Ich versuche, möglichst unbeteiligt zu wirken, auch wenn Guido mich voller Stolz anschmachtet.

«Durch seine charismatische Darstellung hebt er sich deutlich ab und hat es so geschafft, ein treues Publikum für sich zu gewinnen.»

Mir wird schwindelig, und ich nehme Guidos Hand auf meinem Arm nur noch als dumpfen Druck wahr.

«Ladies und Gentlemen, die Venus für den besten Newcomer national geht an ...»

Oh Gott, ich fahre Achterbahn ...

«... Rod Reptile von *DiViDiA Productions.*»

Das Mädel stimmt in den allgemein aufkommenden Applaus mit ein. Guido klopft mir väterlich auf die Schulter.

«Gratuliere», sagt Max.

Die beiden Mädchen beugen sich zu mir und küssen mich auf die Wange.

Zum Glück sitze ich ganz außen, sodass ich mich auf dem Weg zur Bühne nicht erst durch irgendwelche Menschen kämpfen muss.

Als ich auf dem Gang zum Podium bin, treffen mich die Blitzlichter der Fotografen wie Fäuste ins Gesicht.

Ich versuche zu lächeln.

Ich beginne zu torkeln und muss mich an einem der Sitze festhalten, um nicht umzufallen.

Reiß dich zusammen, Kerl!

Ich mache mich wieder auf den Weg und stolpere die Stufen zur Bühne rauf.

Die Maus gibt mir rechts und links auf die Wangen ein Bussi und übergibt mir einen goldenen Frauentorso. Ich lächle charmant, ernte dafür aber nur einen verwirrten Blick.

«Danke», lalle ich trotzdem.

Applaudierend schiebt sie mich zum Mikrofon.

«Danke», wiederhole ich, und der Saal stellt langsam den Applaus ein. Die Stille im Raum macht mich nun doch nervös.

«Ja, äh ... Ich danke allen, die mich, die mir da geholfen haben, so weit zu kommen.»

Ich kann erkennen, dass manche Leute in den ersten Reihen miteinander tuscheln.

«Vor allem danke ich Max und Guido von der Firma. Also von *DiViDiA*, meine ich. Ich habe bei ihnen alles gelernt, was ich jetzt kann, und habe trotzdem noch gute Filme machen können.»

Ich lache laut auf, bin da aber der Einzige.

«Und auch meinem Ex-Freund Ray Steel möchte ich danken, auch wenn er mit mir jetzt keinen Kontakt mehr will, weil, na ja, is halt so. Ist übrigens nicht mit Lexington Steele verwandt.»

Niemand lacht. Im Saal herrscht eisiges Schweigen.

«Was denn?», frage ich. «Lex, als du mir vorhin auf'm Klo dein Ding gezeigt hast, warst du doch noch ganz lustig drauf.»

«Der ist doch total besoffen», höre ich die Kleine hinter mir flüstern.

Ich drehe mich auf dem Absatz um, stolpere, kann mich aber noch einmal fangen. Ich wende mich wieder dem Mikrofon zu.

«Auf jeden Fall freue ich mich tierisch über die kleine Tittenmaus hier. Ich hoffe nun auf eine sehr steile Karriere. Danke.»

Ich wanke zurück zur Treppe und höre vereinzelt Leute in die Hände klatschen.

Mit meiner kleinen Statuette unterm Arm halte ich auf den Ausgang zu und verlasse das Gebäude. Niemand folgt mir.

Draußen erwarten mich einige Fotografen, die erst Bilder von mir schießen, als sie sehen, was ich in der Hand halte.

Stumm halte ich die Trophäe über meinen Kopf und gehe so zum nächstbesten Taxi.

«Wohin soll's gehen?», fragt mich ein junger Mann, der in der Hand einen Döner hält.

«Ma kieken», sage ich und lasse meinen Preis in den Fußraum fallen.

Nachspiel

Durch das Fenster sehe ich die Landschaft an mir vorbeirasen.

Obwohl der Zug mit gleich bleibender Geschwindigkeit fährt, scheinen die Äcker, die Bäume und der Rest der Umgebung mal schneller, mal langsamer an mir vorbeizuziehen.

Ich schüttle den Kopf und widme mich wieder dem fettigen Salamibrötchen, das ich mir vorhin in diesem eigenartigen «Board-Bistro» gekauft habe. Schmeckt widerlich, aber dafür war es wenigstens teuer.

Wieder kriecht dieses Unbehagen in mich. Das, welches man empfindet, wenn man jemandem etwas schuldet, dem man nichts schulden will.

Was genau an diesem Abend passiert ist, weiß ich nicht mehr.

Guido hatte mich unter großem Geschrei aus seiner Firma geworfen, und ich habe allein den Weg von Berlin nach Hause angetreten.

Das Nächste, woran ich mich erinnere, ist Andrea, die zusammen mit ihrem Tobi und der Feuerwehr durch meine Wohnungstüre gekracht war. Ich lag auf dem Boden, und hätte ich mich bewegen oder wenigstens artikulieren können, ich hätte ihnen für diesen Auftritt in den Arsch getreten.

Das Krankenhaus hat mich jedenfalls erst einmal für eine dreiwöchige Entgiftung dabehalten.

Überdosis, schwerer Alkohol- und Drogenmissbrauch ... Na ja, man kennt ja die Dramaturgie der Ärzte. Für die ist ja jede Mandel-OP gleich eine Nahtoderfahrung.

Ich öffne das Fenster des Abteils und zünde mir eine Zigarette an.

«Entschuldigung?», fragt der junge Kerl, der mir schräg gegenübersitzt.

«Bitte?», frage ich freundlich.

«Hier ist das Rauchen verboten.»
«Hast du ein rotes Mützchen?»
Der Typ sieht mich irritiert an.
«Äh ... nein.»
«Dann bist du auch kein Schaffner.»
«Unverschämtheit», murmelt der Kleine und widmet sich wieder seiner *Financial Times*.
Der Bursche ist doch nicht älter als fünfundzwanzig, überlege ich. Sollte man in dem Alter schon so einen Quatsch lesen?
In der Klinik habe ich dann Cüneyt kennengelernt. Depressionen und Alkoholiker.
Er hat mir auch die Karteikärtchen fertig gemacht, die ich in meiner Jackentasche trage.
Ich schnippe die Zigarette aus dem Fenster und setze mich wieder.
Wenn du in Zukunft was von mir willst, sprich Türkisch.
Ich lächle und gehe noch einmal einige Verben durch. Ich soll Türkisch sprechen? Kein Problem, meine Schöne.
Obwohl ich es Andrea versprechen musste, bin ich nach meinem kleinen Klinik-Intermezzo nicht gleich zum Arbeitsamt gegangen und habe mich dort um einen Job bemüht oder mich zumindest arbeitssuchend gemeldet, wie man das heute nennt.
Versprechen, die unter massivem weiblichem Druck abgegeben wurden, gelten eben nur sehr bedingt.
Ich bin zu Jasmins Firma gegangen und habe dort einigen Charme spielen lassen müssen, um dort von der Sekretöse zu erfahren, dass sich Jasmin gerade in einem Kaff bei München auf Geschäftsreise befindet und dort noch eine gute Woche verweilen wird. Ich bin dann gleich zum Bahnhof und bin in den nächstbesten ICE gestiegen. Nur gut, dass ich mein gesamtes Geld ordentlich zu Hause gebunkert habe, da mir die Bank mittlerweile das Konto gesperrt hat. Irgendwie haben die sich gewundert, dass kein Geld mehr einging, obwohl ich doch angeblich berufstätig sei. Na ja, darum und um das Arbeitsamt werde ich mich kümmern, wenn ich zurück bin. Im Moment gibt es Dringenderes.

Ich beginne wieder, einige der Substantive zu deklinieren, die ich nach Cüneyts Meinung sicher brauchen werde.

Hm ... Wenn die so wichtig sind, warum schreibt der Kerl dann nicht ein wenig leserlicher?

Der Zug fährt durch irgendeinen Bahnhof, ohne zu halten, und ich sehe wieder aus dem Fenster. Wir passieren ein kleines, scheinbar leer stehendes Fabrikgebäude, auf dessen Hof dennoch einige Kleinwagen parken.

Tja, wer weiß, was gerade hinter diesen mit Pappe abgeklebten Fenstern geschieht? Möglicherweise verwirklicht sich da wieder ein junges Ding, indem sie sich vor der Kamera von einem arbeitslosen Versicherungsvertreter bespringen lässt.

Man kann den Leuten eben nicht vorschreiben, wovon sie zu träumen haben.

Zu Mike alias Ray Steel habe ich keinen Kontakt mehr. Irgendwer erzählte mir, er habe mit den Filmen aufgehört und betreibe jetzt mit seiner Frau einen Pärchen- Club irgendwo im Sauerland. Erstaunlich, wie bieder das auf mich wirkt.

Vielleicht melde ich mich mal bei ihm.

Chara hat scheinbar noch immer nicht herausgefunden, warum sie Pornos dreht, da sie mittlerweile bei einem englischen Label unterschrieben hat und dort als Marylin Chainz zu einiger Berühmtheit gelangt ist.

Meinen schönen Preis habe ich behalten dürfen. Irgendwie ein Jammer, dass ich ihn niemals irgendwo dekorativ aufstellen kann, ist es doch nach der Siegerurkunde bei den Bundesjugendspielen erst meine zweite Auszeichnung überhaupt.

Der Nachteil an diesem Preis ist, dass so ziemlich jede Videothek in den nächsten Wochen und Monaten rund dreißig bis vierzig Titel mit mir führen wird. Inklusive aller Best-Ofs und Very-Best-Ofs.

Aber das geht vorbei. Spätestens im nächsten Jahr wird *DiViDiA* einen neuen aufgehenden Stern präsentieren. Für Guido und Max wünsche ich mir, dass es eine Frau ist.

Mein Handy klingelt, und ich sehe aufs Display. Es ist Andrea.

Ich gehe nicht ran, weil ich die Frage, wie es denn beim Arbeitsamt gelaufen sei, momentan nur sehr unpräzise beantworten könnte.

Das Telefon spielt das Lied vom Tod sehr lange, und der Financial-Times-Bubi wirft mir einen kurzen, genervten Blick zu.

Ich überlege kurz, wieder mein «Gott lebt in seinem heil'gen Tempel»-Lied zu singen, mit dem ich schon die Oma vor einer knappen Stunde verscheucht habe, lasse es aber bleiben.

Ich male mir noch einmal im Kopf aus, wie es wohl sein wird, wenn Jasmin und ich uns wiedersehen. Wird sie mit mir reden? Und wenn ja, in welcher Lautstärke?

Ich werde sicher nur einen sehr kleinen Moment haben, in dem ich ihr mitteilen kann, dass mir alles furchtbar leidtut und dass ich nur gekommen bin, um mit ihr zu reden. Und um mich bei ihr zu entschuldigen.

Wieder bin ich mir unsicher, ob es eine gute oder doch eher völlig wahnsinnige Idee war, Jasmin nachzureisen.

Müßig, darüber nachzudenken. Ich will und muss sie wiedersehen, und wenn auch nur für einen Moment. Vielleicht hat die ganze Geschichte mit uns ja doch noch eine Chance.

Schangse ...

Ich muss wieder lächeln.

Das Telefon läutet wieder. Diesmal wird keine Nummer angezeigt. Die Bank; darauf falle ich nicht noch einmal herein.

Scheinbar liegt noch eine ganze Menge Arbeit vor mir, wenn ich mein Leben wieder halbwegs in den Griff bekommen will.

Und ich fange mit dem Größten und Wichtigsten an.